1984

(英)乔治·奥威尔 / 著
谢高峰 / 译

开明出版社

图书在版编目（CIP）数据

1984 /（英）乔治·奥威尔著；谢高峰译著 .—北京：开明出版社，2018.6

ISBN 978-7-5131-4243-4

Ⅰ . ① 1… Ⅱ . ①乔… ②谢… Ⅲ . ①长篇小说—英国—现代 Ⅳ . ① I561.45

中国版本图书馆 CIP 数据核字（2018）第 061535 号

责任编辑：卓玥

1984

作　者：	（英）乔治·奥威尔著　谢高峰译著
出　版：	开明出版社
	（北京海淀区西三环北路 25 号　邮编 100089）
印　刷：	大厂回族自治县德诚印务有限公司
开　本：	880×1230　1/32
印　张：	9.75
字　数：	210 千字
版　次：	2018 年 6 月第 1 版
印　次：	2020 年 7 月第 3 次印刷
定　价：	45.00 元

印刷、装订质量问题，出版社负责调换。联系电话：（010）88817647

前　言
preface

乔治·奥威尔（George Orwell，1903年6月25日—1950年1月21日），原名艾里克·阿瑟·布莱尔（Eric Arthur Blair），英国左翼作家、新闻记者和社会评论家。

创作于1948年的《一九八四》（*Nineteen Eighty-Four*）是奥威尔的传世作品。其中，奥威尔通过敏锐的观察，批判了以斯大林时期的苏联为代表的、掩盖在社会主义名义下的极权主义；以辛辣的笔触讽刺了泯灭人性的极权主义社会和追逐权力者。而小说中对极权主义政权的预言在之后的五十年中也不断地为历史所印证，所以这部作品堪称世界文坛政治讽喻小说的经典之作。它与俄国作家尤金·扎米亚金的《我们》以及英国作家赫胥黎的《美丽新世界》，并称为反乌托邦的三部代表作。他在小说中创造的"老大哥""新话""双重思想"等词汇，皆已收入英语词典；而由他的名字衍生出的"奥威尔主义""奥威尔式的"等新词，甚至成为日常通用语汇，可见奥威尔及其作品在英语国家的巨大影响。

由于历史上东西方的对峙，乔治·奥威尔的作品经常被视为反苏的代名词，因而在苏联、东欧等社会主义国家遭到封杀。

《一九八四》已经被翻译成至少65种文字，而它对英语本身亦产生了深远的影响。书中的术语和小说作者已经成为讨论隐私和国家安全问题时的常用语。例如，"奥威尔式的"形容一个令人想到小说中的极权主义社会的行为或组织，而"老大哥在看着你"（BIG BROTHER IS WATCHING YOU，小说中不时见到的标语）则意指任何被认为是侵犯隐私的监视行为。《一九八四》曾在某些时期内被视为危险和具有煽动性的，并因此被许多国家列为禁书。2005年本书被美国《时代》杂志评为1923年至今最好的100部英文小说之一，此外还在1984年被改编成电影上映。

目 录
contents

第 一 部 (001)

一	002
二	020
三	029
四	037
五	047
六	062
七	068
八	079

第二部 (103)

- 一 ········· 104
- 二 ········· 116
- 三 ········· 126
- 四 ········· 135
- 五 ········· 147
- 六 ········· 155
- 七 ········· 158
- 八 ········· 166
- 九 ········· 178
- 十 ········· 214

第三部 (223)

- 一 ········· 224
- 二 ········· 238
- 三 ········· 260
- 四 ········· 274
- 五 ········· 282
- 六 ········· 287

第一部

一

四月的一天，天气晴朗寒冷，钟敲了十三下。温斯顿·史密斯为了躲避阴冷的风，紧缩着脖子，快步溜进了胜利大厦的玻璃门，不过动作还是不够快，没能把一股尘土关在门外。

门厅里有股煮卷心菜和旧床垫的气味。门厅一头的墙上钉着一张彩色的宣传画，在室内悬挂显得太大了。画上是一张巨大的面孔，宽度超过一米：这是一个四十五岁左右的男人的脸，留着浓密的黑胡子，面部粗犷而英俊。温斯顿朝楼梯走去，用不着试电梯。即使在最好的时候，电梯也是很少开的，何况现在又是白天停电。这是为了迎接仇恨周而实行的节约运动中的一部分。温斯顿的住所在七楼。他今年三十九岁，右脚脖子上有一块因患静脉曲张而造成的溃疡，因此上楼梯时爬得很慢，中途还休息了好几次。每上一层楼，正对着电梯门的墙上就有那幅画着很大脸庞的宣传画凝视着。它是这种类型的画，无论你走到哪里，画面中的眼神总是跟着你。"老大哥在看着你"，下面印着这样的标题。

在公寓里，有个圆润的声音正在念一系列与生铁产量有关的数字。声音来自一块像毛玻璃一样的长方形金属板，这构成右边墙壁的一部分。温斯顿旋转了一个开关，声音在某种程度上就减弱了一些,不过说的话仍能听得清。这个装置(叫作电子屏幕)可以放低声音,但没有办法彻底把声音关闭。他走到窗边。他的身体瘦小纤弱,作为党员制服的蓝色的工作服更加突出了他身子的单薄。他的头发很淡,脸色天生红润,皮肤因为使用劣质肥皂和钝刀片,再加上刚刚过去的寒冬,变得粗糙不堪。

外面,即使透过紧闭的玻璃窗,看上去仍然显得很冷。下面的街道上,阵阵的小旋风把尘土和碎纸吹卷起来,虽然阳光闪耀,天空也蓝得刺眼,可是除了到处张贴的宣传画外,似乎一切都失去了颜色。那张蓄着黑胡子的脸从每一个能够看到街道的街角向下凝视。正对面的房子上就有一幅,标题印着:老大哥在看着你。那双黑色的眼睛死盯着温斯顿。下面街上还有另外一张宣传画,一角给撕破了,在风中不停地拍打着,把"英社"这个唯一的词汇一会儿盖上,一会儿展开。远处,一架直升机在屋顶间掠过,像只蓝色的瓶子一样徘徊了一会儿,然后又划了道弧线飞走了。这是警察巡逻队,正在窥探人们的窗户。不过巡逻队倒没什么,可怕的只是思想警察。

在温斯顿的身后,电子屏幕上的声音仍在喋喋不休地播报着生铁产量和第九个三年计划的超额完成情况。电子屏幕能够同时接收和发送。温斯顿发出的任何声音,只要超过极低的私语,它都可以接收到;此外,只要他留在那块金属板的视野之内,他就既能被听到,也能被看到。当然,在某个特定的时间内,你无法得知自己的一言一行是否正在被监视。思想警察多长时间或者以什么样的方式接进某条电线,那你就只能猜测了。甚至可以想象,他们始终都在监视着每个人。不管什么时候，只要他们愿意，都可以接上你的那条电线。你必须生活——真真正正地生活，从已成为本能的习惯出发——在一个设想之下，你发出的每一个声音都会被听到，你做出的每一个动作，除非是在黑暗中，都会被细察。

温斯顿继续背对着电子屏幕。这样比较安全，不过他心里很清楚，即使是背部，也可能会暴露出什么。一公里之外，是真理部，这是他工作的地方，是一幢伫立在肮脏地带的白色的、巨大的建筑物。他带着一种模糊的厌恶情绪想——这里就是伦敦，一号机场的主要城市，一号机场是大洋国人口位居第三的省份。他绞尽脑汁想挤出一些童年时代的记忆来，以便能够告诉他伦敦是不是一直都是这个样子：破败的19世纪的房子，墙身用木头架子撑着，窗户上封着纸板，屋顶上盖着波形板，倒塌的花园围墙东倒西歪；还有那尘土飞扬、破砖残瓦上野草丛生的、被炸弹炸过的地方；还有那炸弹清理出了一大块空地，上面忽然出现了许多肮脏的居民区，像鸡笼般的木板房。可是没有用，他记不起来了；除了一系列缺少背景的、光亮的画面（其中的大部分不可理喻）以外，他童年的记忆中再也没有留下任何东西。

真理部——用新话来说叫作"真部"——同视野里的任何其他东西有着令人吃惊的不同。这是一幢巨大的、由闪闪发光的水泥所构成的金字塔式的建筑，一层接着一层，一直升到高空三百米。从温斯顿站着的地方，刚好可以看到党的三条标语，用漂亮的字体写在白色的墙面上：

战争即和平。

自由即奴役。

无知即力量。

据说,真理部在地面上有三千间房子,地面之下还有一些相应的建筑物。在伦敦的周围,只散落着三所别的建筑,外表和大小与之相同。它们使周围的建筑相形见绌,从胜利大厦的屋顶上可以同时看到这四所建筑。它们是四总部的所在地,政府职能就分布在这四总部。真理部负责新闻、娱乐、教育、艺术;和平部负责战争;仁爱部维持法律和秩序;富足部负责经济事务。用新话来说,它们分别称为"真部""和部""爱部"和"富部"。

仁爱部是真正令人害怕的地方,它连一扇窗户也没有。温斯顿从来没有到仁爱部去过,也从来没有进入过离它半公里之内的地带。这个地方,除非是因为公事,否则是无法进入的,而且进去也要通过许多错综复杂的铁丝网、铁门、隐蔽的机枪阵地。甚至在通向它的外围屏障的大街上,也有穿着黑色制服、手持连枷棍的面目凶恶的警卫在巡逻。

温斯顿突然转过身来,他的脸上呈现出一种安详乐观的表情,面对电子屏幕时,这么做是很明智的。他走过房间,到了小厨房里。在一天中的这个时间里离开真理部,他放弃了食堂里的中饭,他知道厨房里除了一块黑面包,再没有别的吃的,得把它省下来留作明天的早餐。他从架子上拿下一瓶无色的液体,简单的白色标签上写着:胜利杜松子酒。它有一种令人作呕的油味儿,像中国的米酒一样。温斯顿倒了一茶杯,鼓了鼓勇气,像吃药似的一口喝了下去。

他的脸马上变得通红起来,眼里流出了泪水。这玩意儿像硝酸,而且,喝下去的时候,有一种后脑勺上挨了一胶皮警棍的感觉。过了一会儿,他肚子里灼热的感觉消失了,周围的一切看起来更加令人愉快了。他从一盒压扁了的"胜利牌香烟"中拿出一支烟来,不小心把它拿倒了,烟丝因此掉到了地板上。他拿出了第二支,这次比较成功。他回到卧室,在靠近电子屏幕左边的一张小桌子前坐下来,从桌子抽屉里拿出一支笔杆、一瓶墨水、一本厚厚的四开空白本子,红色的封底,大理石花纹的封面。

不知为何,卧室里的电子屏幕安装在一个不寻常的位置上。按照常规,它应该安在远处的墙上,可以看到整个房间,可是如今却安在较长的那面墙上,正对着窗户。在电子屏幕的一边,有一个浅浅的凹室,温斯顿现在就坐在这里,在建造房子时,这个凹室很可能是用来放书架的。温斯顿坐在凹室里,躲得远远的,尽量处在电子屏幕的控制范围之外。当然,他的声音还是可以被听到的,但只要他留在目前的地位上,电子屏幕就看不到他。部分原因是这间屋子与众不同的布局,使他想到要做这件事。

让他想做这件事的,还有那个他从抽屉中拿出来的本子。这是个特别漂亮的本子。光滑洁白的纸张因年代久远而有些发黄,这种纸至少有四十年未生产了。不过他想,这本子的年代还要久远得多。他是在本市一个贫民区的一家肮脏的小旧货铺中看到它躺在橱窗中的,至于是哪个区,他已经记不得了,立刻他就有了一种强烈的想要占有它的冲动。党员是不该到普通店铺里去的（被称为"在自由市场上做买卖"），不过这条规矩执行得并不严格，因为有许多东西，例如鞋带、刀片，是无法以别的方式弄到的，他朝街上飞快地瞄了一眼，就溜进了小铺子，用二元五角钱把本子买了下来。当时他并没有想到买来干什么用。他把它放在皮包里，做贼心虚地回了家。就算上面什么东西也没写，有这样一个本子也是容易引起怀疑的。

他要做的事情是开始写日记。写日记并不是违法的（没有什么事情是违法的，因为早已经没有任何法律了），但是被发现的话，有理由可以肯定，会受到死刑的惩处，或者至少进行二十五年的劳改。温斯顿把笔尖装在笔杆上，用嘴吸掉上面的油腻。这种笔已成了老古董，甚至签名时也不用了，他偷偷地费了一番周折才买到一支，只是因为他觉得这个精美乳白的本子只配用真正的笔尖书写，而不是拿蘸水笔涂画。实际上他已经不习惯用手来进行书写了。除了极简短的字条外，一般都用口述记录器口授一切。他目前要做的事，当然是不能用口述记录器的。他把笔尖蘸了墨水，然后停了一会儿，他的肠子感到一阵颤抖。在纸上写字是个决定性的行动。他用细小笨拙的字体写道：

一九八四年四月四日

他往后靠坐在那里，一种彻底的无助感席卷了他。首先，他对是不是1984年一点也没有把握。大致是这个日期，因为他非常确信，自己的年龄是三十九岁，而且他相信自己生于1944年或1945年。如今，要把一个年份记下来，误差保持在一两年之内，是绝对不可能的。

突然，他想到，自己到底是在为谁写日记？为将来，为了未出生的人们。他的思想在本子上的那个不确定的日期上盘旋了一会儿，突然想起了新话中的一个词儿"双重思想"。他第一次意识到了他要做的事情的艰巨性。你如何跟未来交流呢？从根本上说，这样做是不可能的。要么未来和现在类似，未来就不会听他说；要么未来跟现在不同，他的语言便失去意义。

他坐在那里，呆呆地看了本子一会儿。电子屏幕改为播放刺耳的军乐了。奇怪的是，他似乎不仅丧失了表达自己的能力，甚至忘掉了他本来要说什么。过去几个星期以来，他一直在为这一时刻作准备，他从来没有想过，除了勇气以外还需要什么。实际上，写作是很容易的。他要做的只是把多年来头脑里一直在想的、无休止的、躁动不安的独白付诸笔墨就行了。然而，此时此刻，甚至独白也枯竭了。此外，那块静脉曲张的溃疡也开始痒了起来，让人难以忍受。他不敢抓它，因为一抓就要发炎。时间一分一秒过去，除了面前纸上的空白、脚脖子上的皮肤发痒、刺耳的音乐、杜松子酒引起的一阵轻微醉意外，他再没有别的什么感觉。

突然，他开始匆忙地写了起来，只是恍惚中意识到自己写了些什么。他用细小的、带有孩子气般的字体在本子上随意描画着，写着写着，先是省略了大写字母，最后连句号也省略了：

1984年4月4日。昨晚去看电影。全是战争片。有一部很好：一艘装满难民的船，在地中海某处遭到轰炸。其中有一个这样的镜头：一个大胖子奋力游泳，想要摆脱追赶他的直升机，观众对此感到很满足。起初看到他像头海豚一样在水里直扑腾，后来通过直升机的瞄准器看到他，最后他全身都是枪眼，周围的海水都被染红了，突然他沉了下去，好像枪眼里吸进了海水一样。下沉的时候，观众们哄然大笑。接着你看到一艘装满儿童的救生艇，上空有一架直升机在盘旋。有个中年妇女坐在船头，她很可能是个犹太人，怀中抱着一个大约三岁的小男孩。小男孩吓得哇哇大哭，把脑袋躲在她的怀里，好像要钻进她的胸口中去似的。那个妇女抱着他、安慰他，尽管她自己的脸色也吓得发青。她一直在用自己的胳膊尽可能地掩护着他，好像她以为自己的胳膊能够抵御子弹似的。接着直升机在他们中间投了一颗二十公斤的炸弹，一道巨闪，救生艇被炸成了碎片。接着出现一个很精彩的镜头，一个孩子的胳膊举了起来越举越高越举越高一直到了天空中一定有架机头装着摄影机的直升机跟着他的胳膊在党员座中间传来一阵鼓掌声但是在无产座部分有个妇女突然吵了起来大声说他们不应该在孩子们面前放映这部电影他们在孩子们面前放映这部电影是不对的最后警察把她赶了出去我想她不至于会遇到什么不愉快的结果因为没人关心群众会说些什么群众的典型反应他们绝不会——

温斯顿停下了笔，部分原因是他感到手指痉挛。他也不知道是什么东西使他倾泻出这些垃圾东西。但奇怪的是，在他这么干的时候，有一种完全不同的记忆在他的头脑中清晰起来，以至于他也想把它写下来。现在他才意识到，这是因为有另一件事情才使他突然决定今天要回家并开始写日记。

如果说，这样一件模糊的事也可以说是发生的话，那么它就发生在那天早上，在部里。

快到十一点时，在温斯顿工作的档案室，他们把椅子从小隔间里拖出来，放在大厅的中央，正对着电子屏幕，准备举行两分钟仇恨会。温斯顿正要在中间一排的一张椅子上坐下来，有两个他只见过面、却从未说过话的人意外地走了进来。一个是他经常在走廊中碰到的姑娘。他不知道她的名字，只知道她在小说司工作。可能——因为他有时看到她两手油污，拿着扳钳——她负责某台小说写作机的修理工作。她是个二十七岁左右、表情大胆的姑娘，浓浓的黑发，脸上长满雀斑，动作迅速敏捷，像个运动员一样。一条窄窄的鲜红色佩带——那是青少年反性同盟成员的标志——在她工作服的腰带上缠了几圈，松紧程度刚好能够显现出她臀部的线条。从第一眼见到她，温斯顿就很讨厌她。他知道为什么。这是因为她竭力想在自己身上创造一种曲棍球场、冷水浴、集体远足、心灵单纯的氛围。几乎所有的女人他都不喜欢，特别是年轻漂亮的。女人，尤其是年轻的女人，是党的最盲目的追随者、轻信口号的人、业余密探和异端思想的检查员。但这个女人给他一种比别的女人更加危险的印象。有一次他们在走廊里擦肩而过时，她很快地斜视了他一眼，似乎看透了他的心，黑色恐惧一时笼罩了他。他甚至想到她有可能是思想警察的特务。但可以肯定的是，这是很不可能的。只要她在近处，他仍会感到不自在。这种感觉中混合着敌意和恐惧。

另外一个是个男的，叫作奥布兰，他是内党成员，担任的职务很重要，温斯顿对他其职务的性质只有一种很模糊的概念。一看到穿着黑色工作服的内党成员走近时，椅子周围的人都不由得肃静下来。奥布兰是个大块头，脖子很粗，有着一张粗野、幽默的脸。尽管他的外表令人望而生畏，但他的举止却有着某种迷人的魅力。他有一个小把戏，那就是端正一下鼻梁上的眼镜，这个动作很奇怪，能让人解除戒心——也很难说清楚，但却给人一种很文明的感觉。如果有人仍旧有那样想法的话，这个姿态可能使人想到一个18世纪的贵族邀请别人用他们的鼻烟。十多年来，温斯顿看过奥布兰十几次。他觉得自己对他特别有兴趣，这并不完全是因为他对奥布兰所表现出来的彬彬有礼的态度和其拳击手般的体格的反差感到有兴趣。更多的是因为他内心深处的一个坚定的信念——也许根本不是信念，而仅仅是个希望——奥布兰的政治信仰并不是完美无缺的，无疑他脸上的某种表情说明了这一点。还有，也许表现在他脸上的，根本不是非正统性，只不过是智慧罢了。但不管怎样，他的外表使人感到，如果你能躲过电子屏幕而单独与之相处的话，他是个可以谈谈心的人。温斯顿从来没有做过任何努力来证实这种猜测；说真的，根本没办法证明。现在，奥布兰瞥了一眼手表，看到已经快到十一点了，显然决定留在档案司，等两分钟仇恨会结束。他跟温斯顿坐在同一排，相隔两把椅子。中间坐的是一个淡红色头发的小个子女人，她在温斯顿隔壁的小隔间里工作。那个黑头发的姑娘刚好坐在他身后。

接着，大厅那头的电子屏幕上突然发出了一阵刺耳的讲话声，仿佛是台缺少润滑油的大型机器发出的声音一样。这种噪声让人咬牙切齿、毛发直竖。仇恨会开始了。

像往常一样，屏幕上出现了人民公敌伊曼纽尔·戈斯坦因的脸。观众中间到处响起了嘘声。那个淡红色头发的小个子女人发出了一声混合着恐惧和厌恶的尖叫。戈斯坦因是个叛徒、变节分子，他曾经（谁也记不清那是多少年前的事了）是党的领导人物之一，几乎与老大哥本人平起平坐，后来参加了反革命活动，被判死刑，却神秘地逃走了，不知下落。两分钟仇恨会的进程每天都不一样，但戈斯坦因每次都是主角。他是头号叛徒，最早玷污党的纯洁性的人。后来的一切反党罪行、一切叛国行为、破坏颠覆、异端邪说、离经叛道都直接出于他的煽动。在某个地方，他仍然活着，策划着阴谋诡计；也许是在大洋彼岸，处在其外国主子的庇护之下；也许甚至——时不时有谣言说——他就藏在大洋国本国的某处。

温斯顿感到胸口发闷。每次他看到戈斯坦因的脸，总有一种说不出的滋味，这让他感到痛苦。这是一张瘦削的犹太人的脸，一头浓密的白发，小小的一撮山羊胡须——这是一张聪明人的脸庞，但不知为何，从本质上觉得可鄙，又长又尖的鼻子有一种衰老性的痴呆，鼻尖上架着一副眼镜。这张脸像一只绵羊的脸，连其声音也像绵羊。戈斯坦因在对党进行他一贯的恶毒攻击，这种攻击夸张荒谬，连小孩子也能一眼看穿，但是听起来却似乎有些道理，使你觉得要提高警惕，即其他人，头脑没那么清醒的人有可能上当受骗。他在侮辱老大哥，攻击党的专政，要求立即同欧亚国和谈，主张言论自由、新闻自由、集会自由、思想自由,歇斯底里地叫嚣说革命已经被出卖了——所有的话都是以快速和多音节的方式说出来的,可以说是对党的演说家一贯讲话作风的拙劣模仿,甚至还有一些新话的词汇;实际上,比任何党员在实际生活中一般使用的新话词汇还要多。而且自始至终,为了避免有人会对戈斯坦因的花言巧语所涉及的现实有所怀疑,电子屏幕上他的脑袋后面有无数排着纵队的欧亚国军队经过——他们长得都很壮实,有着面无表情的亚洲人面孔。他们涌现到电子屏幕上,然后就消失了,取而代之的是完全相似的军队。这些士兵们沉重、有节奏的军靴声衬托着戈斯坦因像绵羊一般的叫声。

仇恨会刚进行了还不到三十秒钟,屋子里有一半的人就爆发出了不可遏制的愤怒的叫喊。电子屏幕上扬扬自得的绵羊脸,绵羊脸后面欧亚军队可怕的力量,这一切都使人无法忍受;此外,一想到或看到戈斯坦因,就让人不由得产生恐惧和愤怒。与欧亚国或东亚国相比,他成为仇恨对象的频率更高,因为大洋国如果跟这两国中的一国交战,一般情况下跟另一国总是保持和平的。但奇怪的是,虽然所有人都仇恨和鄙视戈斯坦因,虽然每天,甚至一天有上千次,他的理论在讲台上、电子屏幕上、报纸上、书本上遭到驳斥、抨击、嘲笑,让大家看到这些理论只是些可鄙的垃圾,尽管如此,他的影响似乎从来没有减弱过。总是有傻瓜上当受骗。每天都有奉其指示进行活动的间谍和破坏分子被思想警察挖出来。他成了一支庞大的影子军队的司令,这是一帮阴谋家组成的地下网络,妄图要颠覆国家政权。据说这个网络的名称叫作兄弟会,谣传还有一本可怕的书,它汇集了各种异端邪说,到处秘密散发,作者就是戈斯坦因。这本书没有书名。大家提到它时简单称之为"那本书"。不过人们都是从一些模糊谣言中听到这些事的。任何一个普通党员,都会尽量避免提及兄弟会和"那本书"。

仇恨会在第二分钟达到了狂热的程度。人们在座位上上蹿下跳,大声高喊,想要压倒电子屏幕上传出来的令人难以忍受的咩咩叫的声音。那个淡红色头发的小个子女人脸孔通红,嘴巴一张一合,好像离了水的鱼一样。就连奥布兰粗犷的脸也涨红了。他直挺挺地坐在椅上,宽阔的胸膛胀了起来,不断地起伏着,好像在忍受波浪的冲击。在温斯顿背后,那个黑头发的姑娘开始大喊"猪猡!猪猡!猪猡!"她突然捡起一本厚厚的新话词典向电子屏幕砸去。它击中了戈斯坦因的鼻子,又弹了出去,他说话的声音仍在无情地响着。温斯顿的头脑曾经有过片刻的清醒,他发现自己也在和别人一起高喊,用鞋后跟使劲地踢着椅子腿。两分钟仇恨会的可怕之处在于,不是你必须参与其中,而是要避免参与是绝对不可能的。三十秒钟内,一切伪装都变得毫无必要了。一种夹杂着恐惧和报复的可怕情绪,一种要杀戮、虐待、用大铁锤狠砸别人脸的欲望像电流般通过这群人,甚至使你违反本意地变成一个面部扭曲、恶声叫喊的疯子。然而,你所感到的那种狂热情绪是一种抽象的、盲目的感情,像喷灯的火焰一样,可以从一个物体转到另外一个物体身上。因此,有一阵子,温斯顿的仇恨并不是针对戈斯坦因的,而是反过来转向了老大哥、党、思想警察;那一刻,他的心向着电子屏幕上那个孤独的、受到嘲弄的异端分子,他是谎话世界中真理和理智的唯一守护者。然而在下一刻，他又同周围的人站在一起，觉得所有攻击戈斯坦因的话都是正确的。在这样的时刻，他对老大哥的憎恨变成了崇拜，老大哥的形象越来越高大，似乎是一个所向无敌、毫无畏惧的保护者，巨石般耸立着，站在亚洲这群乌合之众的面前，而戈斯坦因尽管孤立无援，尽管对自己个人的存在也心存怀疑，但他仍像是一个阴险狡诈的巫师，仅凭他话语中的力量，也能够把文明的框架摧毁。

有时候，你甚至可以自觉转变自己仇恨的对象。温斯顿突然把仇恨从电子屏幕上的面孔转移到了坐在他身后的那个黑发女人的身上，变化速度之快就像在噩梦中猛然用力把头从枕头上扭到另一边。一些栩栩如生的、美丽动人的幻觉在他的心中闪过。他想象自己用胶皮警棍把她揍死，又把她的衣服扒光，然后绑在一根木桩上，像圣塞巴斯蒂安一样，被乱箭射死；他会强奸她，然后在高潮之际割断她的喉管。而且，他比以前更加清楚地意识到自己为什么恨她。他恨她，是因为她年轻漂亮，却毫不性感，是因为他想跟她上床却永远达不到目的，是因为她柔软的腰身——似乎在引诱你去抱住她——围着那条令人厌恶的鲜红色的饰带，那是咄咄逼人的贞节的象征。

仇恨会达到了最高潮。戈斯坦因的声音变成真正绵羊的咩咩的叫声，而且有那么一会儿，他的脸也变成了绵羊脸。接着绵羊脸又化为一个欧亚国的士兵，高大吓人，似乎在大踏步前进，他手中的冲锋枪在咆哮，好像整个人要从电子屏幕中跳出来一样，以至于前排真的有些人在座位上往后缩。但是就在这一瞬间，电子屏幕上这个敌人已化为老大哥的脸,黑头发,黑胡子,充满力量,镇定沉着,脸庞大得几乎占满了整个屏幕,他的出现让每个人都长出了一口气。没人听见老大哥在说什么。他说的只是几句鼓励的话,这话是在一片喧闹中说出的,无法逐字逐句听清楚,但是说了却能恢复信心。接着老大哥的脸又隐去了,屏幕上出现了以醒目的大写字母所写的党的三条标语:

战争即和平。
自由即奴役。
无知即力量。

但是老大哥的脸好像在电子屏幕上又停留了几秒钟,似乎对每个人的眼球造成的冲击过于强烈,不能马上消失。那个淡红色头发的小个子女人扑在她前面椅子的背上,向电子屏幕伸出双臂,哆哆嗦嗦地喊了一句好像是"我的大救星啊"之类的话。接着又用手捂着脸,显然是在祷告。

此时,全部在场的人发出了低沉、缓慢而又有节奏的呼喊"B—B!……B—B!……B—B!"他们喊得很慢,在第一个B和第二个B之间停顿很久。不知为何,这种深沉的声音有一种野蛮的味道,你仿佛听到了赤脚的踩踏和铜鼓的敲打。他们这样大约喊了三十秒钟。这种压抑的声音在感情极其强烈的时候是常常会被听到的。一定程度上说,这是对老大哥的英明伟大的赞美,然而更重要的是一种自我催眠,有意识地制造有节奏的噪声来麻痹自己的意识。温斯顿心里感到一阵凄凉。在两分钟的仇恨会中,他无法不同大家一起呼喊,但是这种野兽般"B—B! ……B—B!"的叫喊让他恐惧。当然,他也和大家一起高喊,不这么做是不可能的。掩盖你真实的感情,控制你脸部的表情,大家做什么你就做什么,这是一种本能的反应。但是有那么一两秒钟,他的眼神很可能暴露了自己。正好就在那一刻,那件具有重要意义的事情发生了——如果说那件事情真的发生了的话。

就在那时,他同奥布兰四目相望。奥布兰已经站了起来。他摘下眼镜,正要以他一贯的动作把眼镜放到鼻梁上去。然而就在他们两人眼光相遇不到一秒钟的时间里,温斯顿就在那一刻意识到——是的,他知道了!——奥布兰心里想的同他自己一样。他们两人之间交换了一个确凿无误的信息,似乎两人的心都打开了,通过眼睛,思想从一个人的大脑流到了对方的大脑之中。"我跟你一样,"奥布兰似乎这样对他说。"我完全了解你的感受、你的蔑视、仇恨、厌恶,我全都知道。不过别怕,我站在你这边!"但是那理解的神情转瞬即逝,奥布兰的脸色又变得跟别人一样高深莫测了。

全部的经过就是这样,他已经在开始怀疑,这件事是否真正发生过,这种事情是从来不会有下文的,唯一的作用不过是让他在心中保持这样的信念,或者说希望:除了他自己,还有其他人也在与党为敌。也许关于大规模地散布串联活动的谣言是真实存在的也说不定,也许真的有兄弟会的存在!尽管有不断的逮捕、招供和处决,但仍然不能确定兄弟会是否真的存在。他有时相信,有时不相信。没有任何证据，只是一些琐碎的事，可能有意义也可能没有意义：无意中听到的谈话，厕所墙壁模糊不清的涂鸦——甚至两个陌生人相遇时偶尔做出的一个不起眼的手势，看上去就像是接头信号。这都是瞎猜：很可能这一切都是他臆想出来的。他回到自己的小隔间中去，没有再看奥布兰一眼。他几乎从未想过要延续他们那一瞬间的接触。即使他知道应该怎么办，这样做的危险也是无法想象的。他们不过是在一两秒钟内交换了理解的目光，这就是全部的经过。但纵然如此，在这样一个与世隔绝的孤独的生活环境中，这也是一件值得记忆的事。

温斯顿把身子坐直了一些。他打了一个嗝。杜松子酒从他胃里泛了上来。他的眼光又回到本子上。他发现自己在无助沉思的时候，一直在写字，好像是自发的动作一样。而且字体也不像刚才那样歪歪斜斜、难以辨认了。他的笔在光滑的纸面上龙飞凤舞，用整齐的大写字母写着——

打倒老大哥

打倒老大哥

打倒老大哥

打倒老大哥

打倒老大哥

一遍又一遍，写满了半页纸。他不禁感到一阵恐慌。其实这没道理，因为写下的这些字并不比开始写日记这一行为更加危险；但是有一阵子，他真想把那写上字的篇页全部撕掉，彻底放弃写日记这个冒险的行为。

但是他没有这样做，因为他知道这没用。不管他写下了"打倒老大哥"，还是没有写，并没有什么不同。不管他是继续写日记，还是他停止了这一活动，也没有什么不同。思想警察一样会抓到他的。他已经犯下了——即使他没有用笔写在纸上，也还是犯了的——包含一切其他罪行的基本大罪，他们称之为思想罪。思想罪是不可能永远掩盖的。你可能暂时能躲避一阵，甚至躲避几年，但他们迟早会抓到你。

总是在夜里——逮捕无一例外在夜里进行。突然在睡梦中惊醒，一只粗暴的手晃着你的肩膀，手电筒直射你的眼睛，床边围着一圈凶狠的脸。在绝大多数情况下，没有审讯，没有关于逮捕的任何消息，人就是这么销声匿迹了，而且总是在夜里。你的名字被注销，你做过的一切事情的记录都除掉了，你的一度存在也给否定了，接着被遗忘了。你被铲除，被消灭了——人们通常用的词是"被蒸发"。

有一阵子，他忽然陷入一阵歇斯底里的情绪，开始潦草地写起来：

他们会枪毙我我无所谓他们会在我的脖子后面打上一枪我无所谓打倒老大哥他们总是从你的脖子后面给你一枪我无所谓打倒老大哥——

他在椅子上往后一靠,有点为自己感到惭愧,然后放下了笔,接下来他又疯狂地写起来。有人在敲门。

已经来了!他像只耗子似的坐着不动,徒劳地希望不管是谁敲门,就让他敲一下然后就走开吧。但是没有,门又响了一下。拖延是最糟糕的事。他的心脏像鼓一样敲着,不过他的脸大概是出于长期的习惯却毫无表情。他站起身,脚步沉重地向门走去。

二

抓到门把手时,温斯顿看到他的日记在桌子上摊开放着,上面写的全是"打倒老大哥",字体之大,从房间另一头还看得很清楚。这件事干得非常愚蠢。但是,即使在惊慌失措中他也意识到,他不愿在墨迹未干之前就合上本子,以至于弄脏那乳白色的纸张。

他吸了口气,然后把门打开。一股如释重负的暖流席卷了全身。站在门外的,是一个面容苍白憔悴的女人,头发稀疏,满脸皱纹。

"哦,同志,"她用一种疲倦悲伤的声音说,"我想我听到你进门的声音了。你能不能过来帮我看看我家厨房里的水池子?它好像堵住了,还——"

是帕森斯太太(党内是反对使用"太太"这个词的,随便谁,你都得叫"同志",但是对于女人,你会不自觉地叫她们"太太"

的），同一层楼一个邻居的妻子。她三十岁左右，但样子却要老得多。她给人一种脸上的皱纹里藏有灰尘的印象。温斯顿跟着她向过道另一头走去。这种业余修理工作几乎每天都有，使人讨厌。胜利大厦这幢老的公寓楼，大概是在1930年左右修建的，现在快要倒塌了。天花板上和墙上的灰泥不断地掉下来，每次霜冻，水管总是冻裂，一下雪，屋顶就会漏水，供暖系统如果不是为了节约而完全关闭，一般只开一半蒸汽量。修理工作除非你自己能动手，否则必须得到某个高高在上的委员会的同意，而这种委员会很可能拖上一两年不来理你，哪怕是要修一扇玻璃窗。

"因为汤姆不在家。"帕森斯太太含含糊糊地说。

帕森斯家的公寓要比温斯顿的住所大些，是另一种形式的肮脏。什么东西都有一种被击打踩踏的样子，似乎有一头凶猛的动物刚刚造访过这里。地板上到处都是体育用品——曲棍球棍、拳击手套、破足球、一条翻过来的带有汗味的短裤，桌子上是一堆脏碟子和折了角的练习本。墙上是青年团和侦察队的红旗，还有一幅巨大的老大哥的宣传画。房间里同整幢楼一样，有一股必不可少的卷心菜的味道，但还是掩盖不住一股更刺鼻的汗臭味儿，那汗味儿——一闻便知，只是难以说明白怎么会那样——来自另外一个当时不在场的人。在另一间屋子里，有人在用哨子和一片草纸吹着，配合着电子屏幕上正在播放着的军乐的节奏。

"是孩子们，"帕森斯太太有点忧虑地朝门口看了一眼，"他们今天没有出去。当然——"

她有一种只说半截子话的习惯。厨房水池里发绿的脏水满得几乎要溢出来，比煮卷心菜的味道还要难闻。温斯顿跪下来检查水管曲颈的接头处。他不愿用手，也不愿弯下身去，因为那样总能让他咳嗽起来。帕森斯太太帮不上忙，只在一旁看着。

"当然，要是汤姆在家的话，他一会儿就能修好的，"她说，"他喜欢干这种事。他的手十分灵巧，汤姆就是这样。"

帕森斯是温斯顿在真理部的同事。他是个身体肥胖、头脑愚蠢、但在各方面都很活跃的人，充满低能的热情——是属于那种完全听话、忠心耿耿、乏味无趣的人，党依靠他们维持稳定，甚至超过了依靠思想警察的程度。他三十五岁，前不久才很不情愿地被青年团赶了出来，在升入青年团以前，他在规定年龄已满后仍赖在侦察队多待了一年。他在部里担任一个低级职务，不需什么智力，但在另一方面，在体育运动委员会和其他一切组织集体远足、自发示威、节约运动和义务劳动的委员会里，他可是个重要人物。他会一边抽着烟斗，一边安详而得意地告诉你，过去四年来，他每天晚上都要到集体活动中心去。他走到哪里，就把一股强烈的汗味儿带到哪里——甚至在他走了以后，这股汗臭还留在那里，这成了他在生活中精力充沛的佐证。

"你有扳手吗？"温斯顿说，摸着接头处的螺帽。

"扳手，"帕森斯太太说着马上变得有气无力，"我不知道，也许孩子们——"

随着一阵脚步声和吹梳子的声音，孩子们冲进了起居室。帕森斯太太把扳手送来了。温斯顿放掉了脏水，忍着恶心把一团堵住水管里的头发取了出来。他在水龙头下把手洗干净，回到另外一间屋子里。

"举起手来!"一个凶恶的声音叫道。

一个漂亮、长相凶狠的九岁男孩从桌子后面跳了出来,把一支玩具自动手枪对准了他,旁边一个比他大约小两岁的妹妹拿起一块木头对着他,他们两个都穿着蓝短裤、灰衬衫,戴着红领巾,这是少年侦察队的制服。温斯顿把手举过头顶,心神不安,因为那个男孩的表情如此凶恶,感觉不全是在闹着玩。

"你是个叛徒!"那男孩叫道,"你是思想犯!你是欧亚国的特务!我要枪毙你,我要蒸发你,我要送你到盐场去!"

突然,他们两个开始围着他跳跃,嘴里嚷着"叛徒!"和"思想犯!"那个小女孩的每一个动作都跟着她哥哥学。有点恐怖的是,他们好像两只小虎崽子,很快就会长成吃人的猛兽。那个男孩目露凶光,显然有着要打倒和踢倒温斯顿的想法,而且他也意识到自己很快就到了做这种事的年龄。温斯顿想,幸亏他手中的枪不是真的。

帕森斯太太的眼睛不安地在温斯顿和自己的孩子们之间扫来扫去。在起居室较亮的光线下,他发现她脸上的皱纹里真的有灰尘,对此他感到很有趣。

"他们闹腾得真厉害,"她说,"因为不能去看绞刑,所以才这么闹。我太忙,没空带他们去,汤姆下班来不及。"

"我们为什么不能去看绞刑?"那个男孩用他的大嗓门嚷道。

"我要看绞刑!我要看绞刑!"那个小女孩叫道,一边还在蹦来蹦去。

温斯顿想了起来,今天晚上,有几个犯了战争罪的欧亚国俘虏要在公园里被处以绞刑。这种事情每个月发生一次,是大家都爱看的。孩子们总是吵着要大人带他们去看。他向帕森斯太太告别,朝门口走去,但在外面过道上还没有走上几步,就有人用什么东西在他脖子后面狠狠地揍了一下。好像根烧得通红的铁丝刺进了他的肉里。他转过身去,刚好看见帕森斯太太在把她的儿子拖到屋里去,那个男孩正在把弹弓放进兜里去。

关门的时候,那个男孩还在叫着"戈斯坦因",然而让温斯顿印象最深的,是那个女人发灰的脸上无助而恐惧的神情。

回到自己的房间后,他很快地走过电子屏幕,在桌子旁边重新坐了下来,手还揉着脖子。电子屏幕上的音乐停止了。一个吐字清晰、代表军方的声音正以狂热的语气描述新浮动城堡的武器装备,该堡垒不久前在冰岛和法罗群岛之间停泊。

他心里想,有这样的孩子,那个可怜的女人的日子一定过得够呛。再过一两年,他们就要日日夜夜地监视着她,以图发现任何异端思想的征兆。如今,几乎所有的孩子都是可怕的。最糟糕的是通过像少年侦察队这样的组织,把他们系统地改造成无法管教的小野人,但又不会在他们身上产生任何对党的纪律的反抗倾向。相反,他们崇拜党和党的一切。唱歌、游行、旗帜、远足、木枪操练、高呼口号、崇拜老大哥——所有这一切对他们来说都是非常好玩的事。他们所有的残暴都是对外的,针对的是国家的敌人、外国人、叛徒、破坏分子、思想犯等。三十岁以上的人惧怕自己的孩子似乎是很普遍的事。这也不无理由,因为每星期《泰晤士报》总有一条消息报道某个偷听父母讲话的小告密者——一般都称为"小英雄"——偷听到父母的一些不敬言论,然后向思想警察告发了他们。

弹弓造成的疼痛已经消退了。他心不在焉地拿起笔,不知道还有什么话要写在日记里。突然,他又想起了奥布兰。

几年前——多少年了?大概有七年了——他曾经做过一个梦,梦见自己在一间漆黑的屋子中走过。他走过的时候,一个坐在旁边的人说:"我们将在没有黑暗的地方相见。"说这话的语气很平静,几乎是随便说的——是陈述,不是命令。他继续往前走,没有停下脚步。奇怪的是当时,在梦里,这话并未给他留下很深的印象。只是到了后来,这话才逐渐有了意义。他现在已经记不得他第一次见到奥布兰是在做梦之前还是做梦之后了;他也记不得他什么时候忽然辨认出那是奥布兰的声音了。但不管怎样,他的确辨认出来了,在黑暗中跟他说话的是奥布兰。

温斯顿从来无法确定——甚至在今天上午看到他的眼神一闪之后,仍然没有办法确定——奥布兰究竟是朋友还是敌人。其实这也无关紧要。他们中间有条理解的纽带,比友爱或党派之情更重要。反正他说过:"我们将在没有黑暗的地方见面。"温斯顿不明白这是什么意思,他只知道不管怎么样,这一定会实现。

电子屏幕上的声音停了下来。污浊的空气中响起了一声清脆动听的小号声,然后说话声又刺耳地响起:"注意!请注意!现在插播从马拉巴尔前线收到的新闻。我军在印度南部赢得了一场辉煌的胜利。我受权宣布,我们报道的此次战役将大大推动战争向结束的方向发展。这是新闻插播——"温斯顿想,坏消息来了。果然,在播报完一段描述如何骇人听闻地消灭一支欧亚军队,以及在报告了大量杀、伤、俘虏的数字以后,通告就来了,从下星期开始,巧克力的定量供应从三十克减少到二十克。

温斯顿又打了一个嗝,酒劲儿已经消失了,只留下一种泄气的感觉。电子屏幕也许是为了要庆祝胜利,也许是为了要淹没关于失去的巧克力的记忆,播放了《为了你,大洋国》。照理应该立正,但是在目前的情况下,别人是瞧不见他的。

《为了你,大洋国》放完以后是轻音乐。温斯顿走到窗口,背对着电子屏幕。天气仍旧寒冷晴朗。远方某处,一枚火箭弹爆炸了,回荡起沉闷的轰鸣声。目前,伦敦每星期要挨上二三十颗火箭弹。

在下面的街道上,寒风吹刮着那张撕破的宣传画,"英社"一词时隐时现。英社。英社的神圣原则。新话,双重思想,变化无常的过去。他觉得自己好像在海底森林中流浪一样,迷失在一个怪异的世界里,而自己就是其中的一个恶魔。他孤身一人。过去已经死亡,未来无法想象。他又如何能肯定某个活着的人是站在他这一边的呢?他又如何知道党的统治不会永远维持下去呢?真理部白色墙面上的三句口号引起了他的注意,仿佛是给他的答复一样:

战争即和平。

自由即奴役。

无知即力量。

他从口袋里掏出一枚二角五分的钱币来。在这枚钱币上也有清晰的小字压铸着这三句口号,另一面是老大哥的头像。即使在硬币上,那双眼睛也盯着你不放。不论在钱币上、邮票上、书籍的封面上、旗帜上、宣传画上、香烟盒上——到处都有。那双眼睛总是盯着你,声音总是在你的耳边响着。不论是睡着还是醒着,在工作还是在吃饭,在室内还是在户外,洗澡还是在床上——无处可逃。除了脑袋里几个立方厘米外,没有东西是属于你自己的。

太阳已经偏斜,真理部的无数窗口由于没有阳光照射,看上去像一座堡垒上的射击孔一样阴森可怕。在这座巨大的金字塔形状的建筑前,他感到恐惧。它太坚固了,无法攻打。一千枚火箭弹也毁不了它。他又开始想,究竟是在为谁写日记。为未来,为过去——为一个子虚乌有的时代。而在他的面前等待着的不是死而是毁灭。日记会化为灰烬,他自己也将被蒸发掉。只有思想警察会读他写的东西,然后他们会把它销毁,然后从记忆中把它除掉。当你自己,甚至在一张纸上写下的一句匿名的话都不可能实际存在时,你怎么能够向未来呼吁呢?

电子屏幕里钟声响了十四下。他在十分钟内必须离开。他一定要在十四点三十分回去上班。

奇怪的是,钟声似乎让他换了种心情。他是个孤独的鬼魂,正在讲述一个谁都不会听的真理。然而只要他说出来,那种连贯性就以某种不明显的方式保持下来。不是通过让别人听到你的话,而是通过保持清醒,将人性传统延续下去。他回到桌边,蘸了一下笔,接着写道：

致未来或过去，致一个思想自由、人们各不相同、但并不孤独生活着的时代——致事实存在不变、发生过就不会被清除的时代：

从一个千篇一律的时代，从一个孤独的时代，从老大哥的时代，从双重思想的时代——向你致敬！

他想，他已经死了。对他来说，好像只有现在，当他开始能够把自己的思想理出头绪的时候，他才迈出了决定性的一步。每个行动的结果都包含在行动本身里面。他写道：

思想罪不会带来死亡：思想罪本身就是死亡。

现在他既然认识到自己是已死的人，那么尽量长久地活着就是一件重要的事。他右手有两个指头沾了墨水。这样的小事情很可能就会暴露你。部里某个爱打听的狂热分子（可能是个女人，像那个淡红色头发的小个子女人或者小说司里的那个黑头发女孩）可能开始怀疑，他为什么在中午吃饭的时候写东西，为什么他用老式钢笔，他在写些什么——然后向有关部门暗示一下这件事。他到浴室里用一块粗糙的深褐色的肥皂小心地洗去了墨迹，这种肥皂能像砂纸一样打磨你的皮肤，因此用在这个目的上很合适。

他把日记放进抽屉里。要想把它藏起来是没有用的，但是他至少可以确认，它的存在是否被发现了。夹一根头发太明显了。于是他用指尖夹起一粒能辨认出的白色灰尘来，放在日记本封面的一角上，如果有人动这个本子，这粒灰尘一定会掉下来的。

三

温斯顿梦见了自己的母亲。

他想，母亲失踪的时候，自己已经有十岁或者十一岁了。她身材高大、仪态端庄，却很少说话，动作缓慢，留着一头浓密的金发。至于他的父亲，他的记忆更淡薄了，只模糊地记得父亲是个又黑又瘦的人，总是穿着整齐的深色衣服（温斯顿特别记得他父亲鞋子的鞋底特别薄），戴着一副眼镜。他们两人一定是被50年代最早的几次大清洗中的某一次给吞噬掉的。梦中此时，他的母亲正坐在离他下面很深的一个地方，怀里抱着他的妹妹。他一点也记不得他的妹妹了，只记得她是个纤弱的小孩，有一双警觉的大眼睛，总是一声不响。她们两人都抬头看着他。她们是在地下的某个地方——然而是那种已经在他下面很深，却还在下沉的地方。她们是在一艘正在下沉的船上的大厅里，通过颜色变得越来越深的海水抬头看着他。大厅里仍有些空气，她们能看见他，他也能看见她们，但是她们一直在往下沉，下沉到绿色的海水中。再过一会儿，绿色的海水就会把她们永远淹没了。他在光亮和空气中，她们却被死亡吞噬，她们之所以在下面是因为他在上面。他明白这一点，她们也明白这一点,他可以从她们的脸上看出她们明白这一点。她们的脸上或心里都没有责备的意思,只是知道,为了使他能够活下去,她们必须死去,而这就是事物发展过程中不可避免的。

他记不得发生了什么,但是他在梦中知道,在某种意义上讲,他的母亲和妹妹为了他而牺牲了自己的性命。它是这样一种梦,它在保留典型梦境的同时,一个人的精神生活仍在继续,在这样的梦里,你碰到的一些事实和想法,醒来时仍然新鲜而且珍贵。这时,温斯顿突然想起,三十年前他母亲的死是悲剧,这样的死现如今已经不可能了。他认为,悲剧是属于古代的事,在那个年代,仍旧有私生活、爱情和友谊,一家人相互扶持,不用问为什么。想起母亲让他心里难受,因为她到死都那么爱他,而他当时年纪太小、太自私,不知怎样用爱来报答,而且不知为什么——他不记得具体情况了——她为了一种个人的、不可改变的忠贞概念而牺牲了自己。他明白,这样的事情今天不会发生了。今天有恐惧、仇恨、痛苦,但感情失去了高尚性,不再有深切的或复杂的悲哀。所有这一切,他似乎从他母亲和妹妹的大眼睛中看到了,她们从绿色的深水中抬头看着他,在几百英寻以下,而且还在往下沉。

突然,他站在一片松软的草地上,那是个夏天的黄昏,夕阳将大地染成一片金黄色。这时,他看到的景色时常在他的梦境中出现,以至于他不确定自己是否在现实世界中看见过。他醒来的时候把这个地方称作黄金乡。这是一片古老的、被兔子啃噬的草地,中间有一条小路蜿蜒经过,到处有田鼠打的洞。在草地那边的灌木丛中,榆树枝在微风中轻轻摇晃,树叶微微颤动,好像女人的头发一样。而在近处，虽然看不见，但却有一条清澈的缓缓流动的溪流，鲮鱼在柳树下的池塘中游着。

那个黑头发的姑娘穿过草地向那几棵柳树走去，她好像一下子就脱掉了衣服，高傲地把它们扔在一边。她的身体白皙光滑，却勾不起他的任何欲望；说真的，他看也不看她。那一刻，他心里最强烈的感情，是钦佩她扔掉衣服的姿态。她用这种优雅的、毫不在乎的姿态，似乎把整个文化、整个思想制度都消灭掉了，似乎单是手臂的一个非常漂亮的动作，就能把老大哥、党、思想警察一扫而空。这个姿态也是属于古代的。温斯顿醒来时，嘴里还在念叨着"莎士比亚"这个词。

电子屏幕上发出一阵刺耳的哨音，单调地持续了约三十秒钟。时间是七点十五分，是办公室工作人员起床的时候。温斯顿挣扎着起了床——全身赤裸，因为一个外党党员每年只有三千张配给券，而一套睡衣裤就要六百张——从椅子上抓过一件肮脏的背心和一条短裤。体操在三分钟内就要开始。这时他忽然剧烈地咳嗽起来，每次醒来，他总要这么咳上一阵子，咳得他弯下腰去，一直把肺都清空了，然后在床上躺一会儿，深深地喘几口气以后才能恢复呼吸。这时他咳得青筋毕露，静脉曲张的溃疡处又痒了起来。

"三十到四十组！"一个刺耳的女人的声音叫道，"三十到四十组！请你们站好。三十到四十组！"

温斯顿连忙跳到电子屏幕前站好，电子屏幕上出现了一个年轻女人的图像，虽然骨瘦如柴，可是肌肉发达，她穿着一身运动衣裤和球鞋。

"屈伸胳膊！"她叫道，"跟着我一起做。一、二、三、四！一、二、三、四！同志们，拿出精神来！一、二、三、四！一、二、三、四！……"

咳嗽发作所引起的肺部剧痛没能驱散掉梦境在温斯顿心中留下的印象，有节奏的体操动作又多少把那个印象恢复了一点。他一边机械地把胳膊一屈一伸，脸上挂着十分高兴的表情——这种表情被认为是做体操时合适的表情——的时候，一边拼命回想童年时代的模糊记忆。这很困难，50年代后期以前的事，一切都淡薄了。没有具体的纪录可以参考，甚至你自己的生活也模糊不清了。你记得事情的细节，却不能重新体会当时的那种气氛。还有一些很长的空白时期，你记不得发生过什么。当时的一切都与现在不同，甚至国家的名字以及在地图上的形状都与现在不同。例如，一号机场当时并不叫这个名字，而是叫英格兰或不列颠。不过伦敦一直叫伦敦，对此他是很有把握的。

温斯顿记不清楚有什么时候他们国家不是在打仗的，不过在他的童年时，显然曾经有过一个相当长的和平时期，因为他早期记忆的片段之一是关于某次空袭的，似乎让大家都吃了一惊。也许就是原子弹扔在科尔彻斯特那一次。空袭本身，他已记不得了，可是他却记得父亲抓住自己的手，一起急急忙忙往下走，往下走，绕着他脚底下的那条螺旋形楼梯到地底下去，一直走到他双腿酸软，开始哭闹，他们才停下来休息。他的母亲缓慢而精神恍惚地跟在后面，怀里抱着他的小妹妹——也许那是个装着毛毯的包袱，因为他记不清那时他的妹妹是否已经出生。最后他们到了一个人声喧哗、拥挤不堪的地方,他意识到那是个地铁车站。

在石板铺的地上到处都坐满了人,双层铁铺上也坐满了人,一个挨一个。温斯顿和他的父母在地上找到了一个地方,他们旁边是个老头儿和一位老太太,他们并肩坐在一张铁铺上。那个老头儿穿着一身质地不错的深色衣服,后脑勺戴着一顶黑布帽,露出一头白发。他的脸涨得通红,蓝色的眼睛里含着泪水。他浑身散发着浓烈的杜松子酒气,好像从皮肤中排泄的是酒而不是汗,使人感到他眼睛里涌出来的纯粹是酒。虽然他有点醉了,但同时还在为某件真实而无法忍受的事情伤心。温斯顿幼小的心灵里感到,一定有件什么可怕的事情,有件不能原谅、也永远无法补救的事情,在他身上发生了。似乎他也知道那是件什么样的事情:一个被老头爱着的人——也许是他的小孙女,给炸死了。那个老头儿每隔几分钟都要重复说:"我们不应该相信他们的,我不是已经说过了吗,孩子他妈,是不是?这就是相信他们的后果。我一直是这么说的,我们不应该相信那些浑蛋。"

可是他们究竟不应该相信哪些浑蛋,温斯顿却记不起来了。

差不多从那时起,战争一直在持续,不过严格说来,它并不是同一场战争。在他童年的时候,曾经有几个月之久,伦敦发生了混乱的巷战,有些巷战他还清晰地记得。但是要记清楚整个时期的历史,要说清楚在某一次谁同谁打仗,却是完全办不到的,因为除了现在的盟国外,没有书面的记录,也没有任何讲话里曾经提到过还有其他的盟国。例如当前,在一九八四年(如果这一年是一九八四的话),大洋国在同欧亚国打仗,而与东亚国结盟。但是不论在公开场合还是私下的谈话中都没有承认过这三大国曾经有过战争或者结盟的其他组合方式。事实上，温斯顿也很清楚，就在四年前，大洋国就同东亚国打过仗，同欧亚国结过盟。但是这不过是他碰巧知道的事，这是因为他对记忆的控制并未达到要求。官方说从未发生过改换盟国的事，大洋国在同欧亚国打仗——因此大洋国一直在同欧亚国打仗。当前的敌人总是代表着绝对邪恶的势力，因此不管是过去还是未来，都不会与其达成任何协议。

他把肩膀尽量地往后挺（手放在臀部，从腰部以上躯体做旋转运动，据说这种体操对背部肌肉有好处），一边想——这样想几乎已有上千次，上万次了——可怕的是，这可能全都是真的。如果党能够插手到过去之中，说这件事或那件事从来没有发生过，那么这肯定比拷打或者死亡更加可怕。

党说大洋国从来没有同欧亚国结过盟。他，温斯顿却知道大洋国在四年前还曾经同欧亚国结过盟。但是这种知识存在于什么地方呢？只存在于他自己的意识之中，而不管怎样，这种意识肯定不久就要被消灭的。如果别人都相信党说的谎话——如果所有记录都这么说——那么这个谎言就载入历史而成为真理。党的一句标语这样说："谁掌控历史，谁就掌控未来；谁掌控现在，谁就掌控历史。"虽然从其性质来说，过去是可以改变的，但是却从来没有改变过。凡是现在正确的东西，永远也是正确的。这很简单。所需要的只是一而再再而三，无休无止地克服你自己的记忆。他们把这叫作"现实控制"；用新话来说是"双重思想"。

"稍息！"女教练喊道，口气稍微温和了一些。

温斯顿放下胳膊,慢慢地吸了一口气。他的大脑滑向一个双重思想的迷宫世界。知与不知,知道全部真实,却说着精心编造的谎言;同时拥有两种针锋相对的观点,明知它们互相矛盾而仍都相信;利用逻辑来反逻辑,一边表示拥护道德一边又否定道德,一边相信民主是办不到的,一边又相信党是民主的捍卫者,忘掉一切必须忘掉的东西,然后在需要的时候又想起来,接着又马上忘掉——最重要的是,对这个过程本身,也要照此处理。最奥妙之处就在于此:要清醒地诱导自己进入不清醒的状态,然后又并不意识到刚刚对自己实行的催眠行为。甚至要了解"双重思想"这个词,你也得使用双重思想。

女教练又叫他们立正了。"现在看谁能碰到脚趾!"她热情地说,"从腰部向下弯,同志们,请开始。一——二!一——二!……"

温斯顿最恨这一节体操,因为这使他从脚后跟到臀部都感到一阵剧痛,最后又常常引起咳嗽。他原来在沉思中感到的一点点乐趣已化为乌有。他觉得,过去不但被改变了,而且被彻底毁掉了。因为,如果除了你自己的记忆以外不存在任何记录,那你又怎能确定一件事情,哪怕是最明显的事实呢?他努力回忆自己是在哪一年第一次听到老大哥的名字的。他想这大概是在60年代,但是无法确定。当然,在党史里,老大哥从建党开始时起就一直是党的领袖和捍卫者。他的业绩在时间上一直在被逐步往前推,一直推到了令人难以置信的40年代和30年代,那时的资本家们仍旧戴着奇形怪状的高礼帽、坐在锃亮的大汽车里或者两边镶着玻璃窗的马车里驶过伦敦的街道。无法知道，这种传说有几分是真，几分是假。温斯顿甚至记不起党的成立是在哪一年，他觉得在1960年以前没有听到过"英社"这个词，但也很可能，这一词的旧话——即"英国社会主义"——可能在此以前就流行了。一切都变得模糊不清，然而，有时你能指出哪些话是绝对的谎言。比如，党史中说，飞机是党发明的，这并不正确。小时候，他就记得有飞机了。但是你无法证明，什么证据都没有。他一生之中只有一次掌握了无可置疑的证据，可以证实有一个历史事实是伪造的。那一次——

"史密斯！"电子屏幕里那个泼妇般的声音尖声叫道。"6079号的温·史密斯！是的，就是你！请把身子弯得低一些！你完全做得到。你没有尽力。低一些！这样好多了，同志。现在全队稍息，看我的。"

温斯顿全身汗珠直冒。他的脸部表情让人无法解读，永远不要表现出沮丧！永远不要表现出憎恨！眼光一闪，就会暴露你自己。他站在那里看着女教练把胳臂举起来——谈不上姿态优美，可是动作很利落——弯下身来，手指尖碰到了脚趾。

"这样，同志们，我要看到你们都这样做。再看我做一遍。我已三十九岁了，有四个孩子。看着我。"她又弯下身去，"你们看，我的膝盖没有弯曲。你们只要有决心都能做到，"她一边说一边伸起腰来，"四十五岁以下的人都能碰到脚趾。我们并非每个人都有机会到前线去作战，可是至少可以做到保持身体健康。请记住我们在马拉巴前线的弟兄们！水上堡垒的水兵们！想一想，他们得经受什么样艰苦考验。现在再来一次。好多了，同志，好多了。"她看到温斯顿猛地向前弯下腰来,膝盖挺直不屈,终于碰到了脚趾,就鼓励地说。这是他多年来的第一次。

四

开始这天的工作时,温斯顿不由自主地长出了一口气,即使距离电子屏幕那么近,也没能让他控制住。他把口述记录器拉近自己,吹去话筒上的灰尘,戴上眼镜,接着把已经从办公桌右边气力输送管中送出来的四小卷纸打了开来,夹在一起。

在他小隔间的墙上有三个洞口。口述记录器右边的一个小口是送书面指示的气力输送管;左边大一些的口是送报纸的;在旁边墙上伸手可及的地方有一个大的四方口,上面蒙着铁丝网,这是供处理废纸用的。整个大楼里到处都有这样的口子,为数成千上万,不仅每间屋子里都有,而且每条过道上相隔不远就有一个。不知为何,这些洞的绰号叫记忆洞。凡是你想起有什么文件应该销毁,甚至你看到什么地方有一张废纸时,你就会顺手掀起旁边记忆洞的盖子,把那文件或废纸丢进去,让一股暖和的气流把它吹卷到大楼下面某个隐秘地方的大锅炉中去烧掉。

温斯顿看了一下他展开的纸条,每张纸条上有条只有一两句话的通知,以行话简写——不完全是新话,不过大部分是由新话的词汇构成的。它们是:

泰晤士报17.3.84老大哥讲话误报非洲改正

泰晤士报19.12.83预测三年计划四季度八十三处错印核实最新一期

泰晤士报14.2.84富部错报巧克力定量改正

泰晤士报3.12.83报道老大哥命令双加不好提到非人全部重写存档前上交

温斯顿把第四则通知放在一旁，心中有一种满足感。这是一件很复杂、负责的工作，最好放到最后处理。另外三则都是一般性的，虽然第二件可能需要查阅一大串数字，有些枯燥单调。

温斯顿在电子屏幕上拨了"过期"号码，要求把相应的那期《泰晤士报》送过来，几分钟后，它就从气力输送管里滑了出来。收到的通知跟文章或新闻有关，出于这样那样的原因需要篡改——或者用官方的话来说——必须加以修改。例如，三月十七日的《泰晤士报》报道，老大哥在前一天的讲话中预言南印度前线将无战事，欧亚国不久将在北非发动攻势。结果却是，欧亚国最高统帅部在南印度发动了攻势，并没有去碰北非。因此有必要将老大哥讲话中的那段重写，使他的预言符合实际情况。又如十二月十九日的《泰晤士报》发表了一九八三年第四季度——也就是第九个三年计划的第六季度——各类消费品产量的官方估计数字。今天的《泰晤士报》刊载了实际产量，对比之下，原来的估计每一项都错得厉害。温斯顿的工作就是修改原先的数字，使其跟后来的一致。至于

第三条通知，指的是一个很简单的错误，几分钟就可以改正。二月份，富足部许下诺言（官方的话是"绝对保证"）在一九八四年内不再降低巧克力的定量供应。而事实上，温斯顿也知道，从本星期开始，巧克力的定量供应要从三十克降到二十克。温斯顿需要做的，只是用一则警告代替原来的许诺，警告很可能需要在四月的某个时候降低定量供应。

温斯顿每处理完一则通知，就把口述记录器记下的更正纸条夹在相关的那天的《泰晤士报》上，然后送进气力输送管。接下来，他把原来的通知和他做的笔记都捏成一团，丢进记忆洞里让火焰吞噬。这个动作要做得尽可能自然。

气力输送管通向的那个看不见的迷宫里面究竟情况如何，他并不十分了解，不过大体情况他是知道的。不论是哪一天的《泰晤士报》，把需要修改的文件收齐核对以后，那一天的报纸就要重印，原来的报纸就要销毁，把改正后的报纸放回原来那期所在的档案。这种不断篡改的工作不仅适用于报纸，也适用于书籍、期刊、小册子、宣传画、传单、电影、录音、漫画、照片——凡是可能具有政治意义或意识形态重要性的印刷品和文件都统统适用。每一天——几乎每一分钟——过去被改动得跟现在一致。这样，党的每一个预言都有文献证明是正确的。凡是与当前需要不符的任何新闻或任何意见，都不允许在档案中存在。所有的历史都可以重写、改写。这一工作完成以后，无论如何都无法证明曾经发生过的篡改的事。档案司里最大的一个处——比温斯顿工作的那个处要大得多——那些人的唯一职责，就是把不合时宜需要销毁的一切书籍、报纸和其他文件统统收回来。因为政治结盟的变化，或者老大哥预言的错误，有些《泰晤士报》可能已经改写过十几次，但档案里的日期却仍是原来的，也不存在与其矛盾的其他报纸。书籍也被一遍遍地收回重写，重新发行时也从来不承认作过什么修改。甚至在温斯顿收到的书面通知上——他处理之后无不立即销毁的——也从来没有明言过或暗示过要他所干的伪造的勾当，提到的总是为了保持正确无误，必须纠正一些疏忽、错误、排印错误和引用错误。

但事实上，在他重新调整富足部的数字时想——这连伪造都谈不上，不过是用一个谎话来代替另一个谎话。你所处理的大部分材料跟现实世界里的任何东西都没有关系，甚至连赤裸裸的谎言中所具备的那种关系也没有。修改前和修改后的统计数字都是臆造出来的，很多时候都是要你凭空瞎编出来的。比如，富足部预测本季度鞋子的产量是一亿四千五百万双。而实际产量则是六千二百万双。但是温斯顿在重新改写预测数字时，将其降至五千七百万双，以便可以像往常那样声称超额完成了计划。反正，六千二百万并不比五千七百万更接近实际情况，也不比一亿四千五百万更接近实际情况。很可能一双鞋子也没有生产。更可能的是，没有人知道究竟生产了多少双，更没有人关心这件事。你所知道的，只是每个季度在纸上生产出天文数字的靴子，但是大洋国里却有近一半的人口打赤脚。每一个被记录下来的事实都是这样，不论大小。一切都消隐在一个影子世界里，最后甚至连年份都不确定了。

温斯顿扫了一眼大厅。坐在对面相应位置小隔间里的，是个长相机灵、下巴微黑的小个子男人，名叫狄洛森。他在不紧不慢地工作着，膝上放着一卷报纸，嘴巴凑近口述记录器的话筒。他的神情仿佛是尽量不让旁人听到他说的话，除了电子屏幕以外。他抬起头来，眼镜朝温斯顿的方向敌意地反了一下光。

温斯顿一点儿也不了解狄洛森，不知道他究竟在做什么工作。档案司里的人不大愿意谈论自己的工作。在这个没有窗户的长长的大厅里有两列小隔间，纸张的沙沙声和对着口述记录器说话的嗡嗡声连绵不断。有十多个人，温斯顿连姓名也不知道，尽管每天看到他们在走廊里匆匆地走来走去，或者在两分钟仇恨会的时间里挥舞双手。他知道隔壁的那个小隔间里，那个淡红色头发的小个子女人一天到晚忙个不停，做的只是在报纸上查找已被蒸发掉、因而认为从来没有存在过的人的姓名，然后把这些人的姓名删去。这事让她来做可以说是相当合适，因为她自己的丈夫就在两年前被蒸发掉了。再过去几个小隔间，有一个名叫安普福斯的态度温和、窝窝囊囊、神情恍惚的人，耳朵上长着很多的毛，玩弄诗词韵律方面有着惊人的天赋。他所从事的工作就是删改一些在意识形态方面不和谐的地方，但为了某种原因，仍需保留篡改版本的诗歌——他们称之为定稿本。这个大厅有五十来个工作人员，还只不过是一个科，可说是整个档案司这个庞大复杂的有机体中的一个细胞。上下左右还有许许多多的工作人员在从事种类多得无法想象的工作。还有一些很大的印刷厂，配有编校人员、排印人员和精密复杂的伪造照片的暗房。还有电视节目处，里面有工程师、制片人、各式各样的演员，他们的特长就是模拟别人的声音。还有许多提供咨询的工作人员，他们的工作，只是列出应当被收回的书籍和期刊清单。有巨大的仓库以存放篡改后的文件,还有隐蔽的锅炉用来销毁原件。在某个地方,还有不知为何匿名的上层人员,他们制定政策,确定过去的这部分应予保留,那部分应予篡改,另外一部分要彻底消灭掉。

不过说到底,档案司本身不过是真理部的一个部门而已,而真理部的主要任务不是改写过去的历史,而是为大洋国的公民提供报纸、电影、教科书、电视节目、戏剧、小说——也就是一切可以想象得到的信息、指示或娱乐,从塑像到口号,从抒情诗到生物学论文,从一本小孩子用的拼写书到一本新话词典。真理部不仅要满足党的五花八门的需要,而且也要全部另搞一套低级的东西供大众们享用,因此另设一系列不同的部门,负责大众文学、戏剧、音乐、电影以及一般性的娱乐,在这里制造出垃圾报纸,除了体育运动、凶杀犯罪、占星学以外没有任何其他的内容,还有廉价的色情小说、色情电影、伤感歌曲,这种歌曲完全是用一种叫作谱曲器的特殊机器用机械的方法谱写出来的。甚至有一科——新话叫"色情科"——专门负责生产最低级的色情文学,密封发出,除了参与制作的工作人员外,任何党员都不得偷看。

温斯顿工作的时候,又有三则通知从气力输送管里滑了出来。不过它们都是一些简单的事,他在两分钟仇恨会之前就把它们处理掉了。仇恨会结束后,他又回到他的小隔间里,从书架上取下新话词典,把口述记录器推到一边,擦了擦眼镜,开始着手干这天上午的主要工作。

工作是温斯顿生活中最大的乐趣。他的大部分工作都是单调枯燥的例行公事,但是其中也有一些十分困难复杂的工作,能让人像解复杂的数学问题一样沉浸其中——这是一些精细的伪造工作,除了对英社原则的理解和对党要你说些什么有所估计之外,没有什么东西可作你的指导。温斯顿擅长做这种事,有时,他甚至受命修改《泰晤士报》的头版文章,那可都是用新话写成的。他打开早些时候放在一边的通知,上面是:

泰晤士3.12.83报道老大哥命令双加不好提到非人全部重写存档前提交。

用老话(或者标准英语)这可以译为:

1983年12月3日的《泰晤士报》报道老大哥命令的消息极为不妥,因为它提到不存在的人。全部重写并在存档前将你草稿送上级审查。

温斯顿读了一遍这篇有问题的文章。原来老大哥的指示主要是为了表扬一个叫作FFCC的机构的工作,该机构的任务是为水上堡垒的水兵供应香烟和其他物品。有个名叫威瑟斯同志——他是内党要员——受到了特别表扬,并授予他一枚二级特殊勋章。

三个月以后,FFCC突然被解散,原因未加说明。可以断定,威瑟斯和他的同事们现在已经失宠了,但是在报上或电子屏幕上对此都没有报道。这是意料中的事,因为政治犯一般并不进行审判或者公开批判。在牵涉到成千上万人的大清洗运动中,公开审判叛国犯和思想犯，让他们摇尾乞怜地认罪然后加以处决，那是故意做给别人看的，而且几年来才会发生一次。更常见的是，让党不满的人就此失踪，不知下落。谁也不知道，他们究竟遭到怎样的下场。有些人可能根本没有死。在温斯顿认识的人中，先后失踪的就有三十几个人，还不包括他们的父母。

温斯顿用一个纸夹子轻轻刮着鼻子。在对面那个小隔间里，狄洛森同志仍在诡秘地对着口述记录器说话。他抬了一下头，眼镜上又闪出一阵敌意的光。温斯顿心里想，狄洛森做的工作是不是跟自己的一样。这是完全可能的。这样困难的工作是从来不会交给一个人去负责的；另一方面，把这工作交给一个委员会来做，又等于是公开承认进行伪造工作。很可能现在有多达十几个人在修改着老大哥说过的话，将来由内党里的某位官员选用其中一个版本，重新加以编辑，再让人进行必要的反复核对，经过这一复杂工序后，最后那个被选中的谎言就载入永久档案，成为真理。

温斯顿不知道威瑟斯为何失宠。也许是因为贪污，也许是因为失职。也许老大哥只是为了要除掉一个过于受欢迎的下属。也许威瑟斯或者他亲近的某个人被怀疑有异端倾向。也许——这种可能性最大——只是因为清洗和蒸发已成了政府运转的一个必要组成部分，所以就发生了这件事。唯一真正的线索在于"提到非人"几个字，这表明维瑟斯已经死了。并不是凡是有人被捕，你就可以做出这样的假定。有时他们获释出来，可以继续自由一两年，然后再被处决。也有很偶然的情况，你以为早已死了的人忽然像鬼魂一样出现在一次公开审判会上，他的供词又牵涉到好几百人，然后再销声匿迹，这次是永远不再出现了。但是，威瑟斯已是一个"非人"。他并不存在，他从来没有存在过。因此温斯顿决定，仅仅改变老大哥发言的倾向是不够的。最好是把发言内容改得同原来的话题毫不相干。

他可以把发言内容改为一般常见的对叛国犯和思想犯的谴责，但这有些太明显了，而捏造前线的一场胜利，或者第九个三年计划超额生产的胜利，又会带来太复杂的修改记录工作，需要的是完全异想天开地编造。突然他的脑海里出现了一个叫作奥吉维同志的人的形象，好像是现成的一样，这个人最近在作战中英勇牺牲。有时候，老大哥的命令是为了纪念某个低微的普通党员的，他的生与死被认为是学习的榜样。今天他应该表扬奥吉维同志。不错，根本不存在奥吉维同志这样一个人，但是只要印上几行字，伪造几张照片，就能让他马上实有其人。

温斯顿想了一会儿，然后把口述记录器拉过来，开始以老大哥的熟悉风格口授起来，这个腔调既有军人味道又有学究口气，而且用了先提问题，接着马上回答的招数（"同志们，我们从这个事实中得出什么教训呢？教训——这也是英社的一个基本原则——是……"等等，等等），很容易模仿。

奥吉维同志在三岁的时候，除了一面鼓、一挺轻机枪、一架直升机模型以外，其他什么玩具都不要。六岁的时候——提前了一年，属于破格录取——他参加了少年侦察队。九岁时，他当上了队长。十一岁时，他偷听到他叔叔的谈话似乎具有犯罪倾向，然后就向思想警察做了揭发。十七岁时，他是青少年反性联盟的地方组织者。十九岁时,他设计了一种手榴弹,被和平部采用,首次试验时扔了一枚就炸死了三十一个欧亚国战俘。二十三岁时,他在战斗中失踪,当时他携带重要文件在印度洋上空飞行,遭到敌人喷气机追击,他把自己和机关枪绑在一起,跳出直升机,带着文件沉入海底——这一结局,老大哥说,不能不使人感到羡慕。老大哥还对奥吉维同志一生的纯洁和忠诚说了几句话。他烟酒不沾,除了每天在健身房度过一小时外,没有其他任何娱乐活动,他发誓要过一种独身生活,认为结婚和照顾家庭与一天二十四小时尽职尽责是不相容的。他除了英社原则以外没有别的谈话题目,除了击败欧亚国敌人和搜捕间谍、破坏分子、思想犯、叛国犯以外没有别的生活目的。

温斯顿考虑了很久,要不要授予奥吉维同志特殊勋章呢?最后决定还是不给他,因为那会导致不必要的相互参照的工作。

他又看一眼坐在对面小隔间里的那个对手。似乎有什么东西告诉他,狄洛森一定也在干着同样的工作。无法得知究竟谁的版本最后会得到采用,但他深信一定是自己的那个版本。一个小时以前还没有想到过的奥吉维同志,如今已成了事实。他觉得很奇怪,你能够创造死人,却不能创造活人。在现实中从来没有存在过的奥吉维同志,如今却存在于过去之中,一旦伪造工作被忘掉后,他就会像查理曼大帝或者凯撒大帝一样真实地存在,而且有同样的证据可以证明。

五

在地下深处、天花板很低的食堂里，领午餐的队伍挪动得很慢。食堂里人满为患，十分嘈杂。柜台上的格栅里面，炖菜的蒸气往外直冒，带着一股酸酸的金属味，却盖不过胜利牌杜松子酒的气味。在食堂的那头有一个小酒吧，其实只不过是墙上开了一个洞，花一角钱可以在那里买到一大杯杜松子酒。

"正是我要找的人。"温斯顿背后有人说。

他转过身去，原来是他的朋友塞姆，在研究司工作。也许确切地说，谈不上是"朋友"。如今人们已经没有朋友了，只有同志。不过跟一些同志来往，比跟别的同志来往要愉快一些。塞姆是个语言学家，新话专家。说实在的，他是目前正在编辑《新话词典》第十一版的专家之一。他是个小个子，比温斯顿还小，长着一头黑发，眼睛突出，带有悲伤而嘲弄的神色，跟你说话的时候，他的大眼睛似乎在仔细研究着你的脸。

"我想问你一下，你有没有刀片？"他说。

"一片也没了！"温斯顿有些心虚地说，"我到处都问过，全都用完了。"

人人都问你要刀片。实际上，温斯顿还留了两片没有用过。几个月来，刀片一直紧缺。某个时候，总有一些必需品在党的商店里无法供应。有时是扣子，有时是线，有时是鞋带，现在是刀片。你只有偷偷摸摸地到"自由"市场上去才能搞到一些。

"我这一片已经用了六个星期了。"他不诚实地补充了一句。

队伍又往前进了一步。他们停下来时，温斯顿又回过头来面对着塞姆。他们两人都从柜台边上一堆油腻的铁盘中取了一个。

"你昨天没有去看绞死战俘吗？"塞姆问。

"我有工作，"温斯顿冷淡地说，"我想可以从电影上看到吧。"

"那可差得太远了。"塞姆说。

他嘲笑的眼光在温斯顿的脸上转来转去。"我知道你，"他的眼睛似乎在说，"我看穿了你，我很明白，你为什么不去看绞死战俘。"从思维上说，塞姆正统到了恶毒的程度，他常常会幸灾乐祸地谈论直升机对敌人村庄的袭击，思想犯的审讯和招供，仁爱部地下室里的处决。同他谈话要设法把他从这种话题上引开去，尽可能用有关新话的技术问题来套住他，因为他对此有兴趣，也是个权威。温斯顿把头转过去一点，以避开他那黑色大眼睛的审视。

"绞得不错，"塞姆回忆说，"不过我觉得他们把俘虏的脚绑了起来，这是美中不足。我喜欢看他们双脚乱蹬乱踢。最主要的是到了最后，他们的舌头伸了出来，颜色发青——青得发亮，吸引我的就是这些细节。"

"下一个！"系着白围裙的群众手中拿着一个勺子叫道。

温斯顿和塞姆把他们的盘子放在铁栅下，很快一份午餐就放到了上面——一盒暗红色的炖菜、一块面包、一小块奶酪、一杯没有放牛奶的咖啡和一片糖精。

"那边有张空桌，在电子屏幕下面，"塞姆说，"我们顺道带杯酒过去。"

酒盛在无把的瓷杯子里。他们穿过拥挤的人群，到了空桌边，在铁皮桌面上放下盘子，桌子一角有人撒了一小堆炖菜，黏糊糊的像呕吐出来的一样。温斯顿拿起那杯酒，顿了一下，鼓了鼓勇气，一口吞下那杯带油味的东西。他眨着眼睛，等泪水流出来以后，发现肚子已经饿了，就开始一勺一勺地吃起炖菜来，炖菜除了烂糟糟的感觉外，还有一块块软绵绵发红的东西，很可能是肉制品。吃完小盒子中的炖菜之前，他们都没有再说话。温斯顿左边身后不远的一张桌子上，有个人在喋喋不休地说着话，声音粗哑，仿佛鸭子叫唤一般，在食堂里的一片喧哗声中听起来特别刺耳。

"词典进行得怎么样了？"温斯顿大声说，要想盖过室内的喧哗。

"很慢，"塞姆说，"我在编形容词，很有意思。"

一提到新话，他的精神马上为之一振。他把炖菜盒推开，一只细长的手拿起那块面包，另一只手拿起干酪，身子向前俯在桌上，免得说话声音太大。

"第十一版是最后版本，"他说，"我们的工作是决定语言的最后形式——是人们不再说其他语言时的最后形式。等我们的工作完成后，像你这样的人就得从头学习。我敢说，你一定以为我们主要的工作是创造新词，一点也不对！我们是在消灭老词——几十个、几百个地消灭,每天都在消灭,我们把语言削减到只剩下骨架。2050年以前会变得过时的词,第十一版里一个也不收。"

他狼吞虎咽地啃着他的面包,咽下了几大口,然后又继续说,带着学究式的热情。他那张又黑又瘦的脸庞开始活跃起来,眼神里没有了嘲笑的神情,几乎有些梦意了。

"消灭词汇是件很有意思的事。当然,动词和形容词里的多余词最多,但是有好几百个名词也可以不要,不仅是同义词,也包括反义词。说真的,如果一个词不过是另一个词的反面,那有什么理由存在呢?以'好'为例。如果你有一个'好'字,为什么还需要'坏'字?'不好'就行了——而且还更好,因为这正好是'好'的反面,而另外一字却不是。再比如,如果你要一个比'好'更强一些的词儿,为什么要一连串像'精彩''出色'等等含混不清、毫无用处的词呢?'加好'就包含这一切意义了,如果还要强一些,就用'双加好''倍加好'。当然,这些形式,我们现在已经在采用了,但在新话的最终版本里,不会再有别的词了。最后,整个好和坏的概念就只用六个词来概括——实际上,只用一个词。温斯顿,你是不是觉得这很妙?当然,这是老大哥最先想到的。"他想了想又补充道。

一听到老大哥,温斯顿的脸上掠过一丝并非很热心的神色,可塞姆还是马上察觉到他有点缺乏热情。

"温斯顿,你并没真正领略到新话的妙处,"他几乎悲哀地说,"哪怕你用新话写作,你仍在用旧话思考。我读过几篇你给《泰晤士报》写的文章。这些文章写得不错,但它们不过是翻译性的。你的心里仍喜欢用旧话,尽管它含糊不清,词义多变,但没有任何用处。你不理解消灭词汇的妙处。你难道不知道新话是世界上唯一一种词汇量在逐年减少的语言吗?"

当然,温斯顿不知道这一点。他笑了,但愿自己脸上露出赞同的笑容。塞姆又咬了一口黑面包,嚼了几下,又继续说:"你难道不明白,新话的全部目标就是要缩小思想的范围吗?最后我们要使得大家完全不可能犯任何思想罪,因为没有词汇可以表达它。每种必要的概念,都只有一个词来表达,意义受到严格限制,其他次要意义将被消除。在第十一版中,我们距离这一目标已经不远了。但这一过程在你我死后仍会继续进行。词汇逐年减少,意识的范围也就越来越小。当然,即使在现在,也没有理由或借口可以犯思想罪,这仅仅是个自觉问题,现实控制问题。但是到最后,就连这点也没有必要了。语言完善之时,即革命完成之日。新话即英社,英社即新话,"他带着一种神秘的满意感又说,"温斯顿,你有没有想到过,最迟到2050年,没有一个活着的人能听懂我们现在的这种谈话?"

"除了——"温斯顿迟疑地说,但又闭上了嘴。

到了他嘴边的话是"除了群众",但是他克制住了自己,不敢肯定这句话从某种意义上说,算不算异端意见,但是,塞姆已猜到了他要说的话。

"群众不是人,"他轻率地说,"到2050年,也许还要早些,所有旧话中真正的知识都要消失。过去所有的文学作品都要被销毁,乔叟、莎士比亚、弥尔顿、拜伦——他们的作品只会以新话版本存在，不只是改成了不同的东西，而且改成了跟以前意义相反的东西。甚至党的文献也要改变，甚至标语也要改变。自由的概念也被取消了，怎么还能有'自由即奴役'这种标语呢？届时整个思想气氛就要不同了。事实上，将来不会再有像我们今天所了解的那种思想。正统的意思是不去想——不需要想，正统就是无意识。"

温斯顿突然想到，总有一天，塞姆要被蒸发掉。他太聪明了，他看得太清楚了，说得太露骨了。党不喜欢这样的人，有一天他会失踪，这个结果清清楚楚地写在他的脸上。

温斯顿吃完了面包和奶酪，坐在椅子上略微侧过身子去喝他的那杯咖啡。坐在他左边桌子上的那个尖嗓门的男人仍在喋喋不休地说着话。一位年轻姑娘——大概是他的秘书，背对着温斯顿坐在那里听他说话，对他说的一切似乎都表示赞同。温斯顿不时地听到一两句这样的话："你说得真对，我完全赞同你的看法。"姑娘的声音听上去显得年轻而愚蠢。但是另外那个人的声音却从来没有停止过，即使那姑娘插话的时候，也仍在喋喋不休。温斯顿认识那个人，但是他只知道他在小说司里担任某个要职。他三十岁左右，喉头发达，一张大嘴巧舌如簧。他的脑袋向后仰着，由于他坐着的角度，他的眼镜片反射着光亮，使温斯顿只看见两片玻璃，而看不见眼睛。有点恐怖的，是从他嘴里滔滔不绝地发出来的声音，几乎连一个字也听不清楚。温斯顿只听到过一句话——"完全彻底消灭戈斯坦因主义"——这话说得很快，好像铸成一行的铅字一样，完整一块。别的就完全是呱呱呱的噪声了。但是，你虽然听不清那个人究竟在说些什么，但对他话里的内容，还是能猜个差不多。他可能是在谴责戈斯坦因，要求对思想犯和破坏分子采取更加严厉的措施。他也可能是在谴责欧亚国军队的暴行，也可能在歌颂老大哥或者马拉巴前线的英雄——这都没有什么不同。不论他说的是什么，你可以肯定，每一句话都是绝对正统、绝对英社的。温斯顿看着那张没有眼睛的脸还有的一张一合的下巴时，心中有一种奇怪的感觉，觉得这不是一个真正的人，而是一个假人。说话的不是那个人的脑子，而是他的喉头。说出来的东西虽然是用词汇组成的，但不是真正的话，而是在无意识状态下发出的噪音，像鸭子嘎嘎叫一样。

塞姆沉默了一会儿，拿着勺子在桌上的那堆炖菜中划来划去。来自邻座的声音仍在飞快地哇哇说着，尽管室内喧哗，还是可以听见。

"新话中有一个词，"塞姆说，"我不确定你是否知道，叫'鸭话'，就是像鸭子那样嘎嘎叫。这个词很有意思，它有两种相反的意义。用在对方，就是骂人的；用在与你意见一致的人身上，就是称赞。"

毫无疑问，塞姆是要被蒸发掉的，温斯顿又想道。他这么想时心中不免感到有些悲哀，尽管他明知塞姆瞧不起他，有点不喜欢他，而且完全有可能，只要他认为有理由，就会把他当作思想犯来揭发。反正，塞姆身上有什么不对头的地方，究竟什么地方不对头，他也说不上来。塞姆有着他所缺少的一些什么东西：谨慎、超脱、一种藏拙的能力。你不能说他是不正统的。他相信英社的原则，他尊敬老大哥，他欢庆胜利，他憎恨异端，不仅出于真心诚意,而且有种不可遏制的热情,了解最新的情况,而这是一般党员所达不到的。但是他身上总是有着一种靠不住的样子,有些最好不说的话他会说出来,他读书太多,又常常光顾栗树咖啡馆,那是画家和音乐家出没的地方。没有法律,甚至是不成文的法律,禁止你光顾栗树咖啡馆,但是去那个地方还是有点危险的。那些名誉扫地的党的前领导人被清洗前,经常在那里聚集。据说,戈斯坦因本人也曾经去过那里,那是好几年,好几十年以前的事了。塞姆的下场是不难预见的。但可以肯定的是,只要塞姆掌握了他的——温斯顿的——秘密想法,哪怕只有三秒钟,他也会马上向思想警察告发的。不过,别人也会一样这么干的,但塞姆尤其会如此。光有热情还不够。正统就是无意识。

塞姆抬起头来。"帕森斯来了。"他说。

他的话声中似乎有这样的意思:"那个他妈的大蠢货。"帕森斯是温斯顿在胜利大厦的邻居,他真的穿过食堂走过来了。他是个胖乎乎的中等身材的人,淡黄的头发,青蛙一样的脸。他才三十五岁,脖子上和腰上已经长出了一圈圈的肥肉,然而动作却敏捷得像个小伙子。他的整个外表像个发育过早的小男孩,以至于虽然他穿着制服,你仍会想象他穿的是少年侦察队的那种蓝短裤、灰衬衫、红领巾。你一闭起眼睛来想他,脑海里就出现他胖乎乎的、有小坑的膝盖和卷起袖子的又短又粗的胳膊。事实上也的确如此,只要一有机会,比如集体远足或者其他活动时,帕森斯总是穿上短裤。他愉快地叫着:"你好,你好!"向他们两人打招呼,在桌前坐了下来,身上散发出一股强烈的汗臭味。他红红的脸上总是挂着汗珠,他的出汗能力真是让人佩服，在集体活动中心，只要一摸到球拍是湿的，就可以判断是他刚才打过乒乓球。塞姆拿出一张纸条，上面有一列词汇，他拿着一支蘸水笔在研究。

"你看他吃饭的时候也在工作。"帕森斯推了推温斯顿说，"工作积极，是不是？伙计，你看的是什么？我估计对我来说太高深了。史密斯伙计，我告诉你为什么到处找你，你忘记向我缴款了。"

"什么款？"温斯顿问，下意识地就去摸钱包。大家工资的四分之一必须主动捐出去，名目之多，很难每项都记得清楚。

"仇恨周的捐献。你知道——每户都要出。我是咱们这一片的会计。我们正在全力以赴要好好地表现一番。我告诉你，如果胜利大厦挂出来的旗帜不是咱们那条街上最多的，那可不是我的过错。你答应给我两块钱。"

温斯顿找到了两张皱巴巴、脏兮兮的钞票交给帕森斯，帕森斯用文盲的整齐字体记在一个小本子上。

"还有，伙计，"他说，"听说我家那个小兔崽子昨天用弹弓打了你。我狠狠地教训了他一顿，我对他说，要是他再那么干，我就要把弹弓收起来。"

"我想他大概是因为不能去看绞死人而有点不高兴。"温斯顿说。

"哎，对了——我要说的就是这个意思，这表示他思想正确，是不是？他们两个都是淘气的小兔崽子，但是说到热情，那就甭提了。整天想的就是少年侦察队和打仗。你知道上星期六我的小女儿到伯克姆斯坦德去远足时干了什么吗？她叫上另外两个女孩子同她一起偷偷地离开了队伍，用了整整一下午去跟踪一个可疑的人！她们跟了他两个小时，穿过树林，到了阿默夏姆后，就向巡逻队揭发了那个人。"

"她们为什么这样？"温斯顿有点吃惊地问。帕森斯继续得意扬扬地说："我的孩子肯定他是敌人的特务——比方说，可能是跳伞空降的。但是关键在这里，伙计。你知道是什么东西引起了她对他的怀疑的吗？她发现他穿了一双古怪的鞋子，因此很可能是个外国人。七岁孩子，怪聪明的，是不是？"

"那个人后来怎样了？"温斯顿问。

"哦，这个，我当然不知道了。不过，可要是这样了，我可一点儿也不会感到大惊小怪的。"帕森斯做了一个步枪瞄准的姿态，嘴里还发出开枪声。

"好啊。"塞姆心不在焉地说，仍在看他的那个小纸条，头也不抬。

"当然我们不能麻痹大意。"温斯顿老老实实地表示赞同。

"我的意思是，现在正在打仗呢。"帕森斯说。

好像是为了证实这一点，他们头顶上方的电子屏幕里传出一阵喇叭声。不过这不是宣布一次军事胜利，只是富足部的一则通知。

"同志们！"一个慷慨激昂的年轻声音说，"同志们，请注意！我们有个好消息向大家报告。我们赢得了生产战线上的胜利！根据刚刚完成的对各种消费品的统计表明，在过去一年里，生活水平提高了百分之二十以上。今天上午，大洋国各地都举行了自发的游行,工人们走出工厂、办公室,高举旗帜,在街头游行,对老大哥的英明领导表示感谢,因为老大哥给我们带来了崭新的幸福生活。这里有一些统计数字:食品——"

"我们崭新的幸福生活"这几个词出现了好几次,这是富足部最近喜欢用的话。帕森斯的注意力也被喇叭声吸引住了,他的脸上有着一种一本正经的呆相,一种受到启迪时的乏味神情,坐在那里听着。他听不懂具体数字,不过他明白,在某种意义上,那些数字是带来满意的原因。他掏出一个肮脏的大烟斗,里面已经装了一半烧黑了的烟丝。一星期的烟丝定量供应只有一百克,很少能往烟斗装得太满。温斯顿在吸胜利牌香烟,小心翼翼地水平拿着。下一份定量供应要等到明天才能买,而他只剩下四支烟了。这时他闭上眼睛,不去听远处的喧哗,而是专心听电子屏幕里发出的声音。看来,甚至有人游行感谢老大哥把巧克力的定量提高到一星期二十克。他心里想,昨天才刚刚宣布定量要降至一星期二十克。才过了二十四小时,难道他们就又轻易相信了?是的,他们又相信了。帕森斯很容易就相信了,因为他像牲口一样愚蠢。旁边桌子上那个看不见眼睛的人也狂热地相信了,而且满腔怒火,要把胆敢表示上星期定量是三十克的人都揭发出来,批判他,让他蒸发掉。塞姆也相信了,不过他比较复杂,需要双重思想。那么只有他一个人保持了记忆吗?

电子屏幕继续播送神话般的数字。同去年相比,食物、衣服、房屋、家具、铁锅、燃料、轮船、直升机、书籍、婴孩的产量都增加了——除了疾病、犯罪和精神病以外,什么都增加了。每一年,每时每刻，每个人，什么东西都在快速发展。像塞姆原来在做的那样，温斯顿拿起勺子，蘸着桌子上那堆苍白色的肉汁，画了一道长线，构成一个图案。他愤恨地沉思着物质生活的各个方面。一直是这样的吗？饭一直是这个味道？他环顾食堂四周，这是一间天花板很低、人头拥挤的屋子，由于数不清的人体接触，墙壁上已经变得肮脏不堪；破旧的铁桌铁椅挨得很近，你坐下来就能碰到别人的手；弯了柄的勺子、变形的托盘和粗糙的白杯子；所有东西的表面都油腻腻的，每一条缝道里都积满污垢；到处都弥漫着一股劣质杜松子酒、劣质咖啡、金属味炖菜和脏衣服混合起来的气味。在你的肚子里，在你的肌肤里，总发出一种无声的抗议，一种你被骗走了有权享受某种东西的感觉。确实，他对所有事物的记忆都没有太大差别。凡是他能够确切记得起来的，不论什么时候，从来都是吃的东西不太够，袜子和内衣裤总是有破洞的，家具总是破旧不堪的，房间里的暖气总是烧得不足的，地铁总是拥挤的，房子总是东倒西歪的，面包总是黑色的，茶总是喝不到，咖啡总是有股脏水味，香烟总是不够抽——除了合成的杜松子酒外，什么都不便宜，什么都缺乏。虽然这样的情况必然随着你的体格衰老而越来越恶劣，但是，如果你因为生活艰苦、污秽肮脏、物质匮乏而感到不快，为没完没了的寒冬、破烂的袜子、停开的电梯、寒冷的自来水、粗糙的肥皂、自己会掉烟丝的香烟、有股奇怪的难吃味道的食物而感到不快，难道不说明了正常的发展就是这样？为何一定需要有一些古老的回忆，记得以前事情并非如此时，才会觉得这些是不可忍受的呢？

他又环顾了食堂一眼。几乎每个人都很丑陋,即使穿的不是蓝制服,也仍旧会是丑陋的。在屋里的那一头,有一个小个子男人长得像甲壳虫一样,独自坐在一张桌子旁边喝咖啡,他的小眼睛东张西望,充满怀疑。温斯顿想,如果你不看一下周围,你就会很容易相信,党所树立的完美体格形象——魁梧高大的小伙子和胸脯高耸的姑娘,金黄的头发,晒足太阳,生气勃勃,无忧无虑——是存在的,甚至是占多数。实际上,按照他所见到的,一号机场的大多数人是矮小难看的。奇怪的是,各部竟尽是那种甲壳虫一样的人:又矮又小,没多大年纪就开始发福,四肢短小,忙忙碌碌,动作敏捷,肥胖的脸上的表情高深莫测,眼睛又细又小。在党的统治下,这种体型的人产量最高。

富足部的通知播报完后又是一阵喇叭声,接着是很轻的音乐。帕森斯在一连串数字的刺激下稀里糊涂地感到有些兴奋,他取下嘴里的烟斗。

"富足部今年的工作干得不错,"他得意地摇了摇头,"我说,史密斯伙计,你有没有刀片能给我用一用?"

"一片也没有,"温斯顿说,"我自己的一片都用了六星期了。"

"啊,那没关系——我只是想问一下,伙计。"

"对不起。"温斯顿说。

隔壁桌上那个呱呱叫的声音刚才在播报富足部的通知时停了一会儿,如今又恢复了,像刚才一样大声。不知为何,温斯顿突然想起帕森斯太太来,想到了她稀疏的头发和她脸上皱纹里的灰尘。用不了两年，这些孩子就会向思想警察揭发她。帕森斯太太就会被蒸发掉，奥布兰也会被蒸发掉。另一方面，帕森斯却永远不会被蒸发掉，那个呱呱直叫的、看不见眼睛的家伙不会被蒸发掉。那些在各部迷宫般的走廊里来来往往的、小甲壳虫似的男人也永远不会被蒸发掉。那个黑头发的姑娘，也就是那个小说司里的姑娘——她也永远不会蒸发掉。他凭本能就会知道，谁能生存，谁会被消灭，至于靠什么才能活下来，则很难说。

这时他猛地从沉思中醒了过来。原来邻桌的那个姑娘半转过身正在看他，她看得很专心，这点令人奇怪。在他们眼光相对的一瞬间，姑娘又把目光移开了。

温斯顿的脊梁上开始渗出冷汗，他感到一阵恐慌。但这种感觉马上就消失了，留下一种不安的东西。她为什么看着他？她为什么到处跟着他？遗憾的是，他记不得他来食堂的时候她是不是已经坐在那张桌子前了，还是在后来才去的。但是不管怎样，昨天在举行两分钟仇恨会的时候，她就坐在他的后面，而这是根本没有必要的。很有可能，她的真正目的是想听清楚他喊得够不够响亮。

他以前的念头又回来了：也许她不一定是思想警察的人员，但是，正是业余警察才最危险。他不知道她看着他有多久了，也许有五分钟，很可能他的面部表情没有完全控制住。在公共场所或电子屏幕的视野范围内，让自己的思想开小差是很危险的。最细微的事情也可能暴露：神经的抽搐，下意识的焦虑神情，自言自语的习惯——凡是显得不正常或者想要隐瞒什么事情的小细节，都会使你暴露。无论如何，脸上表情不适当（例如在听到某个胜利消息时露出怀疑的表情),本身就是一桩应予惩罚的罪行。新话里甚至有一个专门的词,叫作"表情罪",指的就是这个。

那个姑娘又回过头来看他。也许她并不是真的在跟踪他;也许她连续两天挨着他坐只是巧合。他的香烟已经熄灭了,他小心地把它放在桌子边上。如果他能让烟丝不掉出来,他可以在下班后再继续抽。临桌那个人很可能是个思想警察,很可能因为他,史密斯在三天之内会被关进仁爱部的牢房中去,但是烟头却不能浪费。塞姆已经把他的那张纸条叠了起来,放在口袋里。帕森斯又开始说起来。

"我没有告诉过你,伙计,"他嘴里含着烟斗,咯咯笑着说,"有一次,我的那两个小家伙把市场上的一个老太婆的裙子给点火烧了,因为他们看到她用老大哥的画像包香肠,便偷偷地跟在她背后,用一盒火柴放火烧着了她的裙子。我想把她烧得够厉害的。那两个小兔崽子,哎!可是积极得要命。那就是他们如今在少年侦察队受到的一流训练——甚至比我那时候接受的训练还要好。你知道他们的最新配备是什么吗?是隔着钥匙孔听声音的助听器!我的那个小姑娘有天晚上带回来一个,插在我们起居室的门上,说听到的声音比直接从钥匙孔听到的要大一倍。不过我得实话告诉你,这只是一种玩具,却能培养他们的正确思想,对不对?"

这时,电子屏幕里发出一阵刺耳的哨声,这是回去上班的信号。三个人都站了起来跟着大家去挤电梯,温斯顿那根香烟里剩下的烟丝都掉了出来。

六

温斯顿在他的日记中写道：

那是在三年前一个漆黑的夜晚，在某个大火车站附近的一条狭窄的街上，她站在一盏暗淡无光的街灯下面，靠墙倚门而立。她很年轻，脂粉涂得很厚，吸引我的其实是那些脂粉，白得像面具，还有那鲜红的嘴唇。女党员是从来不涂脂抹粉的。街上没有旁人，也没有电子屏幕。她说两块钱。我就——

他一时觉得很难继续写下去，就闭上了眼睛，用手指压迫眼球，想挤出那幅不断出现的画面。他忍不住想咧开嗓门，喊出一连串脏话，或者用脑袋撞墙，用脚踢桌子，把墨水瓶向玻璃窗外扔出去——也就是要做一些要么激烈，要么吵闹或者能够使自己感到疼痛的事情，只要能够让他忘却那不断折磨他的记忆。

他心里想，你最大的敌人是自己的神经系统，你内心的紧张随时随地都可能由一个可见的症状表现出来。他想起几个星期前在街上碰到一个人：那是个其貌不扬的人，是个党员，三四十岁的样子，身材瘦高，手里拎着个公文包。两人相距只有几米远的时候，那个人的左脸忽然抽搐了一下。两人擦身而过的时候,他又有这样一个小动作,仅仅是抽了一下,颤了一下,就像照相机的快门咔嚓一下么迅速,但很明显地可以看出这是习惯性的。他记得当时自己想:这个可怜的家伙完了。可怕的是,这个动作很可能是下意识的。然而最致命的危险是说梦话,据他所知,那可无法预防。

他吸了一口气,又继续写下去:

我同她一起进了门,穿过后院,到了地下室的一个厨房里。靠墙有一张床,桌上有盏灯,调得很暗。她——

他咬紧牙关,有种想吐的感觉。他在地下室厨房里同那个女人在一起的时候,同时又想起了他的妻子凯瑟琳。温斯顿是结了婚的,反正,是结过婚的;也许他现在还是结了婚的人,因为据他所知,他的妻子还活着。他似乎又闻到了地下室厨房里那股难闻的气味,它混合着臭虫、脏衣服、廉价香水的气味,但是还是很诱人,因为女党员都不用香水,也不可能想象她们会用,只有群众才用香水。在他的心中,香水气味总是跟私通密不可分地搅在一起。

跟那个女人进去时,那是他两年来头一次行为不检点。当然玩妓女是禁止的,但是这种规定你有时是可以鼓起勇气来违反的。这种事是危险的,但还没有到生死攸关的地步。被抓到跟妓女在一起,可能要判处五年强制劳动;如果你没有其他过错,就仅此而已。而且这也很容易,只要你能够避免被当场逮住。贫民区里到处都是愿意出卖自己肉体的女人。有的甚至只要一瓶杜松子酒,因为群众是不允许喝这种酒的。暗地里,党甚至鼓励卖淫,以使未能完全压制的本能有一个发泄的途径。单纯的放荡并没有什么关系,只要这是在偷偷摸摸和缺乏乐趣之中进行,而且搞的只是受到鄙视的下层阶级的女人。党员之间的乱搞才是不可宽恕的罪行。但是很难想象真的会发生这种事——尽管在每次的大清洗中,被告都一律供认犯了这样的罪行。

党的目的不仅仅是要防止男女之间形成相互忠诚的关系,这种关系可能是党无法控制的,党真正的、未曾讲明的目的,实际上是要使性行为失去任何乐趣。不管是在婚内还是在婚外,都不要太过于放纵,因为情欲就是敌人。党员之间的婚姻都必须得到为此目的而设立的委员会的批准,虽然从来没有说明过原则到底是什么,如果有关双方给人以他们在肉体上互相吸引的印象,申请总是遭到拒绝的。唯一得到承认的结婚目的是,生儿育女,为党服务。性交被看成是一种令人恶心的小手术,就像灌肠一样。同样,这也从未明明白白写出来过,但它用间接的方式从小就灌输在每一个党员的心中。甚至还有像少年反性同盟这样的组织,它鼓吹男女完全过独身生活。所有儿童要用人工授精(新话叫"人授")的方法生育,由公家抚养。温斯顿明白,他们并非说到做到,不管怎样,这与党的意识形态相一致。党正在竭力扼杀性本能,如果不能扼杀的话,就要使它不正常,使之变得肮脏。他不知道为什么要这样,但是觉得这样是很自然的事。就女人而论,党在这方面的努力基本上是成功的。

他又想到了凯瑟琳。他们分居大概有九年,十年——快十一年了。真奇怪，他很少想到她。他有时能够一连好几天忘记自己曾结过婚。他们在一起只过了十五个月。党不允许离婚，但是如果没有子女却鼓励分居。

凯瑟琳是个头发淡黄、身材高挑的女人，举止极为得体。她的脸部轮廓分明，像老鹰一样，要是你没有发现这张脸背后的空洞，你很可能认为这种脸是高贵的。婚后不久，他就发现——虽然只是因为与其他的大多数人相比，他对她更加熟悉罢了——毫无疑问，她是他所认识的人当中头脑最愚蠢、最庸俗、最空虚的。她的头脑里除了标语，没有别的想法，无论什么样的蠢话，只要是党告诉她的，她一概，绝对是一概相信。他在心里给她起了个外号，叫她"人体录音"。然而，要不是为了那件事，他还是可以忍着同她一起生活的，那就是性。

他一碰到她，她就仿佛要往后退缩，全身肌肉紧张起来。抱着她，就像抱着一个有关节的木头人。奇怪的是，甚至在她主动抱紧他的时候，他也觉得她同时在用全部力气推开他，她全身紧绷的肌肉给了他这样的感觉。她常常闭着眼睛躺在那里，既不抗拒，也不合作，就是默默忍受。这使人感到特别尴尬，过了一阵之后，就变得让人讨厌了。但即使如此，他也能够勉强同她一起生活，只要事先说好不同房。但奇怪的是，凯瑟琳居然反对。她说，他们只要能够做到，就要生个孩子。这样，一星期来上一次，还是相当有规律的，除非是在不可能怀孕的那段时间内。她甚至常常在那一天早晨就提醒他，好像这是晚上必须要完成的任务，可不能忘记一样。她提起这件事来有两个称呼。一个是"生个孩子"，另一个是"咱们对党的义务"——真的,她确实是说了这句话。不久,当指定的日期临近时,他就有了一种恐惧的感觉。幸好没有养出孩子来,最后她同意放弃再试,不久之后,他们俩就分居了。

温斯顿无声地叹口气。他又提起笔来写:

她一头倒在床上,没有任何前奏,就撩起了裙子,这种粗野、丑陋的动作是你所想象不到的。我——

他好像看到自己站在昏暗的灯光下,鼻孔里闻到臭虫和廉价香水的气味,心中有一种失败和憎恨的感觉,甚至在这种时候,他的这种感觉还与对凯瑟琳的白皙的肉体的想念掺杂在一起,尽管她的肉体已被党的催眠力量永远定住了。为什么老是这样?为什么他不能有一个自己的女人,而是隔几年就来上一次这样的龌龊事?但是真正的恋爱,几乎是不可想象的事。女党员都是一样的。清心寡欲的思想像对党的忠诚一样牢牢地在她们心中扎了根。通过早期的小心的培养,通过比赛和冷水浴,通过在学校里、少年侦察队里和青年团里不断向她们灌输的垃圾,通过讲课、游行、歌曲、口号、军乐等,她们的天性已被扼杀得一干二净。理性告诉他,一定会有例外的,但是他的内心却不相信。她们都是攻不破的,完全按照党的要求那样。他与其说是要有女人爱他,不如说是更想要推倒那道贞节的墙,哪怕一辈子只有一次也好。愉悦的性交,本身就是反抗。性欲是思想罪。即使是唤起凯瑟琳的欲望——如果他能做到的话——也算是诱奸,尽管她是自己的妻子。

不过剩下的故事，他得把它写下来。他写道：

我拧亮了灯。我在灯光下看清她时——

在黑暗里待久了，煤油灯的微弱亮光也似乎显得十分明亮。他第一次能够看清那个女人的样子。他已经向前走了一步，然后又停住了，心里充满了欲望和恐惧。他痛苦地意识到自己到这里来的风险。完全有可能，在他出去的时候，巡逻队会逮住他；而且他们可能这时已在门外等着了。但是如果没有达到目的就走的话……

一定要写下去，这得老实交代。他在灯光下忽然看清楚了，那个女人是个老太婆。她脸上的脂粉涂得如此之厚，看上去就像硬纸板做成的面具裂开了一样。她头上有几缕白发，但真正可怕的地方是，这时她的嘴巴稍稍张开，里面除了是个漆黑的洞以外没有别的。她的牙齿全都掉光了。

他仓促地写着，笔记潦草不堪：

我在灯光下看清了她，她是个很老的女人，至少有五十岁。可是我还是上前，干了那事。

他又把手指按在眼皮上。他终于把它写了下来，不过这仍没有什么两样。这个方法并不奏效。要扯开嗓子喊脏话的冲动，比以前更强烈了。

七

"如果有希望的话,"温斯顿写道,"它就在群众身上。"

如果有希望的话,希望一定在群众身上,因为只有在那里,在这些不受重视的群众中间,在占大洋国人口百分之八十五的人身上,才能产生摧毁党的力量。党是不可能从内部推翻的,它的敌人——如果说有敌人的话——是没有办法走到一起或者互相认出来的。即使传说中的兄弟会是存在的——很可能是存在的——其成员碰头也只可能是以三三两两的方式。反抗意味着一个眼神,声音里的一点变化,至多是偶尔的一句密语而已。然而群众则不然,只要能够有办法使他们意识到自己的力量,就不需要进行暗中活动了。他们只需要起来挣扎一下,就像一匹马颤动一下身子把苍蝇赶跑。他们只要愿意,第二天早上就可以把党打得粉碎。总有一天,他们会想到要这么做的,难道不是吗?但是……

记得有一次,他正在一条拥挤的街上走着,突然几百个人的声音——女人的声音——从前面一条街上传过来。那是一种愤怒和绝望的声音,声音大而低沉,"噢——噢——噢!"像是一口钟的回响。他的心怦怦地跳。开始了!他想。发生了暴乱!群众终于冲破了羁绊!当他到出事地点时,看到的却是二三百个女人拥在街头市场的货摊周围,脸上表情凄惨,好像一条沉船上不能得救的乘客一样。原来是一片绝望,这时又分散成为许许多多个别的争吵。原来是一个货摊在卖铁锅,都是一些不上档次的蹩脚货,但不管什么样的饭锅,总是很难买到。卖到后来,货源忽然中断。成功买到铁锅的女人在别人推搡拥挤之下想拎着刚刚买到的锅赶紧走开,其他许多没有买到的女人就围着货摊叫嚷,指责摊贩看人卖货,另外留着锅不卖。接着又传来一阵叫嚷。有两个身材肥胖的女人,其中一个披头散发,正在争夺铁锅,都想从对方的手中把锅夺下来。她们两人抢来抢去,锅把就掉了下来。温斯顿厌恶地看着她们。可是,就在那一瞬间,几百个人的嗓子吼出的声音里却表现出了令人害怕的力量!为什么她们在真正重要的问题上却总不能这样喊叫呢?

他写道:

除非他们觉醒,否则永远不会反抗,除非他们反抗,否则永远不会觉醒。

他想,这句话简直像从党的教科书里抄下来的。当然,党声称是自己把群众从奴役中解放出来的。革命前,他们受到资本家的残酷压迫,他们挨饿、挨打,妇女被迫到煤矿里去做工(事实上,如今妇女仍在煤矿里做工),孩子们长到六岁就被卖到工厂里。但同时,完全按照双重思想的原则,党又教导说,群众天生低人一等,必须用几条简单的规定使他们处于从属地位,像牲口一样。事实上,大家很少知道群众的情况,没有必要知道得太多。只要他们继续工作和繁殖，他们其他的行为就没有什么重要意义。他们被放任自流，就像阿根廷平原上随意放养的牛群一样，他们过着贴近自然、类似他们祖先所过的生活。他们生下来，在贫民窟长大，十二岁就去做工，度过蓬勃却短暂的健美和性冲动期，二十岁就结了婚，三十岁就开始衰老，大多数人在六十岁就死掉了。他们脑子里想的全是重体力活、养家糊口、同邻居吵架、电影、足球、啤酒，尤其是赌博。要控制他们并不难。总是有几个思想警察式的特务在他们中间活动，散布谣言，把可能变得危险性的个别人挑出来消灭掉。然而没有人努力向他们灌输党的意识形态，群众不需要有强烈的政治见解，对他们的全部要求是具有一种初级的爱国主义，凡是需要他们加班加点或者降低定量的时候可以用一下。甚至有时候，他们也感到不满——有时确实是这样，但他们的不满不会导致什么后果。因为他们没有整体思想，只会专注于一些鸡毛蒜皮的小事，那些更大的罪恶总能逃脱他们的视线。大多数群众家中甚至没有电子屏幕，甚至警察也很少管他们的事。伦敦犯罪活动很多，是小偷、匪徒、娼妓、毒贩子、各种各样的骗子们的天地，但是这些犯罪都发生在群众中间，因此并不重要。在一切道德问题上，他们也被允许继承其先辈的规范，党在两性方面的禁欲主义，对他们是不适用的。乱交不受惩罚，离婚很容易。而且，如果群众有需要，甚至也允许他们信仰宗教，他们不值得怀疑。正如党的标语所说："群众和牲口都是自由的。"

温斯顿伸下手去，小心地搔搔静脉曲张溃疡的地方，这地方又痒了起来。说来说去，问题总归是，你无法知道革命前的生活究竟

是什么样子。他从抽屉中取出一本儿童历史教科书,这是他从帕森斯太太那里借来的,他开始把其中一节抄在日记本上:

从前,在伟大的革命以前,伦敦并非是我们如今所知的美丽城市。当时伦敦是个黑暗、肮脏、凄惨的地方,很少有人食能果腹,衣能蔽体,成千上万的人穷得足无完履,顶无片瓦。还不及你们那么大的孩子就得为凶残的老板一天工作十二个小时,如果动作迟缓就要遭到鞭打,他们每天只能得到陈面包屑和水。但在那普遍贫困之中却有几幢华美的房子,里面住的都是富人,伺候他们的佣人多达三十个。这些有钱人叫作资本家。他们又胖又丑,面容凶恶,就像本页后边的插图那样。你可以看到他穿的是长长的黑色大衣,那被称为大氅,戴古怪而发亮的高礼帽。这是资本家们的制服,别人是不许穿的。资本家占有世上的一切,别人都是他们的奴隶。他们占有一切土地、房屋、工厂、金钱。谁要是不听他们的话,他们就可以把他投入狱中,或者把他的工作剥夺掉,饿死他。普通人跟资本家说话时,必须向他鞠躬致敬,并称他为"老爷"。资本家的头头叫国王——

但他已经知道下文的内容了。下面会提到穿着细麻法衣的主教、身披貂皮长袍的法官、手枷脚铐、踏车鞭笞、市长大人的宴会、亲吻教皇的脚尖等。还有叫作"初夜权"的,在儿童教科书中大概不会提到。所谓"初夜权",就是法律规定,任何资本家都有权同在他的工厂里做工的未婚女人睡觉。

这里面有多少是谎言，你怎么能知道呢？现在一般人的生活比革命前好，这可能是确实的。唯一相反的证据是你自己骨髓里的无声抗议，觉得现在的生活状况实在无法忍受，而在别的某个时期肯定不一样。他忽然想到，现代生活中真正独具特色之处不在于它的残酷无情、没有保障，而是一无所有、肮脏和兴致索然。你看看四周，就可以看到现在的生活不仅同电子屏幕上滔滔不绝的谎言毫无共同之处，而且同党想要达到的理想也无共同之处。甚至对一个党员来说，生活的许多方面都是中性的，非政治性的，也就是每天完成单调乏味的工作、在地铁中抢一个座位、补一双破袜子、蹭一片糖精、节省一个烟头。而党所描绘的世界是个巨大的、可怕的、光彩夺目的世界，到处都是钢筋水泥、庞大的机器和可怕的武器，个个是骁勇的战士和狂热的信徒，团结一致地前进，大家思想一致、口号一致，始终不懈地在努力工作、战斗、取胜、迫害别人——三亿人民都是一张脸孔。而现实的城市破败、肮脏，人民食不果腹，穿着破鞋在奔波忙碌，住在19世纪建造的房子里，里面总有一股煮卷心菜味和尿臊味。他仿佛见到了伦敦的景观，广阔而破败，一个由一百万个垃圾桶组成的城市，跟这景观混合在一起的，还有帕森斯太太的形象，一个面容憔悴、头发稀疏的女人，正在徒劳地鼓捣一条堵塞的水管。他又伸下手去挠一挠脚脖子。电子屏幕夜以继日地在你的耳朵里塞进一些统计数字，证明今天人们比五十年前吃得好，穿得暖，住得宽敞，玩得痛快——他们比五十年前活得长寿，工作时间比五十年前短，身体比五十年前高大、健康、强壮，日子比五十年前过得快活，人比五十年前聪明，受到的教育比五十年前更好，其中没有一句话能被证明或推翻。例如，党声称如今有百分之四十的群众识字，而革命前只有百分之十五。党声称现在婴儿死亡率只有千分之一百六十，而革命前是千分之三百——诸如此类，如同有两个未知数的等式。很有可能，历史书中的每一句话，甚至人们不加怀疑就相信了的事情，都完全出自想象。据他所知，可能根本没有什么"初夜权"之类的法律，也没有像资本家那样的人或高礼帽那样的服饰。

一切都消失在迷雾中了。过去给抹掉了，而抹掉这个行为本身也被遗忘了，谎言变成了真话。他一生中只有一次掌握了——是在那件事发生之后，这是很重要的——无可置疑的证据，可以证明有过伪造行为。这个证据在他的手指间停留了三十秒之久。那一定是在1973年——不管怎样，那时他和凯瑟琳差不多已经分居了。不过真正重要的日期还要早七八年。

这件事实际开始于60年代中期，大清洗时，革命元老被彻底清除掉了。到1970年止，除老大哥以外，其他元老一个不剩，他们都被当作叛徒和反革命被揭发出来。戈斯坦因逃走了，藏匿起来，没有人知道他在什么地方；至于别人，有几个只是失踪了而已，大多数人在轰动一时的公开审判中供认了他们的罪行之后就被处决了。最后只剩下三个人，他们是琼斯、艾朗森、鲁瑟福，这三个人大概是在1965年被捕的。像经常发生的那样，他们消失一年多，没有人知道他们的下落，接着又突然给带了出来，像惯常那样地招了供。他们供认通敌（当时的敌国也是欧亚国），盗用公款，在革命之前起就已开始阴谋反对老大哥的领导，进行破坏活动并造成好几十万人的死亡。在供认了这些罪行之后，他们得到了宽大处理，恢复了党籍，给了听起来很重要但实际上是挂名的闲差使。三个人都在《泰晤士报》写了长篇的检讨，分析他们堕落的原因，并保证改过自新。

他们获释后，温斯顿曾在栗树咖啡馆见到过他们。他还记得自己当时怀着半害怕半着迷的心态偷偷地观察过他们。他们比他年纪大得多，是旧世界的遗老，是建党初期峥嵘岁月中留下来的最后一批大人物。他们身上仍旧隐隐有着地下斗争和内战时代的气息。尽管在那时，真相和年代已变得模糊不清，但他很早就知道他们的名字了，甚至比知道老大哥的名字还要早几年。他也能感到他们是罪犯、敌人、不可接触者，肯定要在一两年内送命的。凡是落在思想警察手中的人，没有一个人能逃脱这个命运。他们不过是等待送回到坟墓中去的行尸走肉而已。

没有人坐在他们旁边的桌子上，甚至被看到离这种人太近也是不明智的做法。他们默默地坐在那里，前面放着几杯带有丁香味的杜松子酒，是这间咖啡馆的特色。三人中，给温斯顿印象最深的是鲁瑟福的外表。鲁瑟福以前是有名的漫画家，他的讽刺漫画在革命前和革命时期起到了舆论鼓动的作用。即使到了现在，他的漫画偶尔还在《泰晤士报》上发表，不过只是早期风格的模仿，没有生气，没有说服力，总是对陈旧主题的炒冷饭。这些漫画总是老调重弹——贫民窟、饥饿的儿童、巷战、戴高礼帽的资本家——甚至在街垒中资本家也戴着高礼帽——这是一种没有希望的努力，不停地想要回到过去中去。他身材高大，一头浓密而油腻的花白头发，面部肌肉松弛，嘴唇像黑人那样厚。他以前身体一定很强壮，可现在却松松垮垮，鼓着肚子，仿佛要向四面八方散架一样。他像一座要倒下来的大山，眼看就要在你面前崩溃。

当时是十五点钟，正是人少的时候。温斯顿如今已不记得自己怎么会在这样一个时间到咖啡馆去。那地方几乎空无一人。电子屏幕上轻轻地播放着音乐。那三个人几乎一动也不动地坐在角落里，一句话也不说。服务员自动送上来杜松子酒。他们旁边桌上有个棋盘，棋子都放好了，但没有人下棋。这时——大约过了半分钟——电子屏幕里播放起了新内容，正在放的音乐换了调子，突如其来，很难形容。这是一种特别的、粗哑的、嘶叫的、嘲弄的调子——温斯顿在心里称之为黄色调子，接着电子屏幕上有人唱道：

"在遮阴的栗树下，
我出卖了你，你出卖了我；
他们躺在那里，我们躺在这里，
在遮阴的栗树下。"

这三个人听了一动不动。但是当温斯顿再次看鲁瑟福那张破了相的脸时，发现他的眼里满含泪水。他第一次注意到，艾朗森和鲁瑟福的鼻梁都被打断了，他心里一阵恐慌，却不知道为什么恐慌。

此后不久，他们三人再次被捕，似乎从上次被放出来后，他们就马上又开始了新的阴谋活动。在第二次审判时，他们除了新罪行以外，又把以前的罪行招供一遍，新账老账一起算。他们被处决后，下场被记录进党史里，以昭后世。大约五年后，即1973年，温斯顿在把气力输送管吹送到他桌子上的一叠文件打开的时候，发现有一张纸片，显然是无意中夹在中间而被遗忘的。他一打开就意识到它的重要意义。这是从十年前的一份《泰晤士报》上撕下来的——是该报的上半页，因此上面有日期——上面是一幅在纽约参加某个党务活动的代表团的照片，在中间占据显著位置的是琼斯、艾朗森、鲁瑟福三人。一点也没有错，是他们三人，照片下面的说明中有他们的名字。

问题是，这三个人在两次的审判会上都供认，那一天他们都在欧亚国境内。他们在加拿大一个秘密机场上起飞，到西伯利亚某个秘密地点，同欧亚国总参谋部的人员见面，把重要的军事机密泄露给他们。温斯顿之所以非常清楚地记得那个日子，是因为那天正好是夏至，而且这件事也会记录在无数文件中。因此只有一个可能的结论：他们的坦白都是谎言。

当然，这件事本身也算不上什么新发现，即使在那个时候，温斯顿也从未想象过在清洗中被消灭的人会真的犯下被指控的罪行，但是这张报纸却是具体的证据；这是被抹掉的过去的一个碎片，好像一根骨头的化石一样，突然在不该出现的断层中出现了，推翻了地质学的某一理论。如果有办法公布于世，让大家都知道它的意义，就能将党摧毁于无形。

他原来一直在工作。一看到这张照片是什么，有什么意义，就马上用另一张纸把它盖住。幸好他打开它时，从电子屏幕的角度来看，正好是上下颠倒的。

他把便条簿放在膝上,把椅子往后推一些,尽量躲开电子屏幕。要保持面部没有表情不难,只要用一番功夫,甚至呼吸都可以控制,但是你无法控制心脏跳动的速度,而电子屏幕却很灵敏,能够收听得到。他等了一会儿,估计大约有十分钟之久,一边却担心会不会发生什么意外会暴露他自己,例如突然在桌面上吹过一阵风,那会让他暴露。然后,他也没有将它再次打开,就把那张照片和一些其他废纸一起丢进记忆洞里去了。大概再过一分钟,它就会化为灰烬。

这是十年——不,十一年前的事了,要是在今天,他大概会保留这张照片的。奇怪的是,今天这张照片同它所记录的事件一样,已只不过是记忆中的事了,奇怪的是,他用手拿过照片这件事甚至到现在,对他来说似乎仍然具有意义。他心里想,由于一纸不再存在的证据一度存在过,党对过去的控制是不是没有那么牢固了?

可是到今天,即使这张照片有办法从灰烬里复原,也可能不再成为证据了。因为在他发现照片的时候,大洋国已不再同欧亚国打仗了,那三个已死的人肯定是向欧亚国的特务出卖了自己的国家的。在那以后,战争的对象还有过变化——两次,三次,他也记不清有多少次了。很可能,供词被一再重写,到最后,原来的日期和事实已毫无意义。过去不但被篡改,而且不断地在被篡改。最使他有噩梦感的是,他从来没有清楚为什么要进行这种大规模的欺诈。伪造过去的眼前利益比较明显,但最终动机却使人不解。他又拿起笔写道:

> 我明白怎么做，但我不明白为什么。

他心里想，自己是不是个疯子，这个问题，他已想过好几次了。也许疯子只是少数派。曾经有一个时候，相信地球绕着太阳转是发疯的症状；而今天，相信过去不可篡改也是发疯的症状。他可能是独一无二地拥有这种想法，可能只有他一个人，如果如此，他就是个疯子。不过想到自己是疯子并没有让他感到担心；可怕的是他的想法也有可能是错误的。

他拣起儿童历史教科书，看一看卷首的老大哥相片。那双具有催眠力的眼睛在盯着他。好像有一种巨大的力量压着你——一种能够刺穿你的头颅，压迫你的脑子，吓破你的胆子，几乎使你放弃一切信念，不相信自己感官的东西。到最后，党可以宣布，二加二等于五，你就不得不相信它。他们迟早会作此宣布，这是不可避免的，他们所在的立场的逻辑要求他们这样做。他们的哲学不仅不言而喻地否认经验的有效性，而且否认客观现实的存在。常识成了一切异端中的异端。可怕的不是他们由于你有另外的想法而要杀死你，可怕的是他们有可能是对的。因为，毕竟，我们怎么知道二加二等于四呢？怎么知道地心吸力发生作用呢？怎么知道过去是不可改变的呢？如果过去和客观世界只存在于意识中，而意识又是可以控制的——那怎么办？

可是不行！他的勇气好像不由自主地坚强起来。他的脑海中浮现出奥布兰的脸，这并不是什么特意的联想所引起的。他比以前更加有把握地知道，奥布兰站在他的一边。他是在为奥布兰——给奥布兰——写日记,这像一封没有写完的信,没有人会读,但它是写给某个特定的人,因此文字变得生动起来。

党叫你不要相信耳闻目睹的东西,这是他们最主要、最根本的命令。他一想到他所面对的庞大力量,一想到党的任何一个知识分子都能轻而易举地驳倒他,一想到那些高深的辩词,他不仅不能理解,因此更谈不上反驳了。但他是对的!是他们错了,他是对的。必须捍卫显而易见、简单真实的东西,不言而喻的就是真实的,必须坚持!客观世界是存在的,它的规律不变。石头硬,水湿,缺少支撑的物体掉向地球中心。他觉得他是在向奥布兰说话,也觉得他是在阐明一个重要的原理,于是写道:

自由就是可以说二加二等于四的自由。如果这一点成立,其他也是如此。

八

从某条小巷的尽头,飘来了一股烘焙咖啡豆的香味——这是真咖啡,不是胜利牌咖啡。温斯顿不由自主地停下脚步,大约有两秒钟之久,他又回到了他那快遗忘了的童年世界中。接着门砰的一响,突然把这香味给切断了,好像它是声音一样。

他在人行便道上已经走了好几公里,静脉曲张发生溃疡的地方又在发痒了。三星期以来，今天晚上是他第二次没有去集体活动中心了，这是一件很冒失的事，因为可以肯定，你参加活动中心的次数，都是有人仔细记录下来的。原则上，一个党员没有空暇的时间，除了在床上睡觉，他永远不会独自待着。凡是不在工作、吃饭、睡觉的时候，他一定是在参加某种集体的文娱活动。凡是表明有离群索居的迹象，哪怕是独自出去散步，都是有点危险的。新话中对此有个专门的词，叫"自活"，这意味着个人主义和性格孤僻。但是今天晚上他从部里出来的时候，四月的和风让他动了心，他今年以来第一次看到如此湛蓝的天空。突然之间，他觉得在活动中心度过那样喧闹冗长的夜晚，玩那些令人厌倦吃力的游戏，听那些报告讲话，靠杜松子酒维持勉强的同志关系，都教他无法忍受了。在一时冲动下，他从公共汽车站走开，漫步走进了伦敦迷魂阵似的大街小巷，先是往南，然后往东，最后又往北，迷失在一些不知名的街道上，几乎一点也不考虑往什么地方走。

他曾经在日记中写道："如果有希望的话，希望在群众身上。"他不停地想起这句话，它陈述的是一项神秘的事实，但显而易见是荒谬的。他走到了圣潘克拉斯车站东北方向的某个地方，是在一片褐色的贫民窟里。他走在一条鹅卵石铺的街上，两旁是低矮的两层楼房，破落的大门就在人行道旁，有点奇怪地给人以老鼠洞的感觉。在鹅卵石路面上到处都有污水坑。黑暗门洞的里里外外，还有两旁的狭隘的陋巷里，到处是人，为数之多，令人吃惊——打扮得花枝招展的女孩，嘴上涂着俗艳的口红，追求她们的小伙子，走路摇摇摆摆的肥胖的女人，她们会展示给你看这些姑娘们十年之后会成为什么样子,迈着八字步来来往往的驼背老头儿,衣衫褴褛的小孩子在污水中嬉戏,一听到他们母亲的怒喝又四散逃开。街上的玻璃窗大约有四分之一是打破的,用木板钉了起来。大多数人根本不理会温斯顿,只有几个人小心翼翼地看了他一眼。有两个粗壮的女人,砖红色的胳膊交叉抱在胸前,在一个门口正在闲谈。温斯顿走近的时候听到了她们谈话的片言只语。

"'是啊,'我对她说,'一点儿没错,'我说。'不过,要是你站在我的位置上,也会跟我一样这么做的。说别人很容易,'我说,'可是你却没有遇到我这样的难题啊。'"

"啊,"另一个女人说,"你说得对。就是这么一回事。"

刺耳的说话声突然停止了,那两个女人在温斯顿经过的时候怀有敌意地看着他。但准确点说,这不算是敌意,只是一种警觉,片刻的紧张而已,像是一头不熟悉的野兽经过一样。在这样的一条街道上,党员的蓝制服不可能是常见的。的确,让人看到自己出现在这种地方是不明智的,除非你有公务在身。如果碰上巡逻队,他们一定要查问的。"可以看看你的证件吗,同志?你在这里干什么?你什么时候下班的?这是你平时回家的路吗?"——如此等等。并不是说有什么规定不许走另一条路回家,但是如果思想警察知道了这件事,你就会引起他们的注意。

突然,整条街道骚动起来。四面八方都有警告的喊叫声。大家都像兔子一般窜进了门洞。有个年轻女人在温斯顿前面不远的地方从一个门洞中窜了出来,一把拉起一个在水潭中嬉戏的孩子,用围裙把他围住,又窜了回去,这一切动作都是在刹那间完成的。与此

同时,一个穿着有很多褶皱的黑色套装的男子从一条小巷里向温斯顿跑过来,一边紧张地指着天空:

"汽船!"他嚷道,"小心,先生!头上有炸弹,快趴下!"

"汽船"是群众给火箭起的外号。温斯顿马上扑倒在地。碰到这种事情,群众总是对的,他们似乎有一种直觉,在几秒钟之前就能预知火箭弹的到来,尽管据说火箭飞行的速度要比声音还快。温斯顿双臂抱住脑袋。这时轰隆一声,仿佛要把人行道掀起来似的,有什么东西像阵雨似的掉在他的背上。他站起来一看,原来是附近窗口飞来的碎玻璃。

他继续往前走。那颗炸弹把前面两百米外的一些房子炸掉了。空中高悬着一股黑烟柱,下面一团灰尘腾空而起,大家已经开始聚拢在那片废墟周围了。在他前面的人行道上也有一堆灰泥,他可以看到中间有一道鲜红色的东西。他走近一看,原来是一只齐腕炸断的手。除了近手腕处血污一片,那只手完全苍白,没有血色,像石膏制的一样。

他把那东西踢进了阴沟,然后躲开人群,拐到右手的一条小巷里,三四分钟后,他就离开了被炸的地方。附近街道人来人往,一切如常,好像什么事情也没有发生一样。这时已快到二十点了,群众光顾的小酒店里挤满了顾客。黑黑的弹簧门不停地推开又关上,飘出来一阵阵尿、锯木屑、酸啤酒的味儿。有一所房子门口凸出的地方,角落里有三个人紧紧地站在一起,中间一个人手中拿着一份折叠好的报纸,其他两个人伸着脖子从他身后瞧那报纸。温斯顿还没有走近看清他们脸上的表情,就可以知道他们是多么全神贯注。

他们显然是在看一条重要的新闻。他走到距他们只有几步远的时候,这三个人突然分了开来,其中两个人发生了激烈争吵。看上去他们几乎快要打了起来。

"你他妈的不能好好地听我说吗?我告诉你,一年零两个月以来,末尾是七的号码没有中过彩!"

"中过了!"

"不,没有中过!我家里全有,两年多的中彩号码全都记在一张纸上。我一次不差,一次不漏,都记下来了。我告诉你,末尾是七的号码没有——"

"中过了,七字中过了!我可以把他妈的那个号码告诉你,末尾要么是四,要么是七。那是在二月里,二月的第二个星期。"

"去你奶奶的二月!我都记下来了,白纸黑字,一点不差。我告诉你——"

"唉,别吵了!"第三个人说。

他们是在谈论彩票。温斯顿走到三十米开外又回头看。他们仍在争论,一脸兴奋认真的样子。彩票每星期开奖一次,奖金不少,这是群众唯一真正关心的事。可以这么说,对好几百万群众来说,彩票即使不是他们仍旧活着的唯一理由,也是主要的理由。这是他们的人生乐趣,他们愚蠢的想法,他们的止痛药,他们的智力刺激物。一碰到彩票,即使是目不识丁的人也似乎运算娴熟,记忆惊人。有一大帮人就专门靠卖中奖秘籍、预测中奖号码、兜售吉利信物为生。温斯顿同经营彩票无关,那是富足部的事,但是他知道(党内的人都知道)奖金基本上都是虚构的。实际付的只是一些末奖，中大奖的都是不存在的人。由于大洋国各地之间没有相互联系，这件事不难安排。

但是如果有希望的话，希望在群众身上，你必须坚信这一点。把这句话写下来时，听起来似乎很有道理，但当走在人行道上，看一看那些走过你身旁的人，这就变成了一种信仰。他拐进去的那条街是下坡路，他觉得以前曾经来过这一带，不远还有一条大街，前面传来了一阵叫喊。街道转了一个弯，尽头的地方是一个台阶，下面是一个低洼的小巷，有几个摆摊的在卖发蔫的蔬菜。这时温斯顿记起了他身在什么地方了。这条小巷通到大街上，下一个拐角，走不到五分钟，就是那间杂货店，他现在用来写日记的本子就是在那里买的。在不远还有一家文具店，他曾在那里买过笔杆和墨水。

他在台阶上面停了一会儿，隔着小巷对面是一家昏暗的小酒店，窗户看上去结了霜，其实只不过是积了尘土。一个上年纪的人，虽然腰板挺不起来，动作却很矫捷，白色的胡子向前挺着，好像明虾的须子一样，他推开了弹簧门，走了进去。温斯顿站在那里看着，忽然想起这个老头儿一定至少有八十岁了，革命的时候人已中年。他，还有少数的几个人如今已成为同消失了的资本主义世界的最后纽带了。思想在革命前已经定型的人，在党内已经不多。在50年代和60年代的大清洗时期，老一代人大部分已被消灭掉，少数侥幸活下来的，也早已吓怕，在思想上完全投降。活着的人中，能够把本世纪初期的情况如实地向你介绍的，如果有的话，也只可能是群众中的一员。突然，温斯顿又想起从历史教科书上抄在日记中的一段话，他一时冲动，像发疯一样，他要到那间小酒馆去，同那个老头儿聊聊,询问他一个究竟。温斯顿会对他说:"请你谈谈小时候的事儿。那时候的日子怎么样?比现在好,还是比现在坏?"

他急急忙忙地走下台阶,穿过狭窄的小巷,唯恐晚了一步,心中害怕起来。当然,这样做是发疯。按照规定,党员不许同群众交谈,或者光顾他们的酒馆,但是这件事太不平常,必然会有人注意到。如果巡逻队来了,他可以说是因为感到突然头晕,不过他们多半不会相信他。他推开门,迎面就是一股酸啤酒的恶臭。他一进去,里面谈话的嗡嗡声就低了下来。他可以觉察到背后人人都在看他的蓝制服。屋里那一头原来有人在玩的投镖游戏,这时也停了大约有三十秒钟。他跟着进来的那个老头儿站在柜台前,同酒保好像发生了争吵,那个酒保是个体格健壮的年轻人,鹰钩鼻,胳膊粗壮。另外几个人,手中拿着啤酒杯,围着看他们。

"我不是很客气地问你吗?"那个老头儿说,狠狠地挺起腰板,"你说这个龌龊的鬼地方没有一品脱的杯子?"

"他妈的什么叫一品脱?"酒保的手指尖撑着柜台,身子往前倾着说。

"听听他说的是啥!还自称酒保呢,可是不知道什么叫品脱!一品脱嘛,就是半夸脱,四夸脱是一加仑。下次还非得从一、二、三教你呢。"

"从来没听说过,"酒保说,"一升,半升——我们就按这两样卖。你面前的架子上有杯子。"

"我就喜欢要一品脱,"老头儿坚持道,"你甭想那么容易让我不说品脱了,我年轻那会儿根本没这么操蛋地论升卖。"

"你年轻那会儿我们还在树上住呢。"酒保说着扫了一眼其他人。

这句话引起一阵哄堂大笑,温斯顿进来时造成的不自在感好像不复存在。老头儿那布满胡楂的白脸膛涨得通红,嘴里嘟嘟囔囔地转过身去,撞到了温斯顿身上,温斯顿轻轻抓住他的手臂。

"我可以请您喝一杯吗?"他说。

"你是个绅士。"老头儿说着又把肩膀挺起来。他好像没注意到温斯顿穿的蓝工作服。"品脱!"他挑衅地向酒保说,"一品脱汽酒。"

酒保把玻璃杯在柜台下面的水桶里洗了一下,利索地把两半升深棕色啤酒倒了进去。啤酒是在群众光顾的酒馆里能喝到的唯一一种酒类。按说群众不准喝杜松子酒,但其实很容易就能搞到。飞镖游戏又热热闹闹地玩了起来,吧台边的一群人又谈论起彩票,温斯顿的在场暂时被忘掉了。窗户下方有张木桌,他和老头儿可以坐在那里交谈而不用担心被别人听到。这种事情危险之至,但不管怎么说室内没有电子屏幕,这一点,是他刚踏进来时就察看清楚了的。

"他甭想让我不说品脱了,"老头儿在桌子前坐下来时,还在发牢骚,酒杯就摆在他面前,"半升不够,不过瘾。一升又太多,让我老是想尿尿,更不用说还有价钱。"

"从年轻那会儿到现在,您肯定经历了不少变化。"温斯顿试探着说。

老头儿的淡蓝色眼睛从飞镖靶扫到吧台,又从吧台扫到男厕所门,好像他希望在这间吧屋里找到有什么变化。

"啤酒比以前好喝了,"他最后说,"而且更便宜了!我年轻那会儿,淡啤酒——我们以前叫它汽酒——是四便士一品脱。当然,那是在战前了。"

"是哪次战争?"温斯顿说。

"一直在打仗。"老头儿含糊地说。他拿起酒杯,又一次挺起了肩膀,"我祝你身体无比健康!"

他的尖喉结在瘦瘦的喉部奇怪地上下快速抖动,啤酒就消失了。温斯顿走到吧台那里又拿了两个半升过来。老头儿好像忘了他对喝一升啤酒的成见。

"您比我年长许多,"温斯顿说,"我出生时您肯定已经是个成年人了,您记得以前的日子怎么样,也就是在革命前。像我这样年纪的人对那时候可以说一点儿都不了解,只能从书上读到,不过书上写的可能不是真的,我想听听您是怎么说的。历史书上说革命前的日子跟现在完全不同,当时有着最严重的压迫、不公平和贫困——远远超出我们的想象。在伦敦这儿,绝大多数人从生下来到死去,从来填不饱肚子,他们中间有一半人甚至没靴子穿,一天要工作十二个小时,九岁就离开学校,一间屋住十个人。同时有很少人,只有几千个——就是被称为资本家的——他们有钱有势,拥有可以拥有的一切,住华美无比的房屋,有三十个仆人。他们坐着汽车和四匹马拉的马车到处去喝香槟,戴高顶礼帽——"

老头儿突然眼睛一亮。

"高礼帽!"他说道,"说来奇怪,你提到高礼帽。我昨天还想到它。不知为什么,我忽然想到,我已有多少年没有见到高礼帽了。过时了，高礼帽。我最后一次戴高礼帽是在参加我嫂子的葬礼上。那是多少年以前的事了？可惜我说不好是哪一年了，至少是五十年以前的事了。当然，你知道，我只是为了参加葬礼才去租来戴的。"

"倒不是高礼帽有什么了不起，"温斯顿耐心说，"问题是，那些资本家——他们还有一些靠他们为生的律师、牧师之类的人——是地球上的主人，什么事情都对他们有好处。你——普通老百姓，工人——是他们的奴隶。他们对你们这种人爱怎么样就怎么样。他们可以把你们当作牲口一样运到加拿大去，他们高兴的话可以跟你们的女儿睡觉。他们可以叫人用九尾鞭打你们。你们见到他们得脱帽鞠躬。资本家每人都带着一帮走狗——"

老头儿又眼睛一亮。

"走狗！"他说道，"这个词我可好久都没有听到过了。走狗！这常常叫我想起从前的事来。我想起——唉，不知那是多少年以前了——我有时星期天下午到海德公园去听别人在那里讲话。救世军、天主教、犹太人、印度人——各种各样的人。有一个家伙——唉，我已记不起他的名字了，可真会讲话。他讲话一点也不对他们客气！'走狗！'他说，'资产阶级的走狗！统治阶级的狗腿子！'还有一个名称是寄生虫。还叫豺狼——他真叫他们豺狼。当然，你知道，他说的是工党。"

温斯顿知道他们说的不是一码事。

"我想要知道，"他说，"你是不是觉得现在比那时更加自由？他们待你更像人？在从前，有钱人，上层的人——"

"贵族院。"老头儿怀旧般插话道。

"好吧，就说贵族院吧。我要问的是，那些人就是因为他们有钱而你没有钱，可以把你看作低人一等？比如说，你碰到他们的时候，你得叫他们'老爷'，脱帽鞠躬，是不是这样？"

老头儿似乎在苦苦思索。他喝了一大口啤酒才作答。

"对。"他说，"他们喜欢你见到他们脱帽，这表示尊敬。我本人是不赞成那样做的，不过我还是常常这样做。你不得不这样，可以这么说。"

"那些人和他们的人是不是常常把你从人行道上推到马路中间去？这只不过是从历史书上看到的。"

"有一个人曾经推过我一次，"老头儿说，"我还记得很清楚，仿佛是昨天一般。那是举行划舟赛的晚上——在划船比赛的晚上，他们常常喝得醉醺醺的——我在夏夫兹伯雷街上遇到了一个年轻人。他是个上等人——穿着白衬衫，戴着高礼帽，外面一件黑大衣。他有点歪歪斜斜地在人行道上走，我一不小心撞到了他的怀里。他说：'你走路不长眼睛吗？'我说：'这人行道又不是你的。'他说：'你再顶嘴，我宰了你。'我说：'你喝醉了。我给你半分钟时间，快滚开。'说来不信，他举起手来，朝我当胸一推，几乎把我推到一辆公共汽车的车轱辘下面。那时我也是年轻气盛，正想还手，这时——"

温斯顿感到无可奈何，这个老头儿的记忆里只有一堆细枝末节的垃圾。你问他一天，也问不出什么名堂来的。从某种意义上来说，党的历史书可能仍是正确的，也许甚至是完全正确的。他做了最后一次尝试。

"可能我没有把话说清楚,"他说,"我要说的是:你年纪很大,有一半时间是在革命前经过的。比方说,在1925年的时候,你已几乎是个大人了。根据你所记得的,能不能说1925年的生活比现在好一些还是坏一些?要是您能选择的话,您愿意过当时的生活还是过现在的生活?"

老头儿沉思不语,看着那飞镖靶。他喝着啤酒,不过喝得比原来要慢。等他说话的时候,他有了一种哲学家的派头,好像啤酒使他心平气和了一些。

"我知道你想要我说什么,"他说,"你要我说想返老还童。大多数人如果你去问他,都会说想返老还童。年轻的时候,身体健康,劲儿又大。到了我这般年纪,身体就从来没有好的时候。我的腿有毛病,膀胱又不好。每天晚上要起床六七次。但是年老有年老的好处。有的事情你就不用担心发愁了。不用再跟女人纠缠了,这是件了不起的事情。我快有三十年没有跟女人睡过觉了,你信不信?再说,我也不想跟女人睡觉。"

温斯顿往窗台一靠,再问下去也没用。他正要再去买杯啤酒,那老头儿忽然站了起来,趔趔趄趄快步向屋子边上那间发出尿臊臭的厕所走去。多喝的半公升已在他身上发生了作用。温斯顿坐了一两分钟,发呆地看着他的空酒杯,后来也没有注意到自己的双腿已把他送到了外面的街上。他心里想,最多再过二十年,"革命前的生活是不是比现在好"这个最突出的同时也是最简单的问题就会不再需要回答了,事实上,即使现在,这个问题也是无法回答的,因为从那遥远的旧时代过来的少数几个幸存者没有能力比较两个不同的时代。他们只记得许许多多没有用处的小事情，比如说，同伙伴吵架，寻找丢失的自行车打气筒，早已死掉的妹妹脸上的表情，七十年前一天早晨刮风时卷起的尘土，等等，却看不到相关的事实。他们就像蚂蚁一样，可以看到小东西，却看不到大的。在记忆失灵而文字记录又被篡改伪造的情况下，党声称它已改善了人民的生活，你就得相信，因为不存在参照的标准，那种标准现在既不存在，以后也永远不会有。

　　这时他的思路忽然中断，他停下脚步抬头一看，发现自己是在一条狭窄的街道上，两旁的住房之间，零零星星有几家光线阴暗的小铺子。他的头顶上面挂着三个褪了色的金属球，看上去以前曾经是镀过金的。他觉得认识这个地方。不错！他又站在曾经买过日记本的那间旧杂货店的门口了。

　　他心中感到一阵恐慌。买那个本子的行为本身已经够不慎重了，而且他发誓再也不到这个地方来。可是他一走神，就不知不觉地走到这个地方来了。他开始写日记，原来就是希望以此来提防自己做出这种自杀性的冲动行为。他同时注意到，虽然当时已经快到二十一点了，这家铺子还开着门。他觉得还是到铺子里面去好，这比在外面人行道上徘徊，可以少引起一些人的注意。于是他就进了门，如果有人问他，他可以说是来买剃须刀片的。

　　店主人刚刚点了一盏煤油灯，它散发出一股不洁但却并不招人讨厌的气味。他年约六十，体弱背驼，鼻子很长，眼光温和，戴着一副厚玻璃眼镜。他的头发几乎全白，但是眉毛依然浓黑。他的眼镜，他的轻轻的、忙碌的动作，还有他穿的那件黑色丝绒旧夹克，使他隐隐有一种知识分子的气质，像一个搞文学的，或者音乐家。他讲话的声音很轻，他的口音不像普通群众那么土气。

"你在外面人行道上的时候，我就认出了你，"他马上说，"你就是那位买年轻太太记事本的先生。那本子真不错，纸张很美。以前叫作奶油纸。唉，我敢说，五十多年来，这种纸张早已不再生产了。"他的眼光从镜架上面透过来看温斯顿，"你要买什么东西吗？还是随便瞧瞧？"

"我路过这里，"温斯顿含糊地说，"我只是进来随便瞧瞧。我没有什么东西一定要买。"

"也好，"他说，"因为我想我也满足不了你的要求。"他软软的手做了一个道歉的姿态，"你也清楚，铺子全都空了。我跟你说句老实话，古董生意快要完了，没人买，也没有货。家具、瓷器、玻璃器皿——全都慢慢坏掉了。还有金属的东西也都回炉烧掉。我已多年没有看到黄铜烛台了。"

实际上，这家小小的铺子里到处塞满了东西，但是几乎没有一件东西是值钱的。铺子里陈列的面积有限，四面墙根都靠着许多积满尘土的画框。橱窗里放着一盘盘螺母螺钉、旧凿子、破铅笔刀、一眼望去就知道已经停了不走的旧手表，还有许许多多没用的废品。只有在墙角的一个小桌子上放着一些零零星星的东西——漆器鼻烟匣、玛瑙饰针等等——看上去好像还有一些有意思的东西在里面。温斯顿朝着那张桌子走过去时，他的眼睛被一个圆形光滑的东西给吸引住了，那东西在灯光下面发出淡淡的光辉。他把它捡了起来。

那是一块很厚的玻璃，一面成弧形，一面平滑，几乎像个半球形。无论在颜色还是在质地上，这块玻璃都显得特别柔和，好像雨水一般。在中央，由于弧形的缘故，看上去像放大了一样，有一个奇怪的粉红色的东西，让人联想到玫瑰花或者海葵。

"这是什么？"温斯顿很有兴趣地问。

"那是珊瑚，"老头儿说，"这大概是从印度洋来的。他们往往把它嵌在玻璃里。这至少有一百年了，看上去还要更久一些。"

"很漂亮的东西。"温斯顿说。

"的确是很漂亮的东西。"那个老头儿赞叹地说，"不过现在很少有人识货了。"他咳嗽着，"如果你要，就算四元钱吧。我还记得那样的东西以前可以卖八镑，而八镑——唉，我也算不出来，但总是不少钱。可如今谁又关心真正的古董？再说也没有多少古董留下来了！"

温斯顿马上掏给他四元钱，把他看上的那样东西揣进口袋。它之所以吸引他，并非有多漂亮，而更在于它好像拥有那种外观，属于跟如今这个时代很不相同的某个时代。那种颜色柔和、雨水般的玻璃跟他见过的任何玻璃都不一样。这件东西特别吸引人的，是它显然毫无用处，不过他猜想以前肯定是当镇纸用。它放在口袋里很重，但幸好还没让他的口袋显得太鼓鼓囊囊。对党员来说，拥有这样一件东西是奇怪的，甚至可以说是不正当，凡是旧的乃至漂亮的东西，总多少会令人生疑。老头儿收到四元钱后，显然情绪更好些了，温斯顿意识到给他三元甚至两元他都会接受。

"楼上还有个房间您可能愿意看看，"他说，"里面没多少东西，只有几件。我们一起上楼的话，可以拿盏灯。"

他又点亮一盏灯，弯着腰慢慢在前面带路。走上陡峭破烂的楼梯后是一段狭窄的过道，然后进了一个房间，它不对着街边，而对着一个铺鹅卵石的院子和一片烟囱丛林。温斯顿注意到里面的家具摆放得仍像有人住的样子。地上铺了一小片地毯，墙上挂着一两幅画，还有把又脏又破的高背扶手椅顶住壁炉放着。一架老式玻璃面时钟在壁炉台上嘀嘀嗒嗒走着，钟面分为十二格。窗户下边，一张很大的床占据了快四分之一的房间面积，床上还有床垫。

"我太太死之前我们一直住在这儿，"老头儿不无歉意地说，"我在一件一件卖家具。那是张漂亮的红木床，或者说至少把上面的臭虫弄干净后算得上吧，不过我想您会觉得它有点儿太笨重了。"

他把灯高举着，好照亮整个房间。在温暖的暗淡灯光下，那个房间看上去奇怪得令人向往。温斯顿的脑海里掠过一个想法，就是敢冒险的话，他大概可以一星期花几元钱租下这里。这是种不可能实现的离谱想法，他刚想到就放弃了。但那个房间在他心里唤起一种怀旧的念头，一种年代久远的记忆。坐在那样一个房间里会有什么感觉，他好像完全明白：坐在熊熊炉火前的扶手椅里，脚放在壁炉挡板上，搁架上还有把烧水的壶——那是种绝对独处、绝对安全的感觉，没人监视你，没有声音缠着你，除了烧水壶的响声和时钟悦耳的嘀嗒声，没有别的声响。

"没有电子屏幕！"他忍不住低声说。

"啊,"老头儿说,"我这儿从来没那种东西。太贵,不管怎么说,我好像从来没觉着需要装那个。您看那边的墙角还有张不错的折叠桌,不过您要是想用边上的桌板,当然得换上新合页。"

另外一个墙角那里有个小书架,吸引温斯顿走过去,上面只有几本垃圾书。在群众居住的地方,对书本的查抄和销毁做得同样彻底。在大洋国内,几乎不可能找到一本印刷于一九六〇年以前的书。老头儿仍然用手举着灯,站在带蔷薇木画框的一幅画前,它挂在壁炉一侧,正对着床。

"喏,您要是刚好对旧版画感兴趣——"他小心翼翼地说。

温斯顿走过去细看那幅画。那是一幅钢雕版画,画的是一座椭圆形建筑物,有着长方形的窗户,前方还有座小塔。那座建筑的周围还有栏杆,在它后面,还有似乎是一座雕像之类的东西。温斯顿盯着它看了一会儿,他对之似曾相识,但不记得有那座雕像。

"画框钉在墙上,"老头儿说,"不过当然我可以给您取下来。"

"我知道那座建筑,"温斯顿过了很久才说,"现在都成废墟了,它在正义宫外面的街道上。"

"没错,就在法院外面。它是在——噢,好多年前被炸掉了。它曾经是一座教堂,名叫圣克莱门特教堂。"他抱歉地笑了笑,像是意识到自己说了什么有点荒诞不经的东西。他又说,"'橘子和柠檬,'圣克莱门特教堂的大钟说。"

"什么?"温斯顿问道。

"噢,'橘子和柠檬,圣克莱门特教堂的大钟说。'那是我们小时候念的押韵诗。往下的我不记得了，不过我确实还记得结尾：'这儿有支蜡烛照着你去睡觉，这儿有把斧头把你的头剁掉。'是跳舞时唱的。别人把胳膊抬高让你穿过去，唱到'这儿有把斧头把你的头剁掉'时，他们的胳膊往下压就把你卡住了。只是一些教堂的名字，伦敦所有的教堂都唱到了——也就是所有主要的教堂。"

温斯顿茫然想着教堂是属于哪一世纪的。要想确定伦敦的建筑物是哪个时代的总是不容易，凡是令人赞叹的大型建筑物，如果其外貌差不多够新，都会自动被声称建于革命之后，而凡是显然建于很久以前的，都会被归类建于被称为中世纪的黑暗时代。资本主义的几个世纪被认为未能产生任何有价值的东西。人们从建筑上学到的历史不会比从书本上学到的更多。雕像、铭文、纪念牌、街道名——一切可能揭示过去的都被有系统地更改了。

"我从来不知道它以前是教堂。"他说。

"有很多留了下来，真的。"老头儿说，"不过被用做其他用途了。哎，那首押韵诗是怎么念的啊，我想起来了！

"'橘子和柠檬。'圣克莱门特教堂的大钟说。

'你欠我三个法寻。'圣马丁教堂的大钟说——

"喏，我记得的就这么多了。一法寻，那是种小铜币，看上去跟一分钱很像。"

"圣马丁教堂在哪儿？"温斯顿问道。

"圣马丁教堂？它还在，在胜利广场，跟画廊在一块儿。就是前面有三角形柱廊，台阶很高的那幢建筑。"

温斯顿很熟悉那里。它是个博物馆，用来展览各种各样宣传性的东西——火箭弹和水上堡垒的缩微模型、展示敌人残暴行为的蜡像造型等等诸如此类的东西。

"它以前叫作田野里的圣马丁教堂,"老头儿补充道,"不过我不记得那儿附近有什么田野。"

温斯顿没买那幅画,它是比那块玻璃镇纸更不合适拥有的东西,而且不可能拿回家,除非把它从画框上取下来。但他仍然多逗留了几分钟跟老头儿说话,得知他的名字不叫威克斯——人们有可能根据从铺子门面处的题字作此推论——而是查林顿。查林顿先生似乎是个鳏夫,年纪为六十三岁,住在那间铺子里已有三十年。这三十年里,他一直想把橱窗上的名字改过来,但从未着手去做。他们谈话时,温斯顿的心里一直想着那首记得不清不楚的押韵诗。"'橘子和柠檬。'圣克莱门特教堂的大钟说。'你欠我三个法寻。'圣马丁教堂的大钟说。"说来奇怪,可是对自己念一念时,会有幻觉,似乎真的听到了钟声,那钟声属于失去的伦敦,然而那个伦敦仍在此处彼处存在着,被改头换面,也被遗忘了。从一个又一个鬼影般的尖塔那里,他似乎听到钟声在洪亮地鸣响。但就记忆所及,他在现实生活中从未听到过教堂钟声。

他告别查林顿先生,独自走下楼梯,好不让这个老头儿看到他迈步出门前,还要先察看一下街道。他已经打好主意,再过一段适当间隔——比如说一个月——他会冒险再来这间铺子看一看。那也许比开小差不去集体活动中心更危险,单是买过日记本后,不知道那个铺主是否可以信赖,就又再来第二趟已经够蠢的了,然而——

他又想,是啊,他是要再来的。他要再买一些美丽而没有实用的小东西。他要买下那幅圣克莱门特的版画，把它从画框上卸下来，塞在蓝制服的上衣里面带回家去。他要从查林顿先生的记忆中把那首歌谣全部都挖出来。甚至把楼上房间租下来这个疯狂的念头，又一次在他脑海中闪过。大概有五分钟，他兴高采烈得忘乎所以，他事先也没有从玻璃窗里看一眼外面街上，就走了出去。他甚至即兴唱了起来：

"'橘子和柠檬。'圣克莱门特教堂的大钟说。
'你欠我三个法寻。'圣马丁——"

突然，他感到体内一阵冰冷，吓得心惊胆寒。前面人行道上，不到十米的地方，来了一个身穿蓝制服的人。那就是小说司的那个黑头发姑娘。路灯很暗，但仍能毫不困难地认出是她。她抬头看了他一眼，就装得好像没有见到他一样很快地走开了。

温斯顿一时吓得动弹不得，好像瘫了一样。然后他向右转弯，拖着沉重的脚步往前走，也不知道走错了方向。无论如何，有个问题算是得到了澄清。那个女孩在监视他，这一点毫无疑问。她一定跟着他到了这里，因为她完全不可能是偶然正好在同一个晚上到这同一条不知名的小街上来散步的，这条街距离党员住的任何地方都有好几公里远。这不可能是巧合。她究竟是不是思想警察的特务，还是多管闲事的业余侦探，那都没有关系。她在监视他这一点就已经够了。她大概也看到了他进去过那家小酒店。

现在走路也很费劲。每走一步，口袋里那块玻璃就碰一下他的大腿，他简直要想把它掏出来扔掉。最糟糕的是肚子痛。有那么几分钟，他觉得如果不赶紧找个厕所他就憋不住了。可是在这样的地方是找不到公共厕所的。后来肚痛消失了，只留下一阵麻木的感觉。

这条街道是条死胡同。温斯顿停下来，站了几秒钟，不知怎么才好，然后又转过身来往回走。他转身的时候想起那姑娘仅在三分钟前与他擦肩而过。要是跑步，也许还能追上她。他可以跟着她到一个僻静的地方，然后用一块石头猛击她的脑袋。他口袋里的那块玻璃也够沉的，可以干这个事儿。但是他马上放弃了这个念头，因为想一想就需要气力，可不可以忍受。他跑不动，也无法砸她的脑袋。何况，她年纪轻、力气大，一定会自卫。他又想到赶紧到集体活动中心去，一直待到关门，这样可以有人作旁证，证明他那天晚上在那里，但是这也办不到。他全身酸软无力。他一心只想快些回家，安安静静地坐下来。

回到公寓时，已经过二十二点了，二十三点三十分电门总闸就要关掉。他到厨房去，喝了足足一杯的胜利牌杜松子酒。然后到浅凹处的桌边坐下来，从抽屉里拿出日记。但是他没有马上打开来。电子屏幕上一个女人低沉的声音在唱一支爱国歌曲。他呆呆地坐在那里，看着日记本的大理石纸封面，无法把那歌声从他的意识中排除出去。

他们是在夜里来抓你的，总是在夜里。应该在他们抓到你之前就自我了断，没有疑问，有些人正是这样做的。许多失踪的人实际上是自杀了。但是在一个完全弄不到枪械和迅速致命的毒药的世界里，自杀需要极大的勇气。他奇怪地发现，痛楚和恐惧在生物学上完全无用，就在需要做出某个动作时，身体总是变得失去活动能力，从而背叛自己。他当初要是动作迅速，本来是可以把那黑头发的姑娘灭口的，但当时因为他处于极端危险的状态，所以使他失去了行动的力量。他突然想到，一个人在面对危险时，你要面对的从来都不是那个外部的敌人，而是自己的身体，即使到现在，尽管喝了杜松子酒，肚子里的隐痛也使他不可能有条理地思索。他想，在所有从外表看来似乎是英雄或悲剧的场合，情况也是这样的。在战场上，在刑房里，在沉船上，你要为之奋斗的事情，往往被忘掉了。即使你没有吓得瘫痪不动或者痛得大声号叫，生命也不过是对饥饿、寒冷、失眠，对肚子痛或牙痛的一场暂时的斗争而已。

他打开日记本，重要的是要写下点什么。电子屏幕里那个女人开始唱一首新歌。她的声音好像碎玻璃片一样，刺进他的脑子。他努力回想奥布兰的模样，这本日记就是为他，或者对他写的，但是他开始想到的却是思想警察把他带走以后，他将遇到什么。如果他们立即处死他，这倒没什么关系。被处死是意料之中的事。但在死之前（没有人会谈论这些事，尽管他们对此非常了解），必须经历坦白时不可避免的一切：蜷缩在地板上尖叫饶命，骨头被打断，牙齿被打落，头发一缕缕被鲜血染红。结局总是一样的，你为何还要必须忍受这一切呢？为何不能把生命缩减几天或几个星期呢？从未有人躲过侦查，从未有人不坦白。一旦你犯了思想罪，终究有一天，你会被处死的。为何那种什么都改变不了的极度恐惧非要在未来等待着？

他又试着想起奥布兰的样子,这次成功了一点。"我们会在没有黑暗的地方见面。"奥布兰对他说过这种话。他知道这句话的意思,或者说自以为知道。没有黑暗的地方就是想象中的未来,人们永远都看不到,但如果有先见之明,就能神秘地分享未来。但是由于电子屏幕上的声音在他耳旁聒噪不休,他无法再照这个思路想下去。他把一支香烟放在嘴里,一半烟丝就掉在舌头上,这是一种发苦的粉末,很难吐干净。老大哥的脸浮现在他的脑海中,代替了奥布兰的脸。正如他几天前所做的那样,他从口袋里掏出一枚硬币看着它。硬币上的脸也看着他,深沉、平静、警觉,但藏在那黑胡子背后的是一种什么样的笑容呢?像沉闷的丧钟发出的声音一样,他又想起了那几句话:

> 战争即和平。
> 自由即奴役。
> 无知即力量。

第二部

一

这天上午的时间过了一半,温斯顿离开他的小办公室,到厕所里去。

从灯光明亮的狭长走廊的那一头,一个人影向他走过来,是那个黑头发的姑娘。自从那天晚上在旧货铺门口碰到她以来,已经过了四天了。她走近的时候,他看到她的右臂上挂着绷带,从远处看不太清,因为颜色与她穿的制服的颜色相同。她大概是在转动某台搅拌机时压伤了手,这是小说司里常见的事故。

他们相距四米的时候,那个姑娘绊了一跤,几乎扑倒在地上,并发出一声痛苦的尖叫,她一定又跌在那条受伤的手臂上了。温斯顿马上停步,那姑娘已经跪了起来,她的脸色一片蜡黄,衬托之下嘴唇显得更红了。她的眼睛紧紧地盯住他,她哀婉的神色与其说是出于痛楚,倒不如说是出于害怕。

温斯顿心里涌起一种奇特的感情。在他前面的是一个要想杀害他的敌人,然而也是一个活生生的人,也许骨折了,正处在痛苦之中。他不由自主地走上前去想要帮助她,一看到她跌倒在那条扎着绷带的手臂上,温斯顿似乎也感觉到了疼痛。

"你受伤了没有?"他问道。

"没什么，摔痛了胳膊，一会儿就好了。"

她说话时好像心在怦怦直跳。她的脸色变得很苍白。

"你没有摔断什么吗？"

"没有，没事儿。痛一会儿就会好的。"

她把那只没有打着绷带的手伸给他，他把她搀扶了起来。她的脸色恢复了一点，看上去好多了。

"没事儿，"她又简短地说，"我只是把手腕摔痛了一些。谢谢你，同志！"

她说完就朝原来的方向走去，动作轻快，好像真的没事儿一样。整件事前后不会超过半分钟。不让自己的脸上流露出感情已成为一种本能，而且在刚才这件事发生的时候，他们正好站在一个电子屏幕的前面。尽管如此，他还是很难不露出一时的惊讶，因为就在他搀她起来时，那姑娘往他手里塞了一样东西，她是有意这样做的，这毫无疑问。那是个又小又平的东西，走进厕所门时，他把它揣在口袋里，用手指摸摸它。原来是折成小方块的一张纸条。

他一边站着小便，一边设法在口袋里用手指把它打了开来。显然，里面一定写着什么信息。有那么一阵子，他想到厕格里去马上打开它，但是这样做太愚蠢。这一点他也清楚，跟其他地方相比，可以更有把握地认为，厕格里是一刻不停地被监视着的。

他回到他的小隔间，坐了下来，把那纸片同别的纸片随便放在桌子上，戴上了眼镜，把口述记录器拉过来。他对自己说，"五分钟，至少要等五分钟！"他的心怦怦地在胸口跳着，声音大得令人吃惊。幸好他要做的工作只是一般性的，也就是改正一系列的数字，不需要太多的注意力。

不论那纸片上写的是什么，它一定是有政治意义的。他能够估计到的，只有两种可能，第一种可能性较大，即那个姑娘是思想警察的特务，就像他所担心的那样。他不明白，为什么思想警察要用那种方式送信，不过他们也许有他们的理由。纸片上写的也许是一个威胁，也许是一张传票，也许是一个要他自杀的命令，也许是一个不知什么的圈套。但是还有一种比较荒唐的想法在他的心里出现，那就是把它压下来，但他却办不到。那就是，这张纸条根本不是来自思想警察，而是某个地下组织。也许，兄弟会真的确有其事！也许那姑娘是其中的一员！毫无疑问，这个想法很荒谬，但是他一摸到那张纸片，他的心中就马上出现了这个想法。过了一两分钟，他才想到另外一个比较合理的解释。即使现在，他的理智告诉他，这个信息可能就是死亡，但是，他仍旧不信，那个不切实际的欲望欲罢不能，他的心脏仍在怦怦地跳着，他好不容易才克制住自己，在对着口述记录器低声说一些数字时，努力让自己的声音不发颤。

他把做完的工作材料卷起来，放进输送管里。时间已经过去了八分钟。他推了推鼻梁上的眼镜，然后叹了口气，把下一堆工作材料拉到面前，上面就有那张纸片，他把它摊开了，上面用很大的不规则字体写着：

我爱你

有那么几秒钟，他吃惊得甚至忘了把这足以定罪的东西丢进记忆洞里。等到他这么做时，尽管很明白表现出太多的兴趣是多么危险，还是禁不住要再看一遍，只是为了弄清楚上面确实写着这几个字。

这天上午他无心工作，要集中精力做那些琐细的工作固然很难，更难的是要掩藏他的激动情绪，不让电子屏幕察觉。他感到肚子里好像有一团火在烧。在那人声嘈杂、又挤又热的食堂里吃饭成了一件苦事。他原来希望在吃午饭的时候能清静一会儿，但倒霉的是，那个笨蛋帕森斯又一屁股坐在他旁边，他的汗臭味把炖菜的铁皮味都压过了，嘴里还没完没了地在说着为仇恨周做准备的事。他对他女儿的侦察队为仇恨周做的一个硬纸板老大哥头部模型说得特别起劲，那模型足有两米宽。讨厌的是，在嗡嗡的人声中，温斯顿一点也听不清帕森斯在说什么，他得不断地请他把那些蠢话再说一遍。只有一次，他看到了那个姑娘，她同两个姑娘坐在食堂的那一头。她好像没有瞧见他，他也就没有再向那边望一眼。

下午还好过一些。午饭以后送来的一项工作比较复杂，要好几个小时才能完成，必须把别的事情都暂时撇在一边。这项工作是要篡改两年前的一批产量报告，以此来归罪于一个如今在党内失宠的要人。这是温斯顿最拿手的事情，两个多小时里他居然把那个姑娘完全置于脑后了。接着，她的面容又出现了他的记忆中，这导致了他一种想要独自待着的强烈欲望。如果不找到个清静地方，他是无法把这件新发生的事理出一个头绪来的。今晚又该到集体活动中心去，他狼吞虎咽地吃了一顿无味的晚饭后，就匆匆赶到那里，参加了"讨论组"的讨论,这是一件一本正经的蠢事,然后打了两局乒乓球,喝了几杯杜松子酒,听了半小时题为《英社与象棋》的报告。他心里烦透了,但是他第一次没有了要逃避集体中心的冲动。看到了"我爱你"那三个字以后,他要活下去的欲望猛然高涨,为一些小事担风险太不划算了。直到二十一点,当他回家上床以后,在黑暗中才能连贯地思考问题。在黑暗中,只要保持不出声,你甚至可以不受电子屏幕的监控。

要解决的问题是个实际问题:怎样同那姑娘联系,安排一次约会?他不再认为她可能是在对他布置圈套了。他知道不会是这样,因为她把纸片递给他时,毫无疑问显得很激动。显然她吓得要命,谁都要吓坏的。他的心里也从来没有想到过拒绝她的主动。五天前的晚上,他还想用一块铺路的鹅卵石砸碎她的脑袋呢,不过这不重要。他想到她赤裸的、年轻的肉体,像在梦中见到的那样。他原来以为她像别人一样也是个傻瓜,头脑里尽是些谎言和仇恨,长着一副铁石心肠。一想到他可能会失去她时,她年轻白嫩的肉体可能从他手中滑掉,他就感到一阵恐慌。他最担心的是,如果不和她马上联系,她可能就此改变主意。但是要同她见面,具体的困难很大,就像在下棋的时候,你已经被将死了却还想走一步。不管你转向哪里,电子屏幕都在监视着你。实际上,从他看过那张字条起,五分钟之内,他就想遍了所有能同她联系的方法。现在有了考虑的时间,他就逐个逐个地再检查一遍,好像在桌上摆开一排工具。

显然,今天上午那样的相遇是无法再来一遍了。要是她在档案司工作的话,问题还可能简单些,但是小说司在大楼里的坐落情况，他只有个极为模糊的概念，他也没有到那里去的借口。要是他知道她住在哪里和什么时候下班，他就可以想法在她回家的路上去见她。但是要跟在她后面回家并不安全，因为那就意味着在真理部外面游荡，这一定会引起别人的注意的。至于通过邮局写信给她，那根本办不到。因为所有的信件在邮递的过程中都要受到检查，这样一种必经的手续已不是什么秘密了。实际上，很少人写信。有时万不得已要传递信息，就用印好的明信片，上面印有一长串现成的词句，只要把不适用的词画掉就行了。再说，他也不知道那个姑娘的姓名，更不用说地址了。最后，他算定最安全的地方是食堂。要是他能够在她单独坐在一张桌子旁时接近她，地点又是在食堂中央，距离电子屏幕不要太近，周围人声嘈杂，只要这样的条件持续三十秒钟，他们就能交谈上几句了。

　　在这以后的一个星期里，生活就像在做一场烦躁的梦。第二天，在他要离开食堂时她才到来，那时已吹哨了，或许她被换到了稍晚的那一班。两人擦身而过时，彼此连看也没看一眼。第二天，她在通常的那个时间到了食堂，可是她跟三个姑娘坐在一起，而且就在电子屏幕下面。接下来的三天，她都没有出现。这使他身心紧张，特别敏感脆弱，好像一碰即破似的；他的任何一举一动，不管是接触还是声音，不管是他自己说话还是听人家说话，都成了无法忍受的痛苦。即使在梦中，他也无法完全忘记她的模样。这几天，他没有碰日记。如果说有什么事情能让他解脱的话，那就是工作，他有时可以一口气忘我工作十分钟之久。她究竟发生了什么，他一无所知，也不能去打听。她可能已经被蒸发了，也许已经自杀了，也可能被调到大洋国的另一端去了，最糟糕同时也是最可能的，是她或许改变了主意，决定躲开他了。

第二天她又出现了，胳膊上已除去了绷带，不过手腕处贴着一块橡皮膏。看到她，让温斯顿如释重负，他禁不住盯着她看了几秒钟。第二天，他差一点同她说成了话。那是当他进食堂的时候，她坐在一张距墙很远的桌子旁，周围没有人。时间很早，食堂的人不怎么多。队伍慢慢向前移动，温斯顿快到柜台边的时候，又被耽搁了两分钟，因为前面有人说他没有领到糖精。然而在温斯顿领到他的一盘饭菜之后，开始朝那姑娘走过去时，她还是一个人坐在那里。他若无其事地朝她走去，眼光却在她后面的一张桌子那边探索。当时距离她大概有三米远，再过两秒钟就可到她身旁了。这时身后忽然有人在喊："史密斯！"他假装没有听见。那人又喊了一声："史密斯！"声音比刚才大了一些。再假装没有听见已没有用了。他转过头去一看，是个头发金黄、一脸蠢相的年轻人，名叫威舍尔。此人他并不熟，可是那小伙子正满脸笑容邀请他到桌边的一个空位子上坐下来。拒绝他是不安全的，在被别人认出后，他不能再到一个独坐的姑娘那里去了，这样做太引人注意。于是他面露笑容，坐了下来，那张愚蠢的脸也在对着他笑。温斯顿恨不得抄起一把斧子把它砍成两半。几分钟后，那姑娘的桌子旁也就坐满了人。

但是她一定看到温斯顿向她走去，也许会理解那种暗示。第二天，他很早就去了。果然，她差不多在同样位置的一张桌子前坐着，还是一个人。队伍里站在他前面的是个小个子男人，动作敏捷，像个甲壳虫一般，他长着一张扁脸，眼睛很小，目光多疑。温斯顿端起盘子离开柜台时，看到那个小个子向姑娘的桌子走去。他的希望又落空了。旁边的一张桌子还有个空位子，但那个小个子的神色表露出他很会照顾自己，一定会挑选一张最空的桌子。温斯顿心里一阵发凉，只好跟在他后边，走过去再说。除非他能单独与那姑娘在一起，否则是没有用的，就在这个时候，忽然咣当一声，那小个子四脚朝天，跌倒在地，盘子不知飞到哪里去了，汤水和咖啡流了一地。他爬起来，不高兴地看了温斯顿一眼，显然怀疑是温斯顿故意绊倒了他。不过不要紧，五秒钟以后，温斯顿的心怦怦地跳着，他坐到了姑娘的桌子前。

他没有看她，而是放好盘子就很快吃起来。应该趁还没有人到来以前马上说话，这一点很重要，但是他心里突然感到一阵恐惧。自从上次她向他表示爱意以来，已有一个星期了，她可能已经改变了主意，她一定改变了主意！这种事不可能会有什么好的结果，实际生活中是不会发生这种事情的。要不是他看到那个长发诗人安普福斯端着托盘无精打采地转来转去想要找个座位坐下，他很可能根本不想开口的。安普福斯对温斯顿好像有种说不出的感情，如果看到温斯顿，肯定是会到他这里就座的。也许只有一分钟的行动时间，要行动就得快。这时温斯顿和那姑娘都在慢慢地吃饭，他们吃的东西是炖菜豆，实际上像汤一样。温斯顿低声说起话来，他们两人都没有抬头，一边把稀糊糊的东西送到嘴里，一边不动声色地交谈着，说了几句必要的话。

"你什么时候下班？"

"十八点三十分。"

"我们在什么地方可以见面？"

"胜利广场，纪念碑附近。"

"那里全是电子屏幕。"

"人多就不要紧。"

"有什么暗号吗？"

"没有。除非你看到我混在人群中，否则就不要过来，眼睛别看我，跟在身边就行了。"

"什么时间？"

"十九点。"

"好吧。"

安普福斯没有见到温斯顿，他在另外一张桌子前坐了下来。那姑娘很快吃完饭就走了，温斯顿留下来抽了一支烟。他们没有再说话，而且也没有相互看一眼，两个人面对面坐在一张桌子旁，这可不容易做到。

温斯顿在约定时间之前就到了胜利广场，他在那根巨型圆柱底座的周围来回走着，圆柱顶上老大哥的雕像凝视着向南方的天空，他曾在"一号机场战役"中击落过欧亚国的飞机（几年前是东亚国的）。纪念碑前的街上，有个骑马人的塑像，据说是奥立佛·克伦威尔。约定时间过了五分钟，那个姑娘还没有出现。温斯顿心中又是一阵疑惧。她没有来，她改变了主意！他慢慢地走到广场北侧，因为认出了圣马丁教堂，心里感到有点高兴，那座教堂的钟声——当它还有钟的时候——曾经敲响"你欠我三个法寻"。就在这时，他忽然看到那姑娘站在纪念碑底座上，正在看或者假装正在看着上面贴着的一张宣传画。在没有更多的人聚在她周围之前就走上前去走近她，这不太安全。纪念碑周围都是电子屏幕，这时忽然传来一阵叫喊，左边某个地方传来了重型卡车经过的声音，突然人人都奔过广场，那个姑娘也轻捷地绕过狮子雕像混在人群中去了。温斯顿跟了上去。他跑去的时候，从人们的大喊大叫中得知，原来是有一列装着欧亚国俘虏的车队经过。

密密麻麻的人群已经堵塞了广场的南侧。通常情况下，温斯顿是每次在混乱的人群中，都会被挤到外围的那种人，这次却又推又搡，向人群中央挤去。他不久就到了离那姑娘触手可及的地方，却被一个身材硕大的群众和一个身体同样肥硕的女人挡住去路，那女人大概是他的妻子，他们形成了一道无法越过的肉墙。温斯顿把身子侧过来，猛地一挤，想把肩膀插在他们两人中间。有那么一阵子，他的五脏六腑好像被那两个壮实的躯体挤成肉酱了。他出了一身汗，终于挤了过去。他现在就站在姑娘的身旁了，他们肩挨着肩，但眼睛都呆呆地直视着前方。

这时有一长队的卡车慢慢地开过街道，车上每个角落都直挺挺地站着手持轻机枪、面无表情的警卫。车上蹲着许多身穿草绿色破旧军服的人，脸色发黄，互相挤在一起。他们那带着哭相的蒙古人面孔木然地望着卡车外面，一点好奇的样子也没有。有时卡车稍有颠簸，车上就发出金属撞击的声音：所有的俘虏都戴着脚镣。一车一车的满脸愁容的俘虏开了过去，温斯顿知道他们在车上，但他只是有一眼没一眼地在看他们。那姑娘的肩膀和她胳膊肘以上的胳膊都碰到了他，她的脸颊挨得这么近，使他几乎可以感到她的温暖。

这时她马上又掌握了主动,就像上次在食堂那样,用不动声色的声音开始说话,嘴唇几乎没动,这样细声低语在人声喧杂和卡车隆隆中是很容易被掩盖过去的。

"你能听到我说话吗?"

"能。"

"星期天下午你能休息吗?"

"能。"

"那么听好了,你得记清楚,到帕丁顿车站去——"

她逐一说明了他要走的路线,清楚明确,犹如军事计划一样,使他感到惊异。坐半小时火车,然后出车站往左拐,沿公路走两公里,到一扇顶上没有横梁的大门,穿过了田野中的一条小径,到一条长满野草的路上,灌木丛中又有一条小路,上面横着一根长了青苔的枯木。好像她头脑里有一张地图一样。她最后低声说,"这些你都能记得吗?"

"能。"

"你先左拐,然后右转,最后又左拐,那扇大门顶上没有横梁。"

"知道。什么时间?"

"大约十五点,你可能要等,我从另外一条路到那里。你都记清了?"

"记清了。"

"那么马上离开我吧。"

她没必要对他说这个,但是他们在人群中一时还脱不开身。

卡车还在经过，人们还在不知足地呆看着。开始有几声嘘叫，但那只是人群中的党员发出的，很快就停止了。现在大家的主要情感是好奇。外国人，不论是从欧亚国来的，还是从东亚国来的，都是一种奇怪陌生的动物。除了俘虏，很少看到他们，即使是俘虏，也只是匆匆一瞥。而且你也不知道他们的下场，只知其中有少数人要作为战犯被绞死，别的俘虏的下场就不得而知了，大概被送到了强迫劳动营。蒙古人种的圆脸过去之后，出现了更为欧洲化的脸，肮脏憔悴，满面胡须。那一双双眼睛从满是胡楂的颧骨上方盯着温斯顿的脸，有时又很奇怪地看着他，但马上就一闪而过了。车队快过完了，他在最后一辆卡车上看到一个上了年纪的人，满脸胡须，直挺挺地站在那里，双手叉在胸前，好像久已习惯于把他的双手铐在一起了。温斯顿和那姑娘该到分手的时候了，但就在最后这一刹那，趁四周人群还是很挤的时候，她的手触摸到了他的，并紧握了一会儿。

这不可能超过十秒钟，但是两只手好像握了很长时间。他有充足的时间了解她手上的每个细节，他摸到了纤长的手指，形状美观的指甲，由于劳作而磨出了老茧的掌心，手腕上光滑的皮肤。这样一摸，差不多等于眼睛也看到了。这时他又想到，他连她的眼睛是什么颜色也不知道，可能是棕色，但是黑头发的人的眼睛往往是蓝色的。现在回过头再去看她，未免太愚蠢了。他们两人的手握在一起，在拥挤的人群中是不易发觉的，他们不敢相互看一眼，只是直挺挺地看着前面，而看着温斯顿的不是那姑娘，而是那个上了年纪的俘房，他的眼睛透过一头乱发正悲伤地注视着温斯顿。

二

温斯顿在稀疏的光影中走上那条小路,在树枝分开的地方,他就踏进了黄金洼。在左边的树下,地面白茫茫地长着风信子。空气润湿,好像在轻轻地吻着他的皮肤。这是五月份的第二天,从树林深处传来了斑鸠咕咕的叫声。

他来得稍早了一些,一路上没有遇到什么困难,那个姑娘显然很有经验,使他不像平时那么害怕,大概可以相信她能找到一个安全的地方。一般来说,你不能想当然地认为在乡下一定比在伦敦更加安全。不错,在乡下没有电子屏幕,但是总有碰上窃听器的危险,把你的说话声录下来。此外,一个人出门要不引起注意不是一件容易的事。一百公里之内,不需要在你的通行证上签注,但有时火车站附近有巡逻队,要检查在那里碰到的任何党员的证件,询问一些使人为难的问题。但是那天没有碰到巡逻队,在出站后,他一路上不时回头看,确信没有人盯他的梢。火车上尽是群众,因为天气和暖,个个都高高兴兴的。他搭的硬座车厢坐满了一个大家庭,从牙齿掉光的老奶奶到才满月的孩子,他们要花一下午的时间去乡下看望他们的亲戚,顺便在黑市上弄一些黄油,他们很坦率地这么告诉温斯顿。

这条路慢慢地开阔起来，不久他就到了那个姑娘指给他的那条小路上，那是牛群在灌木丛中踩踏出来的。他没有戴表，但是知道还不到十五点。脚下到处是风信子，要不踩在上面是办不到的。他蹲下来，摘了一些，一半是消遣时间，但是也模模糊糊地想到要在同那姑娘见面时献给她一束花。他摘了很大的一束，正在闻着它那股淡淡的香味时，忽然听到背后有人踩踏枯枝的声音，不禁吓得呆住了。他没有别的办法，只好继续摘花。很可能就是那姑娘，但也可能还是有人盯上了他，回过头去看就是做贼心虚。他一朵又一朵地摘着，这时有一只手轻轻地搭在他的肩膀上。

他抬头一看，原来是那姑娘。她摇摇头，显然是警告他不要出声，然后拨开树枝，沿着那条狭窄的小路，引着他走到树林深处去。显然她以前去过那里，因为她总能习惯性地避开那些湿软的地方。温斯顿跟在后面，手中仍紧握着那束花。他的第一个感觉是松了口气，但是他看着前面那个苗条健壮的身体，上面束着那条鲜红的腰带，宽紧适当，露出了她臀部的线条，自惭形秽的感觉沉重地压在他的心头。即使现在，她回头一看，仍很可能就此打退堂鼓。甜美的空气和葱翠的树叶使他感到气馁。在从车站出来的路上，五月的阳光已经使他感到了全身肮脏，脸色苍白，完全是个过惯室内生活的人，皮肤上的每一个毛孔里都塞满了伦敦的煤烟尘土。他想到直到现在，她大概还从来没有在光天化日之下见到过他。他们到了她说过的那根枯木的旁边，她一跃过去，在一片密密麻麻的灌木丛中拨开树枝，温斯顿跟着她走到一个天然的小空地，那块小小的多草的土墩周围都是高高的幼树，把它严密地遮了起来。那姑娘停了步，回过身来说："咱们到了。"

他面对着她，相距只有几步远。但是他仍不敢向她靠近。

"我在路上不想说什么话，"她继续说，"万一什么地方藏着话筒。我想不至于，但仍有可能性，那些畜生总有可能辨别出你的声音来，这里就没事了。"

他仍没有勇气靠近她。"这里就没事了？"他愚蠢地重复说。

"是的。你瞧这些树。"这些树都是小榛树，从前给砍伐过，后来又长了新苗，都是细长的杆儿，没有一棵比手腕还粗，"没有一棵大得可以藏话筒。再说，我以前来过这里。"

他们只是在没话找话。他已经向她走近了一些，她挺着腰站在他前面，脸上的笑容隐隐有股嘲笑的味道，好像在问他为什么还不动手。风信子掉到了地上，好像是自己掉下来似的。他握住她的手。

"你能相信吗，"他说，"到现在为止我还不知道你眼睛的颜色。"他注意到它们是棕色的，一种比较淡的棕色，睫毛却很浓。

"现在你既然已经看清了我，你还能多看一眼吗？"

"能。很容易。"他又说，"我三十九岁，有个摆脱不了的妻子。我患静脉曲张，有五个假牙。"

"我都不在乎。"那姑娘说。

接着，也很难说究竟是谁主动，她已在他的怀里了。起初，他除了感到完全不敢相信之外，没有别的任何感觉。那个年轻的身体在紧搂着他，一头黑发贴在他的脸上，说真的，她真的抬起了脸，他开始吻她红润的嘴唇了，她的双臂紧紧搂住他的脖子，轻轻地叫他亲爱的，宝贝，心肝儿。他把她拉到地上，她一点也不抗拒，听任他的摆布，他要怎么样就怎么样。但是实际情况却是，肌肤的相亲，并没有使他感到肉体上的刺激。他所感到的仅仅是不敢相信和骄傲。他很高兴，终于发生了这件事情，但是他没有肉体上的欲望。事情来得太快了，她的年轻，她的美丽，使他害怕，他已习惯了没有女人的生活——他也不知道什么缘故。那个姑娘坐了起来，从头发里捡出一朵风信子。她靠着他坐着，伸手搂住他的腰。

"没有关系，亲爱的，不用急。整个下午都是咱们的。这地方很隐蔽，是不是？有一次集体远足我迷了路才发现的。要是有人过来，一百米以外就可以听到。"

"你叫什么名字？"温斯顿问。

"朱莉娅。我知道你叫什么。温斯顿——温斯顿·史密斯。"

"你是怎么知道的？"

"我想打听这种事情我比你有能耐，亲爱的。告诉我，在那天我递给你条子以前，你对我有什么看法？"

他没有想到要对她说谎话。一开始就把最坏的想法告诉她，这甚至也是爱的表示。

"我一见你就恨你，"他说，"我想强奸你，然后再杀死你。两个星期以前，我真的想在地上捡起一块石头打破你的脑袋。要是你真的想知道，我以为你同思想警察有联系。"

那姑娘高兴地大笑起来，显然认为这是对她伪装巧妙的恭维。

"思想警察！你真的那么想吗？"

"这个嘛，也许不完全是这么想。但是从你的外表来看，你知道,就只是因为你又年轻,又肉感,又健康,我想,也许——"

"你想我是个好党员,言行纯洁、旗帜、游行、口号、比赛、集体郊游——老是搞这样的事情。你想我一有机会就会揭发你是思想犯,把你干掉?"

"是的,几乎是那样。好多年轻的姑娘都是那样,这个你也知道。"

"都是这个该死的玩意儿闹的。"她一边说,一边把少年反性同盟鲜红色的腰带扯下来,扔在一根树枝上。接着,她想起了一件事情,从外衣口袋里掏出一小块巧克力来掰成两块,给了温斯顿一块。他没有吃就从香味中知道这是种很不常见的巧克力,颜色很深,晶晶发亮,用银纸包着。一般的巧克力都是棕色的,吃起来像是烧垃圾的气味。但是有的时候,他也吃到过像她给他的那种巧克力。第一阵闻到的香味勾起了他的模糊记忆,但是记不清是什么了,尽管这感觉很强烈,久久不去。

"你从哪儿搞到这玩意儿的?"他问。

"黑市,"她毫不在乎地说,"你瞧,我实际上就是那种女人。我擅长玩把戏。在少年侦察队里我做过队长。每星期三晚上给少年反性同盟做义务活动。我没完没了地在伦敦到处张贴他们的胡说八道的宣传品。游行的时候我总是举大旗,我总是面带笑容,做事从来不退缩,总是跟着大伙儿一起喊,这是保护自己的唯一办法。"

第一小片巧克力已在温斯顿的舌头上溶化了。它的味道很可口,那种记忆却仍然在他的意识边缘游移着,感觉强烈,但无法还原成一种明确的形象,如同眼角看到的东西一样。他把这种感觉从心里推开，只知道那是关于某个行为的记忆，他想弥补那个行为的后果，却做不到。

"你很年轻，"他说，"比我年轻十到十五岁，怎么会觉得我这样的男人有吸引力呢？"

"跟你的面容有关，我觉得我要冒冒险。我在发现谁是与众不同的人这方面很在行，一看到你，我就知道你是跟他们作对的。"

他们，她的意思似乎是指党，首先指内党。她谈论起他们时，带着不加掩饰的嘲笑和仇恨，让温斯顿感觉不安，即使他知道不会有别的地方比这里更安全。令他震惊的是她的语言之粗鄙。按说党员不应该说脏话，温斯顿自己也很少说。而朱莉娅好像每次一提到党——特别是内党——的时候，就不能不用上在污水遍地的小巷墙壁上用粉笔写的那种话。对这点，他并非不喜欢，那只不过是她反感党及其种种行径的一种表示，而且不知为何，显得自然而又健康，如同一匹马在闻到不好的草料时，打了个响鼻一样。他们已经离开那片空地，在光影斑驳的树荫下散步。只要能并肩走路，他们的手臂都搭在一起。他留意到她的腰部在没了那条饰带后有多柔软。他们一直在压着嗓门悄声说话，朱莉娅说在空地外面最好悄悄走路。不久，他们到了小树林的边缘，她让他别再往前走。

"别走到空地上，可能有谁在监视，待在树后面就没事。"

他们站在榛树丛的树荫下，阳光经过无数树叶的过滤照在他们脸上，仍然感觉火辣辣的。温斯顿看着那边的原野，很奇怪，心里渐渐有了种震惊的感觉，他认识这个地方。他知道这个地方的样子。这是块被啃噬得很厉害的古老草场，有条人行小径蜿蜒穿过，到处都有鼹鼠丘。对面参差不齐的树篱那里，榆树枝在微风吹拂下，勉强能看到在摇动，上面的树叶在微微颤动，大团大团的，像是女人的头发。肯定附近某个地方有条小溪，还有鲮鱼在其中游着的绿色池塘，只是看不见而已，难道没有吗？

"附近难道没有一条小溪？"他低声说。

"没错，那边有一条，实际上就在那块地的边上。里面有鱼，很大的鱼。能看到鱼就浮在柳树下面的池塘里，摆着尾巴。"

"那就是黄金乡了——几乎是。"他喃喃地说。

"黄金乡？"

"没什么，真的。就是我有时候梦到的地方。"

"你看！"朱莉娅说。

一只画眉鸟飞到离他们不到五米远的一根树枝上，几乎跟他们的脸部在同一高度。也许它没看到他们，它在太阳地里，而他们在树荫下。它张开翅膀又小心收好，接着猛然把头低下一会儿，似乎在向太阳行某种礼。接着，它开始啼唱出一连串歌声。午后的静寂中，鸟啼声大得令人惊异。温斯顿和朱莉娅紧紧搂抱在一起，在着迷地听着。那啼唱声没完没了，唱了一分钟又一分钟，变化无穷，令人惊讶，而且一次也没重复，几乎好像那只小鸟在从容展示它的完美技巧。有时它停下几秒，展开翅膀然后又收起，接着又鼓起它有斑点的胸部唱起来。温斯顿看着它，隐隐有了种敬畏之心。那只鸟是为谁、为何而啼唱？没有求偶对象，也没对手在看着它。是什么让它落脚到了这片偏僻的树林，然后向着空旷啼唱起来？他怀疑，说不定附近哪里到底还是藏了个话筒。他和朱莉娅只是在悄声说话,话筒拾不到音,然而会拾到画眉的啼叫。也许在那种设备的另一端,某个长得像甲虫的矮个男人正专心听着——听那个。然而渐渐地,那不绝的啼唱声让他脑子里什么都不再思考,似乎它是种液体,和树叶过滤下来的阳光混合在一起,全倾泻在他身上。他停止思考,只是去感觉。那个女孩的腰部在他臂弯里感觉柔软温暖。他把她的身子转过来,好让他们面对面。她的身体好像融进了他的,不管温斯顿把手放到哪儿,她的身体都像随物赋形的水一样。他们久久吻在一起,跟他们早些时候笨拙的亲吻很不一样。停止接吻后,他们都深深叹了口气。那只鸟儿受到惊吓,翅膀一振便飞走了。

温斯顿把嘴唇贴近她的耳朵。"现在。"他悄声说。

"别在这儿。"她也悄声说,"回到那个别人看不到的地方,安全些。"

他们很快又穿过树林回到那片空地,偶尔踩断一两根小树枝。走到小树环绕的那片空地后,她转身面对他。他们都呼吸急促,然而她的嘴角又现出微笑。她站在那里看了温斯顿一会儿,然后摸到自己工作服上的拉链。真是好极了!几乎跟温斯顿的梦境一模一样,几乎跟他想象的一样迅速,她一把扯下衣服。把衣服扔到一边时,动作也一样优雅无比,似乎一种文化整个被摧毁了。她的躯体在太阳下闪着白色光芒。他的眼睛紧盯那张有雀斑的脸庞,上面带着淡淡的、无所顾忌的笑容。他跪下去,握住了她的手。

"你以前也这么过吗?"

"当然,几百次——噢,几十次总有了吧。"

"跟党员?"

"当然,总是跟党员。"

"跟内党党员?"

"不跟那些猪猡,从来没有过。不过他们中间有很多人有半点儿机会就会,他们可不像装扮的那样神圣。"

温斯顿的心脏猛烈跳动起来。她已经做过几十次了,他希望会是几百次、几千次。凡是暗示堕落的事,总让他的心里充满狂想。天晓得,也许党已经是金玉其外,败絮其中,对艰苦生活和克己奉公的极力鼓吹只是为了掩盖罪恶的假象而已。如果温斯顿能向他们的许许多多人传染上麻风或梅毒,那他会极其愿意去做!凡是能起到腐化、削弱和破坏作用的事情都行!他把朱莉娅拉了下来,他们面对面跪在那里。

"听着,你有过的男人越多,我就越爱你。你明白我的话吗?"

"明白,完全明白。"

"我恨纯洁无瑕,我恨品质优良!我不想看到任何地方存在任何德行,我想看到人们都堕落到了骨头里。"

"这样的话,我应该是适合你的了,亲爱的,我堕落到了骨头里。"

"你喜欢这个吗?我不是说仅仅跟我,而是说这件事情本身。"

"极其喜欢。"

那是他最想听到的,不仅爱某个人,而且是那种动物本能,那种简单的、人人皆存的欲望,那是种能将党摧毁于无形的力量。他把她压倒在草地上,就在掉落的蓝铃花中间。这次没遇到困难。不久,他们的呼吸恢复到了正常频率,带着愉快的无助感,他们的身体分开了。他伸手把扔在一旁的那件工作服拉过去给她盖上了一点。他们几乎马上就睡着了,睡了差不多半个小时。

温斯顿首先醒来,他坐起来看那张长有雀斑的脸庞。她仍在安详地睡觉,头枕在手掌上。除了嘴唇,她不能说漂亮。仔细看的话,能看到她眼角有一两道皱纹。她一头短短的黑发特别浓密,特别柔软。他想起自己仍不知道她姓什么,以及住在哪里。

那具年轻强壮的躯体此刻正无助地睡眠,他心里被唤起一种怜悯的、要将其保护的感情。但那种不思不想的亲切感仍未完全重现,那是他在榛树下听画眉鸟唱歌时所感到的。他把她的工作服拉开,仔细看着她那光滑的白色肋腹。他想,在过去,男人看着女人的躯体,看得产生了欲望,就这么简单。如今却既没有纯粹的爱,也没有纯粹的肉欲,没有一种情感是纯粹的,因为一切都混合了恐惧及仇恨。他们的拥抱就是场战斗,高潮就是胜利,是向党的一击,是政治行为。

三

"我们又来了。"朱莉娅说道,"一般说来,任何藏身之处用了两次就不安全了。但是,在同一个地方藏了一个月或两个月当然不安全了。"

一起身,她的举止就变了。变得警觉和谨慎起来,穿上衣服,在腰间系好腰带,之后她开始安排回家路上的事宜。安排事情对她来说似乎是很自然的事情了。很明显,她在实际生活中远比温斯顿更在行,对伦敦周围的村村镇镇又了如指掌,这全是她无数次集体野游积累的经验。她制定好的路线完全不同于温斯顿一开始给她的路线,且完全不在温斯顿来时的火车站乘车。"回家的路绝对不要跟你出来时的路相同。"她说道,就好像是她在声明一条重要而又众所周知的规则一样。她会先于温斯顿半个小时离开,然后温斯顿才离开。

她已安排好一个下班后两人会面的地点,四天后两人下了班会在那里碰面。约定地点在一个穷住宅区的街上,这条街有一个拥挤且吵闹的自由市场。她会到各个小摊位上溜达一下,装作在找鞋带或是缝纫线。如果危机解除了,她就会在他出现的时候擤擤鼻子。否则的话,他就会装作不认识一样与她擦肩而过。不过庆幸的是,在人群中谈个一刻钟及安排下次会面是件安全的事。

"现在我得走了。"见他掌握了情报,她就这么说。"我得在九点三十分回去。我得替反性青年团干上两个小时,发个传单什么的。真该死,对不对?你不会说出去吧?我头发上有没有树枝,真的没有吗?那再见了,吾爱,再见。"

她冲到他怀里,疯狂地吻着他。转眼她穿过小树丛,无声无息地消失在了树林里。直到现在,他还不知道她的真实名字也不知道她到底住在哪里。可这一切不重要,他们之间也不可能在屋里见面或是书信交流什么的。

从那之后,他们再也没有回到过树林的那片空地上。整个五月,他们只有一次机会扎扎实实地亲密接触了一回。朱莉娅知道的另一个藏身处,那就是路边一所被摧毁的钟塔里,这座钟塔三十年前遭到了原子弹的袭击,行将废弃。一旦你去到那里,就会发现这是一个不错的藏身处,但是如何到达则是件非常危险的事。所以他们其余的时间只能在街上见面,每晚在一个不同的地点见面,且一次绝不可能超过半小时。在街上一般只能随便地谈谈话。当他们融入午夜的人流,也不是肩并肩走在一起,而是互相不看对方,继续他们那种奇怪的,断断续续的谈话,就好像灯塔上时有时无的光束一样,两人的相会突然之间还会因穿着党派制服的人或是电幕的出现而陷入沉默,等到这些都散去几分钟之后,他们才能重新接着刚才的话往下说。之后又在约定地点草草结束谈话,下一次的谈话基本上不需要指示,会在第二天在约定地点见面时继续。朱莉娅好像很习惯这种形式的谈话,她把这种谈话叫作"分期谈话"。她还很不可思议地练成了嘴唇没怎么动的情况下说话的本事。几乎每夜的会面他们都要互吻对方。他们沿着小路安静地走着（朱莉娅离开主街后从来不说话），突然传来一声震耳欲聋的声响，地凸了起来，天色也变暗了，温斯顿发现自己侧卧着，身上有擦伤并且心里感到恐惧。一枚火箭弹想必就坠落在自己眼前。突然间他意识到朱莉娅的脸就在离自己很近的地方，死一般惨白，就像一支白色的粉笔。甚至她的嘴唇也是苍白的。她死了！他把她拥入怀里靠着自己，却发现自己吻着的是张活生生且有温度的脸。但是嘴唇碰到的是一些粉末一样的东西，原来他们的脸上都落了一层厚厚的灰。

一连好几个晚上他们到达约会地点却只能面无表情地与对方擦肩而过，因为巡逻兵会从拐角处过来，要不就是直升机在头顶盘旋着。虽说这没什么危险，但仍然很难找到时间会面。温斯顿一天工作六小时，朱莉娅则要工作更长时间，他们空闲的日子是因所做工作的压力而异的，时间上并不总是这么适合。不管怎么样，朱莉娅很少有一整个晚上都是完全空着的。她极多的时间都花在听讲座，参加示威游行，为反性青年团发传单，准备仇恨周的旗帜，给节约运动筹款等诸如此类的活动上了。会有回报的，她说，做这些只是个幌子。恪守那些小规则，大规则就能犯得来。她甚至劝诱温斯顿晚上去做一份与军火有关的兼职，这份兼职是出于热情的党派人士自愿原则而做的。因此，每个星期有一个晚上，温斯顿都要度过麻木不仁无聊的四个小时，把这些小块的金属片也就是炸弹导火线上的零件整合到一起，昏暗的车间里只有电视上传来的音乐声和锤子沉闷的叮叮当当声。

当他们再次在教堂钟塔里见面时,两人之间的距离又在断断续续的谈话中被填平。赤日炎炎的午后,钟塔上那个方形小屋里空气闷热凝固,鸽子粪便味浓得刺鼻。他们就坐在满是灰尘和树枝的地上聊天,其中一人会时不时地从窟窿里往外瞥上一眼,好确定没有人前来。

朱莉娅现年二十六岁。与另外三十个女孩住在一间宿舍里(尽是女人的臭味!她补充道,我讨厌女人!)。她在小说司打印小说,他猜道。她很是喜欢她的工作,主要就是修台电机,她并不"聪明"却喜欢用自己的双手在家里鼓捣机器。且她能描述写小说的全过程,从计划委员会的总指示到修改组的最后修饰,却对最后出来的作品完全不感兴趣。她说她"对书毫不在意"。书不过就是一种必需品,就像果酱和鞋带,是生活的必需品一样吧。

60年代初期之前的事她一点儿都记不起来了,大革命之前的那段日子里,唯一常和她聊天的人,就是她认识的一位老爷爷,可在她8岁那年他就离开了。在校期间她曾是曲棍球队的队长,且连续两年体操获奖,在加入反性青年同盟前她还做过侦察小组的头儿和青年团的分部秘书。她生而优越,甚至被选去小说总局色情处工作,这里专给无产者生产廉价色情小说(只有品学兼优的人才选得进去)。她说在里面工作的人把色情处叫作"粪便"。她在那儿待了一年,帮着做一些封面标题诸如"过瘾故事"或"女校一夜"之类的小册子,密送出去,买的都是一些无产阶级年轻人,给人的感觉就像是偷偷摸摸地在买什么非法的玩意儿。

"这些书怎么样?"温斯顿时语气奇怪地问道。

"啊，简直是可怕的垃圾。真的太无聊了。里面尽是性爱情节，但他们会打乱一下顺序。当然，我只是看着过瘾的。我以前从没在修改组工作过。我不擅长文学，亲爱的，我都干不了那活儿。"

当他得知色情处除了部门负责人之外全是女孩时，感到很吃惊，因为按理说，男人的性本能更难控制，他们更容易受到那些脏东西的影响。

她补充道："他们甚至不喜欢雇用已婚女人。"人们总认为女孩更纯洁，但眼前就有一个女孩并非如此。

她十六岁就和一位六十岁的党员谈过恋爱，那家伙后来为逃避逮捕自杀了，"这样也好，"朱莉娅说，"否则他坦白的话那些人就知道我了。"自那以后，她又和各色人等谈过恋爱。在她看来，生活非常简单，你想过得好，"他们"，就是那些党派人士，就要阻止你，而你就会想方设法破坏那些规矩。她认为"他们"想掠夺你的快乐就像你想要逃避追捕一样自然。她憎恨这个党，说这话时用词粗鄙，却没有多加批判。除了涉及自己的生活的事外，她对党派教条毫无兴趣。他发现她说话无非就是一些平常的词，从来不说新话。她也从未听说过手足之情一词，更认为那并不存在。她固执地认为任何有组织的反党活动都注定失败且是件愚蠢的事。破除教条并如往常一样活着才是明智之举。他暗自思忖，成长于大革命中的年轻一代有多少人像她这样，对大革命一无所知，且把党看成像天地一样不可改变，不去反对它的权威，而是一味逃避，就像兔子逃避猎狗一样。

他们没去讨论结婚的可能性。还远没到那一步,没有任何一个委员会能批准这样的婚姻,即使是温斯顿的妻子凯瑟琳也不可能批准。就算是白日梦也绝无可能。

"你妻子长什么样?"朱莉娅问。

"她嘛,你知道新话里好思想一词吗?意思就是说天生正统,一点坏思想都没有。"

"不,我还真不知道这个词,但我知道这类人,确实很正统。"

他开始向她说起他已婚的妻子,但奇怪的是,那些细节她好像已经知道似的。她向他描述的时候,就好像她曾见过或是感觉过一样,当他碰她的那会儿,她犹如尸体一般僵硬,那种感觉就像她使上吃奶的劲要把他推开一样,尽管她的双臂被他紧紧抓住。对于朱莉娅,他感觉谈论一些事很轻松,那就是:不管怎样,久久地抱住凯瑟琳是件让人难受的事,这种难受不过是个小小的不快。

"如果不是因为一件事我本可以忍下去的。"他说。他告诉她说凯瑟琳的索然无味的小仪式,那就是逼他每星期的同一晚干那事儿。"她讨厌这个,但是没有什么能阻止她这样做,她管这个叫——你猜也猜不着。"

朱莉娅迅速答道:"对党的责任。"

"你怎么知道的?"

"我也做过学生啊,亲爱的。十六岁时还会每个月做爱一次。在青年运动时期,多年来,他们会反复向你讲同样的话。我敢说在很多情况下这都很管用。但是,当然啦,这是无法预料的,人们总是这么虚伪。"

她开始顺着话题说下去。对于朱莉娅，什么都可以唤醒她的性意识，她会很快把每件事都和自己的性事联系起来。不像温斯顿，她深深了解党在性方面的禁欲主义的内在含义。它不仅仅指性本能创造的世界超出党派控制，可能的话必须将性欲摧毁，更重要的是剥夺性行为会导致歇斯底里，而这种歇斯底里会转变为对战争的狂热和对领袖的崇拜。这正是党派人士想要的，对此她是这么解释的："做爱的时候是在消耗体力，过后的欢愉让你对什么都无所谓。他们不会让你这样，他们想要你一直精力充沛，齐步走，欢呼和挥旗子还不是因为性变得酸臭不值钱了？要是内心快乐，为什么还要对老大哥，三年计划，以及两分钟憎恨的血腥统治感到兴奋呢？"

说得好，他心想。贞操与政治观点之间有直接联系。那么，对党的恐惧，憎恨，以及对党的愚忠又如何让党内人士保持党所需要的一致性呢？只有放下本能的欲望并把这些欲望当成动力吗？性冲动对党而言是件危险的事儿，党会把不择手段把性冲动压制下去的。他们会用为人父母的本能来玩一些相似的把戏。家族还是会存在，但事实上，另一方面，他们系统地培养孩子背叛自己的父母，教他们侦察父母的言行，报告父母的背离的情况。这时家族也就成了思想警察的延伸。这种政策让人们日日夜夜处于警察掌控之中。

他的思绪突然又回到了凯瑟琳身上。要不是她太愚蠢，还没发现他思想里的不正统，凯瑟琳早就向思想警察揭发他了。但此刻他真正想起凯瑟琳却是因为一个闷热的下午，热得他满头大汗。

他还记得那是他们婚后的三到四个月的事。他们在一次去肯特州的集体野游中迷了路，他们只是比别人慢了几分钟就落下了，随后他们又转错了方向，跑到白垩矿的旧址的边上了。这是个十到二十米深的峭壁，底面尽是卵石。想问个路也找不到人。凯瑟琳意识到他们迷了路，就显得特别不安。躲开同行者的吵闹声哪怕是一小会儿，她都有一种做错事的感觉。她想要快快从来时的路返回，好从别的方向去找他们。但就在这个时候，温斯顿发现了脚下峭壁缝隙里有几株千屈草，其中一株有两种颜色，洋红色和砖红色，一看就知道是同根生的。他从来没有见过尖的千屈草，于是他就把凯瑟琳叫来看。

"凯瑟琳，看啊，看那些花。就是最下面的那一束。有没有发现它们的颜色不相同？"

她都要转身走了，不出片刻又有点不耐烦地回来了。还把身子探出峭壁面去看他所指的地方。他就站在她身后很近的地方，手抱着她的腰以防她掉下去。他突然意识到他们此刻多么孤立无援。那里到处都看不到人，连片树叶都没有，连只活着的鸟都看不到。在这么一个危险的地方，藏有麦克风的可能性简直是小而又小，就算有，也只能听到声音。

"为什么你不狠狠把她推下去？"朱莉娅说，"如果是我，我就把她推下去。"

"没错，亲爱的，你会这么做，我也会，如果我现在还是原来的我的话。或者也许我会这么做，但我不敢肯定。"

"你没这么做觉得遗憾吗？"

"是啊,总的来说,没这么做我感觉很遗憾。"

他们并肩坐在满是灰尘的地上。他把她拉过来,靠着自己。她的头也靠着他的肩膀,她头发的香味盖过了鸽子的粪臭味。她还很年轻,他心想,对生活仍有期待,她不明白在山崖上推下一个眼中钉丝毫不能解决问题。

"其实推不推下去并没有什么影响。"他说。

"那为什么你还为没把她推下去而感觉遗憾呢?"

"只是因为我更喜欢用光明正大的方式。这场游戏里,我们赢不了。胜算不大,就是这样。"

他感觉她的肩膀扭动了一下,以示反对。在他说些她不喜欢听的话时,她就是喜欢以这样的方式来表示自己的反对。对于她反对的事,就像她不能接受自然法里说的,个人是无法成功的说法一样。从这一点上她意识到自己是命中注定,迟早要被思想警察逮捕干掉的,至于她思想的另一方面,她又莫名其妙地认为可以建立一个秘密世界,生活在那里就可以过自己选择的生活。所需要的只有运气、狡猾和胆识。她始终不明白的就是其实没有幸福一说,她也不明白你死后很久才能迎来胜利,更不明白从党宣布开战的那刻起,最好做好死的思想准备。

"我们如同死尸。"他说。

"可我们还没死。"朱莉娅漫不经心地说。

"我不是指身体意义上的死亡。六个月,一年,五年,都想象得出来。我害怕死。你还年轻,所以你大概比我更怕死。不用说,我们都应该把死亡往后拖。但区别不大。只要人类还是人类,死亡和生命就会一直存在。"

"废话！你会更快跟谁睡在一起呢？是我还是一具骷髅？你不喜欢活着吗？难道你不喜欢真实的感觉？头是头，手是手，腿是腿，我还是我，我有肉体，我还活着！你不喜欢这种感觉吗？"

她扭了扭身子，把胸部贴着他。隔着工作服，他能感觉到她的胸部，成熟而又结实。仿佛她的身体正在向他散发着它的青春和热情。

"是的，我喜欢这样。"他说。

"那就别再说什么死亡了。现在听着，亲爱的，我们来定一下我们下次见面的时间吧。我们还可以回到那片树林里去。我们在那里可以好好地待上很久。但你这次去那里得抄别的路，我全给你计划好了。你乘火车，来，我给你把路线画出来。"

她用很实际的方法，扫来一小块灰尘，又从鸽子巢里捡出的一根树枝，在地上给他画起地图来。

四

温斯顿看了看查林顿先生店铺楼上那间简陋的小屋，窗户旁边的那张大床已经铺好，上面盖着破旧的毯子，一个枕头，上面没有枕巾。壁炉架上那口标着十二个小时的老式座钟在嘀嗒地走着。角落里，在那折叠桌子上，上次买的玻璃镇纸在半暗半明中发出柔和的光芒。

壁炉围栏里放着一只破旧的铁制煤油炉，一口锅，两只杯子，这些都是查林顿先生准备的。温斯顿点了火，放一锅水在上面烧开。他带来了一只信封，里面装着胜利牌咖啡和一些糖精片。钟表上显示的时间是七点二十分——应该说是十九点二十分。她说好十九点三十分来。

蠢事啊，蠢事！他的心里不断地这么说：这是明知故犯、无缘无故、自取灭亡的蠢事！在党员可能犯下的所有罪行中，这项罪行最不容易隐藏的。实际上，他第一次有了这个想法，是在看到折叠桌面反射出的那块玻璃镇纸的样子时。不出所料，查林顿先生很爽快地出租了这间屋子，能挣到几块钱，他心里感到很高兴。当他知道温斯顿租这间屋子只是为了幽会时，也不觉得吃惊或者反感。然而，他却装作视而不见，泛泛而谈起来，神情非常微妙，使人觉得他好像已经部分隐身了一样。他还说，独处是非常难得的事情，人人都想要找个地方可以偶尔图个清静。他们只要能够找到这样一个地方，别人知道了也最好不要声张，这是起码的礼貌。他甚至还说，这所房子有两个入口，一个经过后院，通向一条小巷。这么说时他好像几乎就要消失了一般。

窗户底下有人在唱歌，温斯顿躲在窗帘后面偷偷向下看。六月的太阳还很高，在下面充满阳光的院子里有一个又肥又大的女人，像诺曼圆柱一样壮实，胳膊通红，腰部系着一条粗布围裙，迈着笨重的脚步在洗衣桶和晾衣绳之间来回走着，晾出一批方形的白布，原来是婴儿的尿布。只要嘴里没咬着晾衣服的夹子时，她就用浑厚的女低音歌唱：

"这只不过是没有希望的幻想，
消失起来快得像四月天一样，
可是一句话，一个眼神和唤起的梦啊，
却把我的心儿偷走！"

这首歌在伦敦已经流行了好几个星期了，这是音乐司下面的一个科为群众出版的无数类似歌曲中的一首。这类歌曲的歌词是用一种名叫谱写器的设备编写出来的，不需要一点点人力。但是那女人唱得那么动听，使得这些胡说八道的废话听起来非常悦耳。他可以听到那个女人一边唱歌，一边用鞋子在石板上磨来擦去，街头孩子们的叫喊，远远的某个地方汽车的轰隆声，但是屋子里却出奇地安静，那是因为没有电子屏幕的缘故。

蠢事，蠢事，蠢事！他又想了起来。不可想象他们能够几个星期来此幽会而一次也没有被发现，然而想在室内而且在近在咫尺的地方，有一个属于自己的秘密的地方，这个诱惑对他们两人来说真是太大了。在他们去了教堂钟楼那次以后，在很长的一段时间内都没有办法安排一个相会的地方。为了迎接仇恨周，工作时间大大延长了。离仇恨周还有一个月，但是繁杂的准备工作让每个人都必须加班加点。终于，他们等来了两人都不用上班的一天下午，他们原来商量好再到树林中那块空地去。在那天的前一个晚上，他们在街头见了一面。当他们两人混在人群中相遇时，温斯顿像平时一样很少看朱莉娅,但在匆匆一瞥间,发现她的脸色似乎比平时更加苍白。

"吹了,"她看到情况比较安全时马上低声说,"我是说明天的事。"

"什么?"

"明天下午,我不能来。"

"为什么不能来?"

"还是那个原因,这次提前了。"

有那么一阵子,他感到怒不可遏。在认识她一个月之内,他对她的欲望的性质已经有了变化。开始时,这种欲望中真正性欲的成分几乎没有,他们第一次的做爱只不过是意志行为。但第二次以后情况就不同了,她头发的气味、嘴唇的味道、皮肤的感觉都似乎钻到了他的体内,弥漫到周围的空气中,她成了一种生理上的必需,成了一种他不仅需要而且感到有权享有的东西。当她说她不能来时,他就觉得她在欺骗他。正当这个时候,人群把他们一挤,他们的手无意中碰了一下,她在他的手指尖上很快地捏了一下,引起的似乎不是欲望,而是爱情。他想到,你如果同一个女人生活在一起,这种失望肯定是经常发生的、属于正常范围内的事,突然他的心里涌起一种深厚的柔情,这是他从来没有感到过的。他真希望他们是一对结婚十年的夫妇,他真希望他们两人像现在那样在街上走着,不过是公开的,不带恐惧,谈着琐碎的事情,买着家用的杂物。他尤其希望他们能有一个地方可以单独在一起,而不必感到每次相会非做爱不可。他的想要租下查林顿先生屋子的想法却并不是在这个时候产生的，而是在第二天，他向朱莉娅提出后，她出乎意料地马上同意了。他们两人都明白，这样做有点疯狂，好像是两人都有意向坟墓跨近一步。当他在床边坐着等着她时，想起了仁爱部的地下室。命中注定的恐惧在你的意识中时现时隐，真是奇怪的事。在未来的某个时间里，这种恐惧必然会在死亡之前到来，就像九十九必然是在一百之前一样。你无法躲避，但也许能够使之延迟，然而你却时不时地、有意识地采取行动，缩短间隙时间，让它早点发生。

就在这个时候，楼梯上响起一阵急促的脚步声。朱莉娅冲了进来。她提着一个棕色的帆布工具包，这是他经常看到她在上下班时带着的。他走上前去抱住她，但是她却急忙地挣脱开了，部分因为她手中还提着工具包。

"等一会儿，"她说，"看看我带来了些什么，你带了那恶心的胜利牌咖啡没有？我知道你会带来的，不过你可以把它扔掉了，我们不需要它，瞧这里。"

她跪下来，打开工具包，掏出面上的一些扳手和螺丝刀，下面是几个干净的纸包。她递给温斯顿的第一个纸包给他一种奇怪却熟悉的感觉。里面的东西沉甸甸的，像细沙一样，用手一捏，它就陷了进去。

"是糖吗？"他问。

"是真正的糖，不是糖精，是糖。这里还有块面包——正规的白面包，不是我们吃的那种该死的货色——还有一小罐果酱。这里是一罐牛奶——不过瞧！这才是我感到得意的东西，我得用粗布把它包上,因为——"

但是她无须告诉他为什么要把它包起来,因为香味已充满了整个屋子,这股浓烈的香味好像是从他小时候发出的一样,不过即使到了现在有时还能闻得到,在一扇门还没有关上的时候飘过过道,或者在一条拥挤的街道上神秘地飘来,你闻了一下就又闻不到了。

"这是咖啡,"他喃喃地说,"真正的咖啡。"

"这是核心党的咖啡。这里有整整一公斤。"她说。

"这些东西你怎么弄到的?"

"这都是内党党员的东西,这些浑蛋没有弄不到的东西,没有。当然,服务员、勤务员都能揩一些油——瞧,我还有一小包茶叶。"

温斯顿在她身旁蹲了下来。他把那个纸包撕开一角。

"这是真正的茶叶。不是黑莓叶。"

"最近茶叶不少,他们攻占了印度的什么地方,"她含含糊糊地说,"但是我告诉你,亲爱的。我要你转过背去,只要三分钟。走到床那边去坐着,别到窗口太近的地方。我说行了再转过来。"

温斯顿心不在焉地看着窗帘外面,院子里那个胳膊通红的女人仍在洗衣桶和晾衣绳之间来回地忙碌着。她从嘴里又取出两只夹子,深情地唱着:

"他们说时间能治疗一切,
　他们说你总是能够忘掉一切;
　但是这些年来的笑容和泪痕

仍使我心痛像刀割一样!"

看来这个女人把这支废话连篇的歌曲背得滚瓜烂熟,她的歌声随着夏天的甜美空气飘了上来,非常悦耳动听,充满了一种愉快的悲伤。你好像觉得,如果六月的傍晚无休无止,要洗的衣服没完没了,她就会十分满足地在那里待上一千年,一边晾尿布,一边唱情歌。他想到自己从未听到过一个党员独自唱歌,这真是有点奇怪,这样做就会显得有些不正统,古怪得有些危险,就像一个人自言自语一样。也许只有当你快饿肚子的时候才会想要唱点什么。

"你现在可以转过身来了。"朱莉娅说。

他转过身去,一时几乎认不出她来了。他原来以为会看到她脱光了衣服。但是她没有一丝不挂。她的变化比赤身裸体还使他惊奇,她的脸上涂了胭脂,抹了粉。

她一定是到群众区的某个商铺里买了一整套的化妆用品。她的嘴唇涂得红红的,脸颊上抹了胭脂,鼻子上扑了粉,甚至眼皮下也涂抹了什么东西使得眼睛显得更加明亮了。妆化得并不算太好,但温斯顿在这方面的要求并不高。他以前从来没有见过或者幻想过一个党内的女人会在脸上涂脂抹粉,化妆后,她的脸有了一种惊人的美。在适当的地方涂涂抹抹,她不仅好看多了,而且更有女人味了。她的短发和男孩子气的制服增加了这种效果。当他把她搂在怀里时,一股人造紫罗兰的香气扑鼻而来。他想起了地下室厨房里的那个老掉牙的女人的嘴,她用的也是这种香水,但是现在却似乎无关紧要了。

"还用了香水！"他说。

"是的，亲爱的，还用了香水。你知道下一步我要做什么吗？我要去弄一件真正的女人衣裙，不穿这该死的裤子了。我要穿丝袜，高跟鞋！在这间屋子里我要做一个女人，不做党员同志。"

他们脱掉了衣服，爬到红木大床上。这是第一次他在她面前脱光了衣服。在此以前，他一直对自己苍白瘦削的身体感到惭愧，还有小腿上的突出的青筋，膝盖上变色的疮疤。床上没有床单，但是他们身下的毛毯已没有毛，很光滑，他们两人都没有想到这床又大又有弹性。"里面肯定全是臭虫，但是谁在乎呢？"朱莉娅说。除了在群众家中以外，你已很少看到双人大床了。温斯顿小的时候曾睡过双人大床，但在朱莉娅的记忆中，她却从未睡过。

接着他们睡着了一会儿，温斯顿醒来时，时钟的指针已悄悄地移到快二十一点钟了。他没有动，因为朱莉娅的头枕在他的手臂上。她的胭脂和粉大部分已经擦到他的脸上或枕头上了，但淡淡的一层胭脂仍显出了她脸颊的美。夕阳淡黄的光映在床角上，照亮了壁炉，锅里的水开得正欢。下面院子里的那个女人已不再唱了，但街上却传来孩子们模糊的叫喊声。他隐隐约约地想到，在那被抹掉了的过去，在一个夏日的晚上，一男一女一丝不挂，躺在这样的一张床上，愿意做爱就做爱，愿意说什么就说什么，没有非得起来的必要，就是躺在那里，静静地听着外面缓缓的声音。这样的事情是不是正常？朱莉娅醒了过来，揉一揉眼睛，撑着胳膊肘抬起身子看了一眼煤油炉。

"水烧干了一半，"她说，"我马上起来煮咖啡。我们还有一个小时。你家里什么时候断电熄灯？"

"二十三点三十分。"

"宿舍里是二十三点。不过你得早些进门，因为——嗨，去你的，你这个脏东西！"

她突然扭过身去，从地板上抓起一只鞋子，像男孩子似的举起胳膊向屋角扔去，就像那天早上两分钟仇恨会时她向戈斯坦因扔字典时的样子。

"那是什么？"他吃惊地问。

"一只老鼠，我瞧见它从板壁下面露出鼻子来，那边有个洞，我把它吓跑了。"

"老鼠！"温斯顿喃喃自语，"在这间屋子里！"

"到处都有老鼠。"朱莉娅又躺了下来，满不在乎地说。

"在我们的厨房里甚至也有，伦敦有些地方尽是老鼠，你知道吗？它们还咬小孩。真的，它们咬小孩。在这种街道里，做妈妈的连两分钟也不敢离开孩子。那是一种褐色的大老鼠，那种肮脏的东西总是害人——"

"别说了！"温斯顿说，紧闭着双眼。

"亲爱的！你的脸色都发白了。怎么回事？你觉得不好过吗？"

"世界上所有可怕的东西中——最可怕的是老鼠！"

她挨着他，双臂双腿都钩住他，好像要用她身体的温度来抚慰他。他没有马上睁开眼睛。有那么几阵子，他觉得自己好像又回到了一辈子不断做过的噩梦之中，梦中的情况总是一样。他站在一道黑暗的墙前，墙的那一边是一种不可忍受的、可怕得使你不敢正视的东西。在梦中，他总有一种自欺欺人的感觉，因为事实上他知道黑暗的墙后是什么。他只要拼命努力一下，就可以把这东西拉到光天化日之下来，就像从自己的脑子里掏出一块东西来一样。他总是在还未弄清这东西到底是什么时就醒来了，不过这东西有些跟他刚才打断朱莉娅的时候她正在说的东西有关。

"对不起，"他说，"没有什么，我只是不喜欢老鼠而已。"

"别担心，亲爱的，咱们不让它们待在这里。咱们等一会儿走以前，用破布把洞口塞上。下次来时，我带些石灰来，把洞好好地堵上。"

这时莫名的恐惧已经忘掉了一半。他感到有些难为情，靠着床头坐起来。朱莉娅下了床，穿好了衣服，煮了咖啡。锅里飘出来的香味浓郁而带刺激性，他们把窗户关上，生怕外面有人闻到，打听是谁在做咖啡。加了糖以后，咖啡有了一种光泽，味道更好了，这是温斯顿吃了多年糖精以后几乎忘记了的东西。朱莉娅一手插在口袋里，一手拿着一片抹了果酱的面包，在屋子里走来走去，随便看一眼书架，指出修理折叠桌最好的办法，然后一屁股坐在破沙发里，看看是不是舒服，有点滑稽地仔细观察一下座钟的十二小时钟面。她把玻璃镇纸拿到床上来凑着光线看。他把它从她手中取过来，又被它的柔和的、雨水般的色泽吸引住了。

"你认为这是什么东西？"朱莉娅问。

"我认为这什么也不是——我是说，我认为从来没有人用过它。我就是喜欢这一点。这是他们忘掉篡改的一小块历史，这是从一百年以前传来的讯息,只是你不知道怎么辨认。"

"还有那边的画——"她朝着对面墙上的版画点了点头。"那也有一百年的历史了吧?"

"还要更久,大概有两百年了。我说不好。如今什么东西你都无法知道有多久的历史了。"她走过去看看,"那只老鼠就是在这里冒出鼻子来的,"她踢了踢画下的板壁说,"这是什么地方?我以前在什么地方见过它。"

"这是一个教堂,至少以前是个教堂,名字叫作圣克莱门特的丹麦人。"查林顿先生教给他的那只歌有几句又浮现在他的脑海中了,他有点怀旧地唱道:

"圣克莱门特教堂的钟声说,橘子和柠檬。"

使他感到惊奇的是,她把这句歌词唱完了:

"圣马丁教堂的钟声说,你欠我三个法寻,
老巴莱教堂的钟声说,你什么时候归还?——

"这下面怎么唱,我已忘了。不过反正我记得最后一句是,"这里有一支蜡烛可以照着你上床,这里有一把斧子要把你的脑袋砍掉!"

这好像是一个分成两半的暗号。不过在"老巴莱教堂的钟声"下面一定还有一句。也许恰当地提示一下,可以从查林顿先生的记忆中挖掘出来。

"是谁教给你的？"他问。

"我爷爷。我很小的时候他常常教我唱，八岁那年，他气死了——反正，他不见了，我不知道柠檬是什么，"她又随便说一句，"我见过橘子，那是一种皮很厚的圆形的黄色水果。"

"我还记得柠檬，"温斯顿说，"在50年代很普通，很酸，闻一下也教你的牙齿发软。"

"那幅画后面一定有个老鼠窝，"朱莉娅说，"哪一天我把它取下来好好打扫一下。现在，咱们该走了。我得把粉擦掉，真讨厌！等会儿我再擦掉你脸上的口红。"

温斯顿在床上又赖了一会儿。屋子里慢慢地黑下来，他转身对着光线，懒洋洋地看着玻璃镇纸。让人感兴趣的不是那块珊瑚，而是玻璃内部本身。这么深，却又像空气一样透明。玻璃的弧形表面仿佛就是苍穹，下面包藏着一个小小的世界，连大气层都包含在内。他觉得自己可以走进这个世界，事实上他已经在里面了，还有那红木大床、折叠桌、座钟、铜制版画，还有那镇纸。那镇纸就是他所在的那间屋子，珊瑚是朱莉娅和他自己的生命，永远地嵌在这个水晶球的中心。

五

　　塞姆消失了。有天早上，他没来上班，几个没头脑的人谈到了他的旷工。第二天就没有人提起他了。第三天，温斯顿到档案司的前厅去看布告板，上面有一张布告开列着象棋委员会委员的名单。塞姆过去是委员。这张名单看上去几乎同以前一模一样，上面并没有谁的名字给画掉，但是名单上少了一个人。这就够了。塞姆已不再存在，他从来也没有存在过。

　　天气十分酷热。在迷宫般的部里，没有窗户，装有空气调节设备的房间保持着正常的温度，但是在外面，人行道热得烫脚，上下班时间，地铁里臭气熏人。仇恨周的准备工作正在全面展开，各部工作人员都在加班加点。游行、集会、军事检阅、演讲报告、蜡像陈列、电影放映、电子屏幕节目都得组织起来，还必须搭起摊位，制作模拟人像，起草口号，编写歌曲，散布谣言，伪造照片。小说司里朱莉娅所在的那个单位已经不再制作小说了，而在赶制许多暴行小册子。温斯顿除了常规性的工作以外，每天还要花很多时间检查《泰晤士报》过期的旧报存档，把要在演讲和报告中引用的新闻篡改修饰。深夜里喧闹的群众在街头闲逛，整个城市奇怪地有一种狂热的气氛。火箭弹轰炸的次数更多了，有时候远处有大的爆炸声,谁也不知什么缘故,谣言却盛极一时。

仇恨周主题曲(叫作"仇恨歌")的新曲已经谱出,电子屏幕上正在没完没了地播放。歌曲的节奏像野兽般狂乱,这很难被称作音乐,而有点像击鼓。配合着行军的步伐,几百个人同时高喊,听起来真是够恐怖的。群众很喜欢它,在夜半的街头,同仍旧流行的《这不过是没有希望的幻想》一争高下。帕森斯家的孩子用一只梳子和一张大便纸没日没夜地吹奏着,让人难以忍受。温斯顿晚上比以前更忙了。帕森斯组织的志愿者们正在布置这条街道,当然是为了仇恨周、缝旗子、制作标语、在屋顶上竖旗杆、在街上架铁丝准备挂横幅。帕森斯吹嘘说,单单胜利大厦挂出的旗子加起来就有四百米。他兴高采烈,快乐得像只百灵鸟。天气热,再加上干体力活,使他有了借口,在晚上也穿着短裤和敞领衬衫。他同时出现在几个地方,总在推、拉、锯、砸,出主意想办法,用同志间劝告的口吻鼓动每个人,身上散发出无穷无尽的汗臭味。

一张宣传画突然出现在伦敦各处,没有文字说明,画的是一个欧亚国士兵庞大的身躯,有三四米高,蒙古人种的脸上毫无表情,跨着大军靴向前迈步行进,上身一挺轻机枪。你不论从哪个角度看那招贴画,机枪的枪口总是对准着你,由于透视的原理,枪口很大很大。这张宣传画贴在每道墙上的空处,甚至比老大哥画像的数目还要多。群众一般不关心战争,这时却被鼓动起来,迸发出一时的爱国热情。好像是为了要配合一种普遍情绪,火箭弹炸死的人比平时更多了。有一枚落在斯坦普尼一家满座的电影院里,几百人被埋在废墟下面。附近的居民都出来送殡,队伍之长,数小时不断,实际上成了抗议示威。还有一枚炸弹落在一个当作操场的废弃空地上，几十个孩子被炸得血肉横飞。群众于是又举行了愤怒的示威，把戈斯坦因的模拟像当众焚毁，好几百张欧亚国士兵的画像被撕了下来一起烧掉了，在一片混乱之中有一些店铺遭到洗劫；接着有谣言说，有间谍在用无线电指挥火箭的投放位置，有一对老年夫妇只因为有外国血统之嫌，家屋就被纵火焚毁，两位老人被活活烧死。

在查林顿先生店铺的楼上，朱莉娅和温斯顿只要有机会去，就在窗户底下的空床上并排躺着，为了图凉快，身上脱得光光的。老鼠没有再来，但在炎热中臭虫却猛增。这似乎并没有什么关系。不论是脏还是干净，这间屋子无疑是天堂。他们一到之后就到处撒上黑市上买来的胡椒，然后脱光衣服，流着汗做爱，完了就睡一觉，醒来时臭虫又开始猖獗，聚集起来进行反攻。

在六月份里，他们一共幽会了四次，五次，六次——七次。温斯顿已戒掉了一天到晚喝杜松子酒的习惯。他觉得自己好像已经不再需要这个了，他长胖了些，静脉曲张溃疡消退，只是在脚踝上方的皮肤上留下一块棕斑，他早起的咳嗽也好了。生活上的一些琐事也不再使他觉得难以忍受了，他已经没有要向电子屏幕做鬼脸或者拉开嗓门大骂的冲动了。现在他们有了一个固定的幽会地点，几乎如同自己的家一样，虽然不能有规律地见面，即使见面时间也只一两个小时，但这已经足够了。重要的是拥有了旧店铺楼上那间屋子，知道有它安然存在，也就跟到了里面差不多。这间屋子自成一个天地，过去的一块飞地，现已绝迹的动物可以在其中走动。温斯顿觉得，查林顿先生也是一个现已绝迹的动物。上楼时，有时他会停下来跟查林顿先生聊上一会儿。那个老头儿似乎很少外出,或者根本不外出,此外,他也几乎没有什么顾客。他在又黑又小的店铺与更小的后厨房之间,过着幽灵一般的生活。他在那间厨房里自己做饭,厨房里还有一台老掉了牙的唱机,上面安着一个大喇叭,能有机会与人说话,他似乎很高兴。他的鼻子又尖又长,戴着一副镜片很厚的眼镜,穿着一件平绒上衣,弯着背在那些不值一钱的货物之间踱来踱去,神情活像一个收藏家,而不像一个古董商。他有时会带着一种消逝的热情摸摸这件破烂或者那件破烂——瓷器做的瓶塞、破鼻烟壶的釉漆盖、镀金胸针盒,里面装着几根死去多时的孩子的头发——从来不要求温斯顿买东西,只是请他欣赏欣赏。听他说话就像听一架老掉牙的八音盒一样。他从他的记忆中又挖掘出来一些早已为人所遗忘的歌谣片段。有一支歌是关于二十四只乌鸦的,还有一支歌是关于一头折了角的母牛的,还有一支歌是关于柯克·罗宾的惨死的。"我想你也许会觉得有兴趣。"他每次想起一个片段,就会有点不以为然地笑道。但是不管哪一支歌谣,他记得的只有一两句。

温斯顿和朱莉娅两个人都知道——也可以说,从来不曾忘记——现在这样的情况是不可能长久的。有时候,死亡的临近似乎比他们睡着的那张大床还要现实,他们就只好紧紧地搂在一起,这是一种绝望的肉欲,如同一个将死的人在临死前五分钟享受他最后的一点快感。但也有一些时候,他们却不仅感到安全而且还感到长久的幻觉。他们知道,只要他们待在那间屋子里,就不会有伤害。要到那里去,倒是又困难又危险,但是那间屋子却是个避难所。当温斯顿凝视着那镇纸中央的时候,他感到,要到那水晶世界里面去是办得到的,一旦到了里面,时间就能停止了。他们常常沉溺于逃避现实的白日梦。他们的运气会永远好下去,他们可以一辈子就这样偷偷摸摸地搞下去而不会被发觉。或者凯瑟琳会死掉,温斯顿和朱莉娅就可以想出个巧妙的方法结婚。或者他们一起自杀。或者他们隐藏起来,然后改头换面,学着群众说话的腔调,到一家工厂去做工,在一条后街小巷里过一辈子,而不被人发觉。他们两人都知道,这些都是扯淡,在现实生活中是没有出路的。甚至那唯一切实可行的办法,即自杀,他们也无意实行。过一天算一天,过一星期算一星期,虽然没有前途,却还是尽量拖长现在的时间,这似乎是一种无法压制的本能,就像只要有空气,人的肺就得呼吸一样。

有时候,他们也谈到搞实际活动来跟党对着干,却不知怎样才能迈出第一步。即使传说中的兄弟会确实存在,要加入进去却并不是件容易的事。他告诉她在他和奥布兰之间存在着,或者说似乎存在着那种奇怪的理解,有时他会有这样的冲动,到奥布兰跟前对他说自己是党的敌人,需要他的帮助。很奇怪,她并不觉得这样做太冒失。她善于从相貌上看人,温斯顿只根据奥布兰眼光中蕴含的那种力量就认为他是个可靠的人。大家,几乎每个人,内心里都是仇恨党的,对此她觉得这是件很自然的事,她也想当然地认为,只要安全无失,谁都会违反规定的。但是她不相信有普遍的、有组织的反对派存在,或者有可能存在。她说,关于戈斯坦因及其地下军的传说只不过是党为了它自己的目的而捏造出来的胡说八道,你不得不假装相信。在党的集会和自发的示威中,她还无数次拉开嗓门高喊要把那些她从来没有听到过,而且她也一点也不相信他们犯了什么罪行的人处以死刑。在公审大会上,她参加了青年团的队伍,在法庭外面从早到晚高喊:"打倒卖国贼!"在两分钟仇恨会上,她总是率先咒骂戈斯坦因。但戈斯坦因是谁,他的主张是什么,她却一无所知。她是革命后成长的,年纪太轻,对50年代和60年代思想战线上的斗争一无所知。像独立政治运动这样的事,她是无法理解的;而且不论怎么说,党是不可战胜的。它将永远存在,永远是那个样子。你的反抗只能是暗中不服从,或者至多是孤立的暴力行为,例如杀掉某个人或者炸掉某个地方。

在某些方面,她比温斯顿更加敏锐,更不容易相信党的宣传。有一次谈到同欧亚国打仗时,她随口说,她认为根本没有在打仗,这叫他大吃一惊。她说,每天落在伦敦的火箭弹可能是大洋国政府自己发射的,"目的只是为了要吓唬人民"。这种看法实际上他从未有过。她也使他感到有些妒意,因为她说在两分钟仇恨会中她最大的困难是要忍住不致大声笑出来。但是她对党的教导的怀疑只是在这些教导触及她自己的生活的时候。她是常常很容易就相信官方的无稽之谈的,那只是因为在她看来真假之间的区别关系不大。例如,她相信飞机是党发明的,这是她在上小学的时候学到的。(温斯顿记得,在他上小学的时候,那是在50年代后期,党自称由它发明的还只有直升机;十多年以后,朱莉娅上小学时,就是飞机了;再隔一代,就会说蒸汽机也是它发明的了。)当他告诉她,在他出生之前,早在革命发生之前相当长的一段时期内,就已有了飞机的存在时,她对这一事实完全不感兴趣。说到头,飞机究竟是谁发明的有什么关系呢？但让他感到更为吃惊的却是，有一次随便聊天时他发现，她不记得四年之前大洋国在同东亚国打仗，同欧亚国和平相处。不错，她认为整个战争都是假的；但显然她没有注意到战争的对象已经发生了改变。她含糊地说："我以为我们一直在同欧亚国打仗呢。"这让他感到有点吃惊，飞机的发明是在她出生以前很久的事，而战争对象的转换却才只有四年，是她长大成人以后不久才发生的事。他同她辩论了大约有半小时，最后他终于使她记起来说，她隐约记得有一阵子敌人是东亚国而不是欧亚国。但是她认为这一问题无所谓。她不耐烦地说："谁管他？总是不断地打仗，一个接着一个，反正你知道所有的消息都是假的。"

有时，他跟她说起档案司和他在那里干的大胆伪造的工作，这好像并没有吓到她。想要谎言变成事实时，她并没有感觉到脚底下正在扩张的深渊。他把琼斯、艾朗森和鲁瑟福的事跟她说了，还有他手里那张拿过一阵子的纸条，但都没有给她留下什么印象。事实上，从一开始，她就没能领会他讲述这件事的意图。

"他们跟你是朋友吗？"她问道。

"不，我从来不认识他们。他们是内党党员，再说年纪比我大多了，属于革命以前的旧时代，在革命之前。我只是知道他们长什么样。"

"那干吗要担心？什么时候都有人被杀，不是吗？"

他又试图让她明白："这是个例外情况，不仅是某个人被杀的问题，你有没有意识到从昨天往前的过去实际上都已经被消灭了？如果它在什么地方存在，那会是在少数实实在在的东西上，没有文字说明,像那块玻璃一样。我们现在对革命和革命以前的年代实际上已经什么都不记得了。所有档案要么被销毁,要么被伪造。每本书都被重写过,每幅画都被重画过,每座雕塑、每条街以及每座建筑都被重新命名过,每个日期都被改动过,而且这种过程每天每分钟都在进行。历史已经停止,除了无休无止的现在,其他一切都不存在,而党在这种现在中永远正确。当然我知道过去是伪造的,可我永远证明不了这点,即便我自己也在从事伪造活动。这件事完成后,没有证据会留下来。唯一的证据在我自己的内心里,而且我也无法肯定是不是还有别人和我有着同样的记忆。我一辈子只有在那次事情发生之后——许多年以后——拥有过确确实实的证据。"

"那又有什么用?"

"没用,因为我几分钟后就把它扔掉了。可要是如今再遇到这种事,我会把它保存下去。"

"这个嘛,我是不会的!"朱莉娅说,"我敢冒险,但只为值得的事冒险,决不会为几张旧报纸冒险。即使你把它保存下来,又能怎么样呢?"

"也许没有多大用处。但这毕竟是证据。假如我敢把它拿去给别人看,它也许会在这里或者那里播下一些怀疑的种子。我认为在我们这一辈子要改变任何现状是不可能的了。但是可以想象,有时在某个地方会出现反抗的小集团,一小批人集合在一起,人数慢慢增加,甚至还留下一些痕迹,下一代的人可以接着干下去。"

"我对下一代没有兴趣,亲爱的。我只对我们自己有兴趣。"

"你只是一个腰部以下的叛逆者。"他对她说。

她觉得这句话十分风趣,高兴得伸开胳膊搂住了他。

她对党的理论和细枝末节毫无兴趣,每当他一谈到英社的原则、双重思想、过去易变性和对客观现实的抹杀,或者一开始使用新话中的词汇时,她就感到厌倦、混乱,说她从来没有注意过这种事情。大家都知道这都是废话,因此操这个心干什么?她只知道什么时候欢呼,什么时候发出嘘声就够了。如果他老是谈这种事情,她往往就睡着了,这个习惯真叫他没有办法。她是那样的一种人,随时随地都可以睡觉。在同他说话中,他发现假装正经而又不知正经为何意是件十分容易的事。可以说,在没有理解能力的人身上,党把它的世界观灌输给他们最为容易。最明显不过的颠倒黑白的事情,都可以使他们相信,因为他们从来不理解,对他们的要求是何等荒唐,因为他们对社会大事从来就没有兴趣,从来不去注意发生了什么事情。正是由于缺乏理解,他们没有发疯。他们什么都吞下去,吞下的东西对他们并无害处,因为没有残渣遗留,如同一颗谷物不经消化就通过一只鸟的身体那样。

六

这件事还是发生了。期待中的消息传了过来。他觉得这一辈子都在等待这件事的发生。

他正顺着部里的长廊走着,快到朱莉娅上次把那纸条塞到他手中的地方,他才意识到身后跟着一个个子比他高的人。那个人,不知是谁,轻轻地咳了一声,显然是表示要说话。温斯顿猛然站住,转过身去。那人是奥布兰。

他们终于面对面了,似乎他的唯一冲动就是要逃走。他的心跳得很厉害,说不出话来。但是奥布兰仍继续走着,一只手友好地按了温斯顿的胳膊一下,这样他们两人就肩并肩走在一起了。他开始用彬彬有礼的态度说话,这是他与大多数内党党员不同的地方。

"我一直想找个机会跟你谈谈,"他说,"有天我读到你在《泰晤士报》发表的一篇用新话写的文章。我想你对新话颇有兴趣吧?"

温斯顿的信心恢复了一些。他说:"谈不上什么学术上的兴趣,我是个外行,这不是我的专业。我从来没有参加过这一语言的实际创作工作。"

"但是你的文章写得很漂亮,"奥布兰说,"这不仅是我个人的意见。最近,我同你的一位朋友谈过,他肯定是个专家。我一时记不起他的名字来了。"

温斯顿的心里又是一阵难过。这句话如果不是指的塞姆,才是不可想象的。但是塞姆不仅死了,而且是给抹掉了,是个"非人"?提到他会有丧命的危险。很显然,奥布兰的话肯定是个信号,是个暗号。由于两人共同参与了这个小小的思想罪行,他使他们成了同谋犯。他们原来是在走廊里慢慢地走着,这时奥布兰突然停了下来。他整了整鼻梁上的眼镜,这个姿态总使人有一种奇怪的亲切之感。接着他说:"其实我想要说的是,我在你的文章中发现了两个现在已经过时的词,不过这两个词是最近才过时的。你有没有看过第十版的新话词典?"

"没有,"温斯顿说,"我想这还没有出版吧。在档案司,我们仍在用第九版。"

"是啊,第十版要过几个月才发行。但是他们已发了几本样书,我自己就有一本。也许你有兴趣看一看?"

"很有兴趣。"温斯顿说,马上领会了这个意思。

"有些新发展极具天才创造力,减少动词数目,我想你对这点是会有兴趣的。让我想想,我派人把词典给你送过去怎么样?不过这种事情我总是很容易就忘了。还是你有空到我住的地方来取吧,不知你方便不方便?等一下,我把地址写给你。"

他们正好站在一个电子屏幕的前面。奥布兰有些心不在焉地摸一摸他的两只口袋,摸出了一本皮面的小笔记本和一支金色的墨水笔。他就在电子屏幕下面写了地址,撕了下来,交给了温斯顿,这个位置使得在电子屏幕另一边的人可以看到他写的是什么。

"我一般晚上都在家。"他说,"如果正好不在,我的仆人会把词典给你的。"

说完他就走了,温斯顿站在那儿,手中拿着那张纸条,这次他无须把它藏起来了。但他还是认真地把上面写的地址记了下来,几个小时后,就把它同其他一大堆废纸一起扔进了记忆洞。

他们在一起的交谈时间最多有几分钟。这件事只可能有一个含意。这样做是为了让温斯顿知道奥布兰的地址。这是很有必要的,因为除了直接询问外,要知道别人的住址是绝对不可能的。什么电话簿、地址录都是没有的。奥布兰对他说的就是"如果想见我,你就可以到这个地方来找我"。也许那本词典里夹着一封信,藏着一句话。反正,有一点是肯定的。他所梦想的密谋确实存在,他已经碰到了它外层的边缘了。

他知道迟早是要接受奥布兰的命令的。可能是明天,也可能要隔很久——他也说不定。正在发生的事只不过是多年前已经开始的一个过程的一部分而已。第一步是个秘密的不自觉的念头;第二步是开始写日记,他已经从思想进入到了语言,现在又从语言进入到了行动。最后一步则是将在仁爱部里发生事情了。他已经决定接受这个结局。结局孕育在开始中。但这有点让人感到害怕,或者确切地说,这有点像死亡的先兆,有点像短促的生命。甚至在他同奥布兰说话的时候,当话的含意明了之后,他全身感到一阵冰冷。他有一种踏进潮湿冰冷的坟墓的感觉,就算他已经知道坟墓就在那里等着他,也没能让他感到好过些。

七

温斯顿醒来时眼里充满了泪水。朱莉娅睡意很浓地挨近他,嘴里嘀咕了一句好像是"怎么了"之类的话。

"我梦见——"他开始说道,马上又停住了。这梦境太复杂了,说不清楚。除了梦本身外,还有与梦有关的记忆,那是在醒后几秒钟内进入他脑子的。

　　他闭上眼睛躺着，仍沉浸在梦境中的气氛里。那是个广阔的、光彩夺目的梦，他的整个生命，好像夏日傍晚雨后的景色一样，展现在他的前面。这都是在那玻璃镇纸里面发生的，玻璃的表面成了苍穹，苍穹之下，所有的东西都覆盖上了一层清澈柔和的光，一望无际。这个梦也可以由他母亲手臂的一个动作来解释，实际上，也可以说是由他母亲手臂的一个动作所构成的。这个动作在三十年后他又在新闻片中看到了，就是那个犹太妇女为了保护她的小孩不受子弹的扫射而做的一个动作，但是仍不能防止直升机把她们母子俩炸得粉碎。

　　"你知道吗，"他说，"直到现在，我还以为母亲是我害死的。"

　　"你为什么要害死你的母亲？"朱莉娅问道，仍旧在睡梦之中。

　　"我没有害死她，这不是在实际意义上。"

　　在梦中，他记起了对母亲的最后一瞥，醒来之后的一小段时间里，许多围绕着那一瞥的小事情都想起来了。许多年来，他一直都在有意识地将其从自己的意识中排除出去。他已记不得确切日期了，不过这件事发生的时候他大概至少已有十岁了，也可能是十二岁。

　　他父亲在这以前就消失了，在这以前究竟多久，他已记不得了。他只记得当时生活很不安定，朝不保夕：经常发生空袭，在地铁站中躲避空袭，到处都是瓦砾，街头贴着他所看不懂的公告，一群群穿着同样颜色衬衫的少年，面包房前长长的队伍，远处断断续续传来的机枪声，尤其是，总是吃不饱。他记得每天下午要花许多时间同其他一些孩子在垃圾桶、废物堆里捡破烂，什么菜帮子、菜叶子、土豆皮，有时甚至还有陈面包片，捡到这些，他们就小心翼翼地把炉渣扒掉；有时还在马路上等卡车开过，他们知道这些卡车有固定路线，装的是喂牛的饲料，在驶过坑坑洼洼的路面时，会颠出几块油饼。

父亲失踪的时候，母亲并没有表现出惊奇或者剧烈的悲痛，但是一下子就变了一个人。她好像精神上完全垮掉了一样。甚至连温斯顿也感到她是在等待一件必然会发生的事。一切该做的事她都照样在做——烧饭、洗衣、缝补、铺床、扫地、掸土——但是总是动作迟缓，一点多余的动作也没有，好像艺术家的人体模型自己在走动一样，这使人觉得奇怪。她那高大匀称的身体似乎能自然而然地陷于静止之中。她常常一连好几小时一动不动地坐在床边，给他小妹妹喂奶，他的小妹妹是个体弱多病、非常安静的婴儿，只有两三岁，脸瘦得跟猴子的脸一样。她偶然会把温斯顿紧紧地搂在怀里，很久很久不说话。尽管年幼无知，只管自己，但他也明白这同那件从未提起的、将要发生的事有关。

他记得他们住过的那间屋子，那是间阴暗、空气流通不畅的屋子，好像那张铺着白色床单的床占了一半的面积。屋子里有个煤气灶，一个食物柜，外面的台阶上有个棕色的陶瓷水池，是几家合用的。他记得他母亲高大的身子弯在煤气灶上搅动着锅里的什么东西。他尤其记得他老是肚子饿，吃饭的时候总要吵个不休。他会纠缠不休地问为何没有吃的了,他常常向她大喊大闹(他甚至还记得他自己的嗓子,由于大喊大叫过早地变了音,有时奇怪地有些瓮声瓮气),他也常常装出一副可怜巴巴的样子来争取超过自己的那一份。母亲是很乐意多分给他一些的。她认为他是个"男孩",分得最多是理所当然;但是不论她分给他多少,他总是嫌不够。每次吃饭时她总求他不要自私,不要忘了小妹妹有病,也需要吃的,但是没有用。她如果不给他多盛一些,他就气得大喊大叫、把锅子和勺子从她手中夺过来,或者把他妹妹盆中的东西抢过来。他也明白这么做,他母亲和妹妹得挨饿,但是他没有办法;他甚至觉得自己有权这么做。他肚中的辘辘饥肠似乎就是他的理由。在两顿饭的间隔,如果母亲没看好的话,他还常常偷吃案板上放着的那点可怜的食物。

有一天,定量供应的巧克力发下来了。过去已经有好几个星期、好几个月没有发了。他还十分清楚地记得那珍贵的一点点巧克力,是两盎司重的一块(那时他们还用盎司计重),三人分,应该分成等量的三块。但是突然之间,仿佛有人在指使他似的,温斯顿大喊大叫起来,要母亲把整块巧克力都给他。母亲叫他别贪心,接着他们没完没了地争辩了很长时间,又是叫,又是哭,流泪,责骂,讨价还价。他的小妹妹双手紧抱着母亲,活像一只小猴子,坐在那里,从他母亲的肩后望过来,大眼睛正在悲伤地看着他。最后他母亲把那块巧克力掰了四分之三,给了温斯顿,把剩下的四分之一给了他妹妹。那小姑娘拿着巧克力,呆呆地看着,好像不知它是什么东西,温斯顿站着看了一会儿,接着他突然跳起来,从妹妹手中把那块巧克力一把抢过来,然后跑到门外去了。

"温斯顿,温斯顿!"他母亲在后面叫他,"快回来!把你妹妹的那块巧克力还给她!"

他停了下来,但没有回去。母亲用焦虑的眼睛盯着他的脸。甚至到现在,他还在想着那件事,但在即将发生时,他仍不知道那件事究竟是什么。他妹妹这时意识到有东西给抢走了,软弱地哭了几声。他母亲搂紧了她,把她的脸贴在自己的胸口上。这个姿势使温斯顿意识到他妹妹快要死了。他转过身去,逃下了楼梯,巧克力捏在手中快要化了,有点黏糊糊的。

以后,他再也没有见过母亲。他吃了巧克力以后,觉得有点惭愧,在街头闲荡了几个小时,肚子饿了,才回到家。回去时,发现母亲正好不在,这在当时已成了正常现象。屋子里除了他母亲和妹妹外,什么也没少。他们没有拿走衣服,甚至也没有拿走他母亲的大衣。直到现在,他仍不能确定自己的母亲是不是已经死了。完全有可能,她被送到劳改营里去了。至于他妹妹,很可能像他一样,被送到某个孤儿院里去了,他们把它叫作保育院,是因为内战而设立的。她也很可能跟他母亲一起去了劳改营,也很可能被丢在什么地方,无人过问而死掉了。

这个梦在他心中仍栩栩如生,特别是手臂的遮挡保护动作,似乎包含了这个梦的全部意义。他又回想到两个月前的另外一个梦,他的母亲坐在一艘沉船上,跟她坐在那张铺着白色床单的床边的样子一模一样,他的小妹妹仍在贴着她,是在他下面很深的地方,而且每分钟都在下沉,但她仍透过颜色越来越深的水看着他。

他把他母亲失踪的事告诉了朱莉娅。她眼也不睁就翻过身来，蜷缩在他怀里，以便睡得更舒服一些。

"你在那时候大概真是头畜生，"她含糊地说，"孩子们全是畜生。"

"是的。但是这件事的真正意义是——"

从她呼吸声听来，显然她又睡着了，他也不想继续谈论他的母亲了。根据他所记得的，他想她并不是个不平常的女人，更谈不上聪明，但是她有一种高贵的气质，一种纯洁的气质，这只是因为她有自己的行为标准，她的感情是自己的，不受外界的影响。她从来没有想到过，一个行动既然没用，就毫无意义。如果你爱一个人，你就爱他，当你没有别的东西可以给他时，你仍把你的爱给他。最后一块巧克力被抢走时，他母亲怀里抱着孩子。这没有用，改变不了任何东西，并不能因此而多出一块巧克力来，并不能让她或她的孩子免于一死；但是她仍抱着她，似乎这是很自然的事。沉船上那个逃难的女人也用胳膊保护着自己的孩子，这像一张纸一样单薄，抵御不了枪弹。可怕的是党所做的事却是使你相信，仅仅凭冲动或感情解决不了任何问题，而同时却让你在现实世界上变得软弱无力。你一旦落在党的手里，不论你有感觉还是没有感觉，不论你做一件事还是不做一件事，都无关紧要。不论怎么样，你还是要消失的，不论是你或你的行动，都不会再有人提到。历史的潮流里已没有你的踪影，但是在两代之前的人们看来，这似乎并不是那么重要，因为他们并不想篡改历史。他们遵从的，是个人之间的忠诚，从来不会对之怀疑。一个完全没有用处的姿态，一个拥抱，一滴眼泪，对将死的人说一句话，都具有自身价值。他突然想到，群众仍旧是这样。他们并不忠于一个政党，或者一个国家，或者一个思想，他们却相互忠于对方。他有生以来第一次不再轻视群众，或者只把他们看成是一种有朝一日会觉醒并且会振兴全世界的蛰伏的力量。群众仍有人性。他们没有麻木不仁。他们仍保有原始的感情，而他自己却是需要做出有意识的努力才能重新学会这种感情。他这么想时却毫不相干地记起了几星期前他看到人行道上的一只断手，他把它踢在马路边，好像这是个白菜头一样。

"群众是人，"他大声说，"我们不是人。"

"为什么不是？"朱莉娅说，又醒了过来。

他想了一会儿。"你有没有想到过，"他说，"我们最好是趁早从这里出去，以后不再见面？"

"想到过，亲爱的，我想到过好几次了。但是我还是不想那么做。"

"我们很幸运，"他说，"但是运气不会很长久。你还年轻，看上去正常而纯洁。如果你避开我这种人，你还可以活上五十年。"

"不，我已经想过了。不论你做什么，我都要跟着做。别灰心丧气，我要活命很有办法。"

"我们可能还可以在一起待上六个月——一年——谁知道呢。最后我们还是要分手的。你有没有想过我们将来完全是孤独无援的？他们一旦抓住了我们，我们两个人是没有办法，真的没有一点办法能为对方做点什么。如果我招供，他们就会枪毙你，如果我拒绝招供，他们也会枪毙你。不管我做什么，说什么，或者不说什么，都不会推迟你的死亡五分钟。我们不会知道对方是死是活。我们将完全束手无策，有一点是重要的，那就是我们不会出卖对方，尽管这一点也不会造成任何不同。"

"如果你说的是招供，"她说，"那我们还是要招供的，人人都会招供的，你没有办法，他们拷打你。"

"我不是说招供，招供不是出卖，无论你说的或做的是什么都无所谓，重要的是感情，如果他们能使我不再爱你——那才是真正的出卖。"

她想了一会儿。"这他们做不到，"她最后说，"这是他们唯一做不到的事。不论他们可以使你说些什么话，但是他们不能使你相信这些话，他们不能钻到你肚子里去。"

"不能，"他有点希望地说，"不能，这话不错。他们不能钻到你肚子里去。如果你感到保持人性是值得的，即使这不能有任何结果，你也已经打败了他们。"

他想到了永远在监听的电子屏幕，他们可以没日没夜地监视你，但是如果你能保持头脑清醒，你仍能胜过他们。他们尽管聪明，但仍无法掌握别人脑子里的想法。但当你落在他们手中时，也许不是这样。仁爱部里的情况究竟如何，谁也不知道，但不妨猜一猜：拷打、麻醉药、测量你神经反应的精密仪器，不让你睡觉和单独监禁造成你精神崩溃、不断地审问。不管怎样，事实是不能被掩盖的，他们可以通过审问，可以通过拷打折磨你，从你的牙缝中把他们想知道的事挤出来。但是如果目标不是活命而是保持人性，那最终有什么不同呢？他们不能改变你的感情，甚至你自己想要改变,也无法做到。他们可以把你所做的,或者说的,或者想的都事无巨细地暴露无遗,但是你的内心仍是攻不破的,你的内心的活动甚至对你自己来说也是神秘的。

八

他们来了,他们终于来了!

他们站着的那间屋子是长方形的,灯光柔和。电子屏幕的声音放得很低。厚厚的深蓝色地毯,踩上去使你觉得好像是踩在天鹅绒上。在屋子的那一头,奥布兰坐在一张桌边,桌上有一盏带有绿色灯罩的台灯,他的两边都有一大堆文件。仆人把朱莉娅和温斯顿带进来的时候,他连头也没抬。

温斯顿的心跳得如此厉害,使他担心说不出话来。他心里想的只有一句话:他们来了,他们终于来了。到这里来,本身就是一件冒失的事,两人一起来就更是纯粹的胡闹。不错,他们是走不同的路线来的,只是到了奥布兰家的门口才碰头。但是,光是走进这样一个地方就需要鼓起勇气。只有在极偶然的情况下,你才有机会见到内党党员住宅里面是什么样子,或者有机会走进他们的住宅区来。什么东西都令人望而生畏——公寓大楼的整个气氛就不一样,所有的东西都十分华丽,所有地方都十分宽敞,讲究的食品和优质的烟草发出陌生的香味,电梯升降悄然无声,快得令人难以置信,穿着白上衣的仆人来回忙碌着。他到这里来虽然有很好的借口，但是每走一步总是担心墙角会突然冒出一个穿黑制服的警卫来，要查看他的证件并命令他滚开。但是，奥布兰的仆人丝毫没有犹豫，就让他们两人进来了。仆人是个小个子，一头黑发，穿着一件白上衣，脸形像块钻石，完全没有表情，很可能是个中国人。他领着他们走过一条过道，地上铺着柔软的地毯，墙上糊着奶油色的墙纸，还有白色的护墙板，全都一尘不染，十分干净。这使人望而生畏。温斯顿记得他所见过的墙壁无一例外，都被许多人的身体蹭得脏乎乎的。

奥布兰手里捏着一张纸条，似乎在专心阅读。他的粗眉大眼的脸低俯着，使你可以看清他的鼻子的轮廓，样子可怕，又很聪明。他坐在那里一动也不动，大约有二十秒钟。然后他拉过口述记录器来，用各部常用的混合行话，发了一个通知："一逗号五逗号七等项完全批准句点六项所含建议加倍荒谬接近罪想取消句点取得机器行政费用充分估计前不进行建筑句点通知完。"他不慌不忙地从椅子上起身站起来，走过无声的地毯，走向他们。说完了那些新话，他的官架子似乎放下了一点，但是他的神情比平时更加严肃，好像因为有人来打扰他而很不高兴。温斯顿内心已有的恐惧好像突然被一种正常的尴尬所取代。他觉得很有可能，自己犯了一个愚蠢的错误。他真的有什么证据可以证明奥布兰是个政治密谋家呢？只不过是眼光一闪，一句模棱两可的话，除此之外，只有他自己秘密幻想，那是完全建筑在睡梦上的。他甚至无法退一步假装自己是来借词典的，因为在那种情况下就无法解释朱莉娅的在场。奥布兰走过电子屏幕旁边,脑子里好像涌现出了一个念头,就停了下来,转过身去,在墙上按了一下按钮。啪的一声,电子屏幕上的说话声中断了。

朱莉娅轻轻地惊叫了一声,即使在心情慌乱中,温斯顿还是受到震惊地脱口而出:

"原来你可以把它关掉!"

"是的,"奥布兰说,"我们可以把它关掉。我们有这个特权。"

这时,他站在他们对面,魁梧的身材在他们两人面前居高临下,他脸上的表情仍旧使人捉摸不透。他有点严肃地等着温斯顿说话,可是等他说什么呢?即使是现在,很有可能的是他这位忙人正在恼火地琢磨他们为何来打扰他。没有人说话。电子屏幕关掉以后,屋子里死一般静寂,每一秒都好像过得很慢。温斯顿费力地注视着奥布兰的眼睛,突然那张严肃的脸上可以说是露出了一丝笑容。奥布兰用他习惯性的动作端正了一下鼻梁上的眼镜。

"我来说,还是你来说?"他问道。

"我来说吧,"温斯顿马上说,"那玩意儿真的关掉了?"

"是的,什么都关掉了,这里就只有我们自己。"

"我们到这里来,因为——"

他停了下来,首次意识到自己动机的模糊性。因为实际上,他并不知道能从奥布兰那儿指望得到什么帮助,因此要说清楚他为什么到这里来,很不容易。虽然意识到自己说的话听起来一定很软弱空洞,可还是继续说道:"我们相信存在某种密谋行为,某种与党对抗的地下组织，而且相信你参与其中，我们也想参加，为它工作，我们是党的敌人，我们不相信英社原则。我们是思想犯，我们也是通奸犯。我这样告诉你是因为我们完全相信你，把我们的命运交给你摆布。如果你还要我们用其他方式表明我们自己，我们也愿意。"

他感觉到后面门开了，就停下来扭过头去看了一眼，果然不错，那个小个子、脸色发黄的仆人没有敲门就进来了。温斯顿看到他手中端着一只盘子，上面有酒瓶和玻璃杯。

"马丁是咱们的人，"奥布兰不露声色地说，"马丁，把酒端到这边来吧。放在圆桌上，椅子够吗？那么咱们不妨坐下来，舒舒服服地谈一谈。马丁，你也拉把椅子过来。这是正事，你可以暂停十分钟不做仆人了。"

那个小个子坐了下来，十分自在，但仍有一种仆人的神态，一个享受特权的贴身仆人的神态。温斯顿从眼角望去，觉得这个人一辈子就在扮演一个角色，意识到哪怕暂且停止不演这种角色也是危险的。奥布兰把酒瓶拿过来，在玻璃杯中倒了一种深红色的液体。这使温斯顿模糊地想起很久以前在墙上或者广告牌上看到过的什么东西——用电灯泡组成的一只大瓶子，上下动着，然后把瓶里的酒倒到杯子里。从上面看下去，那酒几乎是黑色的，但在酒瓶里却像红宝石般闪烁着光芒。它有一种又酸又甜的气味，他看见朱莉娅好奇地端起杯子送到鼻尖闻。

"这叫葡萄酒，"奥布兰微笑道，"你们肯定在书上读到过。不过，恐怕外党成员很少能喝到。"他的脸又严肃起来，然后举起杯，

"我想应该先喝杯酒祝大家健康,为我们的领袖伊曼纽尔·戈斯坦因干杯。"

温斯顿热切地举起酒杯,他曾在书上读过关于葡萄酒的文章,很想尝试一下,就像玻璃镇纸或者查林顿先生记不清的童谣一样,属于已经消失的、罗曼蒂克的过去——他把这称为过去的时光。不知什么缘故,他一直认为葡萄酒味道极甜,像黑莓果酱的味道,而且能马上使人喝醉。实际上,等到他真的一饮而尽时,这玩意儿却很使人失望。原来他喝了多年的杜松子酒,已喝不惯葡萄酒了。他放下空酒杯。

"那么真的有戈斯坦因这样一个人?"他问道。

"是啊,有这样一个人,他还活着。至于在哪里,我就不知道了。"

"那么那个密谋——那个组织?这是真的吗?不是秘密警察的捏造吧?"

"不是,这是真的,我们管它叫兄弟会。除了它确实存在,你们是它的会员以外,你们就别想知道别的了。关于这一点,我等会儿再说。"他看了一眼手表,"即使是内党成员,把电子屏幕关掉半个小时以上也是不明智的。你们不应该一起来,走时得分开走。你,同志——"他对朱莉娅点一点头,"先走,我们大约还有二十分钟的时间。我首先得问你们一些问题,我想你们是能理解这一点的。总的来说,你们打算干什么?"

"凡是我们能够干的事。"温斯顿说。

奥布兰在椅子里把身子转过一点,好对着温斯顿。他几乎把朱莉娅撇开在一边不顾了,似乎想当然地认为,温斯顿可以代表她说话。他的眼睛闭了一会儿,然后开始用低沉的、冷漠的声音提问,好像是例行公事一般,大多数问题的答案他心中早已有数了。

"你们愿意献出生命吗?"

"是的。"

"你们愿意杀人吗?"

"是的。"

"你们愿意从事破坏活动,可能造成百上千个无辜百姓的死亡吗?"

"是的。"

"你们愿意把祖国出卖给外国吗?"

"是的。"

"你们愿意欺骗、伪造、讹诈、腐蚀儿童心灵,贩卖成瘾毒品,鼓励卖淫,传染性病——凡是能够引起腐化堕落和削弱党的力量的事都愿意做吗?"

"是的。"

"比如,如果把硫酸水泼在一个孩子的脸上能够促进我们的事业,你们愿意这么做吗?"

"是的。"

"你们愿意隐姓埋名,一辈子改行去做服务员或码头工人吗?"

"是的。"

"如果我们要你们自杀,你们愿意自杀吗?"

"是的。"

"你们两个人愿意分手,从此不再见面吗?"

"不!"朱莉娅插进来叫道。

温斯顿觉得自己好像过了很久才回答,那么有一阵子,他好像连说话的能力也被剥夺了。他的舌头在无声地动着,先是想要发出某个词的第一个音节,接着又想发另外一个词的第一个音节,这样反复了几次。他不知道说什么好。"不。"他最后说。

"你这么告诉我很好,"奥布兰说,"我们必须掌握一切。"

他转过来又对朱莉娅说,声音里似乎多了一些感情。

"你要明白,即使他侥幸不死,也可能是另外一个人了。我们可能使他成为另外一个人。他的脸,他的举止,他的手的形状,他的头发的颜色,甚至他的声音也会变了。你自己也可能成为另外一个人。我们的外科医生能够把人变样,叫人再也认不出来,有时这是必要的,有时我们甚至要截肢。"

温斯顿忍不住想要偷看一眼马丁蒙古人种的脸,他看不到有什么疤痕,朱莉娅的脸色有点发白,雀斑露了出来,但是她仍大胆地面对着奥布兰。她喃喃地说了句什么话,好像是表示同意。

"很好,那么就这样说定了。"

桌子上有一只银盒子装着香烟,奥布兰心不在焉地把香烟盒朝他们一推,自己取了一支,然后站了起来,开始慢慢地来回踱步,好像他站着可以更加容易地进行思考。香烟很高级,烟草包装得很好,扎扎实实的,烟纸光滑,很少见到。奥布兰又看一眼手表。

"马丁,你可以回到厨房去了,"他说,"一刻钟之内我就打开电子屏幕。你走之前好好看看这两位同志的脸,你以后还要见到他们,我却不会见到他们了。"

就像他们在大门口时那样,那个小个子黑色的眼睛在他们脸上看了一眼。他的态度里一点也没有善意的痕迹,他在记下他们的外貌,但对他们并无兴趣,至少表面上没有兴趣。温斯顿忽然想到,也许人造的脸是不可能变换表情的。马丁一言不发,也没有打什么招呼,就走了出去,悄悄地随手关上了门。奥布兰来回踱着步,一只手插在黑制服的口袋里,一只手夹着香烟。

"你们知道,"他说,"你们要在黑暗里战斗,你们永远是在黑暗之中。你们会接到命令,要坚决执行,但不知道为什么要发这样的命令。我以后会给你们一本书,你们就会从中了解我们所生活的这个社会的真正性质,还有摧毁这个社会的战略。你们读了这本书以后,就成了兄弟会的正式会员。但是除了我们为之奋斗的总目标和当前的具体任务之外,其他什么也不会让你们知道的。我可以告诉你们兄弟会是存在的,但是我不能告诉你们它有多少会员,到底是一百个,还是一千万。从你们切身经验来说,你们永远连十来个会员也不认识。你们会有三四个联系人,他们经常消失,然后由别人接上。因为这是你们的初次联系,所以会保持下去。你们接到的命令都是我发出的。如果我们有必要找你们,就通过马丁。你们最后被逮到时,总会招供。这是不可避免的。但是你们除了自己干的事以外,没有什么可以招供,你们至多只能出卖少数几个不重要的人物,也许你们甚至连我也不能出卖,到时候我可能已经死了,或者变成了另外一个人,换了另外一张脸。"

他继续在柔软的地毯上来回走动。尽管他身材魁梧，但他的动作却特别优雅。甚至在把手插进口袋或者捏着一支香烟这样的动作中也可以表示出来。他给人一种颇有自信，很体谅别人的印象，甚至超过有力量的印象，但这种体谅带着讥讽的色彩。他不论如何认真，都没有那种狂热分子才有的专心致志的劲头。他谈到杀人、自杀、性病、断肢、换脸形的时候，隐隐带着一种讽刺的神情。"这是不可避免的，"他的声音似乎在说，"这是我们必须毫不犹豫地该做的事。但是等到生活值得我们好好过时，我们就不干这种事了。"温斯顿对奥布兰产生了一种钦佩，甚至崇拜的心情。他一时忘记了戈斯坦因的阴影。你看一眼奥布兰的结实的肩膀，粗眉大眼的脸，这么丑陋，但是又这么文雅，你就不可能认为他是可以被打败的。没有什么谋略是他所不能对付的，没有什么危险是他所没有预见到的。甚至朱莉娅似乎也很受感染。她听得入了迷，连香烟在手中熄灭了也不知道。奥布兰继续说："你们会听到关于兄弟会存在的传说，无疑你们已经形成了自己的看法。你们大概想象它是一个庞大的密谋分子地下网，在地下室里秘密开会，在墙上刷标语，用暗号或手部的特殊动作互相打招呼。没有这回事。兄弟会的会员没有办法认识对方，任何一个会员所认识的其他会员，人数不可能超过寥寥几个。就是戈斯坦因本人，如果落入思想警察之手，也不能向他们提供全部会员名单，或者提供可以使他们获得全部名单的情报。没有这种名单，兄弟会所以不能被消灭掉就是因为它不是一般观念中的那种组织。把它团结在一起的，只不过是一个不可摧毁的思想。除了这个思想之外，你们没有任何东西可以做你们的依靠。你们得不到同志间的友谊，得不到鼓励。你们最后被抓住时，也得不到援助。我们从来不援助会员。至多，绝对需要灭口时，我们有时会把一片剃须刀片偷偷地送到牢房里去。你们得习惯于在没有成果、没有希望的情况下生活下去。你们工作一阵子以后，就会被逮住，就会招供，就会死掉。这是你们能看到的唯一结果。在我们这一辈子里，不可能发生什么看得见的变化。我们是死者。我们的唯一真正生命在于将来。我们将是作为一撮尘土，几根枯骨参加将来的生活。但是这将来距现在多远，谁也不知道，可能是一千年。目前除了把神志清醒的人的范围一点一滴地加以扩大以外，别的事情都是不可能的。我们不能采取集体行动。我们只能把我们的思想通过个人传播开去，通过一代传一代传下去。在思想警察面前，没有别的办法。"

他停了下来，第三次看手表。

"同志，该是你走的时候了。"他对朱莉娅说，"等一等，酒瓶里还有半瓶酒。"

他斟满了三个酒杯，然后举起了自己的一杯酒。

"这次为什么干杯呢？"他说，仍隐隐带着一点嘲讽的口气，"为思想警察的混乱？为老大哥的死掉？为人类？为将来？"

"为过去。"温斯顿说。

"过去更重要。"奥布兰神情严肃地表示同意。他们喝干了酒，朱莉娅就站了起来要走。奥布兰从柜子顶上的一只小盒子里取出一片白色的药片，叫她放在舌头上。他说，出去千万不要给人闻出酒味；电梯服务员很注意别人的动静。她走后一关上门，他就似乎忘掉她的存在了。他又来回走了一两步，然后停了下来。

"有些细节问题要解决，"他说，"我想你大概有个藏身的地方吧？"

温斯顿介绍了查林顿先生铺子楼上的那间屋子。

"目前这可以凑合，以后我们再给你安排别的地方，藏身的地方必须经常更换。同时我会把那书送一本给你——"温斯顿注意到，甚至奥布兰在提到这本书的时候，也似乎是用着重的口气说的——"你知道，是戈斯坦因的书，尽快给你。不过我可能要过好几天才能弄到一本。你可以想象，现有的书不多。思想警察到处搜查销毁，使你来不及出版。不过这没有什么关系。这本书是销毁不了的。即使最后一本也给抄走了，我们也能几乎逐字逐句地再印行。你上班去的时候带不带公文包？"他又问。

"一般是带的。"

"什么样子？"

"黑色，很旧，有两根系带。"

"黑色，很旧，两根系带——好吧。不久有一天——我不能说定哪一天——你早上的工作中会有一个通知印错了一个字，你得要求重发。第二天你上班时别带公文包。那天路上有人会拍拍你的肩膀说：'同志，你把公文包丢了。'他给你的公文包中就有一本戈斯坦因的书。你得在十四天内归还。"

他们沉默不语一会儿。

"还有几分钟你就必须要走了，"奥布兰说，"我们以后再见——要是有机会再见的话——"

温斯顿抬头看他。"在没有黑暗的地方？"他迟疑地问。

奥布兰点点头，并没有表示惊异。"在没有黑暗的地方。"他说，好像他知道这句话指的是什么，"同时，你在走以前还有什么话要想说吗？有没有什么口信？有没有什么问题？"

温斯顿想了想似乎没有什么要问的问题了，也没有什么要高谈阔论的冲动。他心中想到的，不是同奥布兰或兄弟会直接有关的事情，而是他母亲临死前几天的那间黑暗的卧室、查林顿先生铺子楼上的小屋子、玻璃镇纸、花梨木镜框中那幅钢制版画这一切混合起来的图像。他几乎随口说："你以前听到过一首老歌吗，开头一句是'圣克莱门特教堂的钟声说，橘子和柠檬'？"

奥布兰又点一点头。他带着一本正经、彬彬有礼的样子，唱完了这四句歌词：

"圣克莱门特教堂的钟声说，橘子和柠檬，
圣马丁教堂的钟声说，你欠我三个法寻，
老巴莱教堂的钟声说，你什么时候归还？
肖尔迪区教堂的钟声说，等我发了财。"

"你知道最后一句歌词！"温斯顿说。

"是的，我知道最后一句歌词。我想现在你得走了。不过等一等，你最好也吃一片药。"

温斯顿站起来时，奥布兰伸出了手。他紧紧一握，把温斯顿手掌的骨头几乎都要捏碎了。温斯顿走到门口回过头来，但是奥布兰似乎已经开始把他忘掉了。他把手放在电子屏幕开关上等他走。温斯顿可以看到他身后写字桌上绿灯罩的台灯、口述记录器、堆满了文件的铁丝框。这件事情已经结束了。他心里想，半分钟后，奥布兰又会重新为党做起暂时中断的重要工作了。

九

温斯顿疲劳得像凝胶一样，凝胶是个恰当的用词，自动出现在他脑海里。他的身体似乎不仅像果冻那样软，而且也呈半透明状。他觉得如果把手举起，会看到光线透过来。全部血液和淋巴液都因为无比繁重的工作而被抽干，只留下由神经、骨骼和皮肤组成的脆架子。所有知觉都似乎被放大，工作服在摩擦他的肩膀，人行道让他的脚底发痒，甚至把手张开攥住都是种费力的动作，能让他的关节咯咯作响。

他在五天内的工作时间超过九十个小时，部里其他所有人也是。现在全结束了，直到明天上午，他实际上无事可做，没有任何党安排的工作要做。他可以去那个藏身处过上六小时，然后再在自己的床上睡九小时。在不算炎热的下午阳光中，他慢腾腾地走上一条通向查林顿先生的铺子的肮脏街道，同时也注意看有没有巡逻队出现，然而他感情用事地相信这天下午不可能有谁来干涉他。他带的公文包重得每走一步都碰到他的膝盖，让他的腿部皮肤从上到下都有发麻的感觉,里面装的就是"那本书",他带着它已有六天,但是还没有打开过,甚至没看过一眼是什么样子。

仇恨周的第六天,在经过游行、讲话、呼喊、歌唱、旗帜、宣传画、电影、蜡像、军鼓演奏和小号尖响、操正步的踏地声、坦克履带的轧轧声、大批飞机的轰鸣、枪炮齐响——这样过了六天之后,最高潮颤动着接近顶点,对欧亚国的全面仇恨沸腾着达到狂乱的程度。将在仇恨周的最后一天被公开处以绞刑的两千个欧亚国战犯如果落到人们手里,无疑会被撕成碎片。但就在这时,却宣布大洋国根本不是在跟欧亚国,而是在跟东亚国打仗,欧亚国是盟国。

当然,无人承认有过任何转变,只是极其突然地,每个人都知道了敌国是东亚国而不是欧亚国。大家知道的那一刻,温斯顿正在参加一次示威活动,在伦敦的中心广场举行。时当夜晚,那些白色的面孔及鲜红的旗帜被耀眼的泛光灯照射着。广场上集中了数千人,其中包括一千个身穿侦察队制服的小学生组成的方阵。在用红布装饰的讲台上,某个内党的演讲家正向人群做着慷慨激昂的讲话。他是个瘦削的矮个男人,长着跟身材不相称的长手臂和一颗硕大的秃顶头,上面还有几绺稀疏的头发。他长得像个侏儒,因为仇恨而扭动着身子,一只手抓着话筒柄,另一只手——胳膊瘦骨嶙峋,手却大如蒲扇——在头顶的空气中凶狠地抓舞。他的声音因为扩音器而带上了金属味,在没完没了地迸射着一系列内容,诸如暴行、屠杀、驱逐、抢劫、强奸、拷打战俘、轰炸平民、散布谎言的宣传、侵略、背信毁约等。听他演讲,你不可能不先是相信,然后变得疯狂。每隔一阵子,人群的愤怒沸腾起来,喇叭的声音被野兽般的咆哮声压了下去，那是从几千个喉咙不可遏制地爆发出来的，而最为野性十足的喊叫，来自那些学童。讲话持续了可能有二十分钟时，一个通信员匆匆走上讲台，把一张纸条塞到演讲家手里。他打开看了一眼，然而并未停止演讲。他的声音和行为都没有任何改变，他演讲的内容也未改变，但是突然间，那些名字变了。不用说什么话，理解像波浪一样掠过人群。大洋国在跟东亚国打仗！然后出现一阵剧烈的骚动。广场上布置的旗帜和宣传画全错了！超过一半的宣传画上印错了面孔。这是蓄意破坏！戈斯坦因的特务在行动！接着出现了暴乱般的一段插曲，宣传画被人们从墙上扯下来，旗帜被撕成碎片踩到脚底。侦察队的队员表现出了惊人敏捷的身手，他们爬上楼顶，把烟囱那里飘扬的三角旗剪掉。才两三分钟时间，这些工作就全部完成了。那位演讲家仍紧攥话筒柄，肩部前倾，另一只空出来的手在空中抓舞，仍然在演讲。又过一分钟，人群中又爆发出愤怒而引起的野蛮咆哮声。仇恨周跟刚才一样，丝毫不走样地进行，只是仇恨的对象变了。

温斯顿回头想一想时，令他印象深刻的是，那个演讲者实际上是在某句话中间变了调，不仅没停顿，而且甚至没破坏句子结构。但在那时，他还在想着另外一件事。宣传画被扯掉的混乱时刻，有个他没看到其长相的男人拍拍他肩膀说："对不起，我想您的公文包掉了。"他没说话，心不在焉地接过公文包。他知道还要再过几天，他才有机会看看里面的东西。示威活动结束后，他立即回到了真理部，尽管那时已经差不多二十三点，部里全体工作人员都是这样做的。电子屏幕里已经传出要他们回到工作岗位上的命令，但那几乎是多此一举。

　　大洋国在跟东亚国打仗,大洋国一直在跟东亚国打仗。过去五年内的政治性文献的绝大部分都已完全落伍,所有报道和档案、报纸、书籍、小册子、电影、录音、照片等等——一切都必须以闪电般的速度改掉。虽然没有什么指示,但大家都明白,部里的首长希望在一星期内,让所有地方都不再提到跟欧亚国打仗、与东亚国结盟之事。这项工作极其艰巨,而且由于不得明言涉及的做法而更显艰巨。档案司里的每个人都是每天工作十八个小时,小睡两次,每次三个小时。从地窖里取出床垫,全部摊放在走廊上。三餐饭由食堂服务员用推车推着到处发放,包括三明治和胜利牌咖啡。每次温斯顿暂停工作去睡会儿觉时,总是努力把桌子上的活干完;而每次当他眼皮沉重、腰酸背痛地拖着脚步回来后,他的桌子上又堆满积雪一样的纸卷,不仅把口述记录器埋了一半,而且多得掉到了地上,因此他要做的第一件事,总是把纸卷堆成够整齐的一堆,好给自己腾出地方干活。最难办的,是这项工作根本不是完全机械性的,一般情况下用一个名字代替另一个就行了,然而凡是处理某些事件的详细报道时,都需要细心再加上想象力,甚至在把某场战争搬到世界上另外一个地方时,都需要相当丰富的地理知识才行。

　　到了第三天,他的眼睛疼得难以忍受,眼镜片每隔几分钟就需要擦一次。这就像在撑着干一件极其累人的体力活,一件有权利拒绝去干,然而又神经质地渴望将其完成的活。他低声向口述记录器念出的每个词、蘸水笔的每一画都是精心编造的谎言,然而在有时间回想一下时,他不记得自己被这一事实困扰过。跟档案司里别的人一样，他渴望能把这种伪造工作干得十全十美。第六天上午，纸卷来量少了下来。长达半小时里，什么也没有从管子里吹送出来，然后又是一个纸卷，接着又没有了。差不多在同一时间，每个地方的工作都轻松了。档案司里的每个人都悄悄长叹一口气，一件不可提及的伟大功绩完成了。现在对任何人来说，都无法以文件证据证明跟欧亚国发生过战争。十二点时，出人意料地收到通知，说部里所有工作人员从下午到第二天上午都不用上班。温斯顿仍带着装有"那本书"的公文包——工作时放在两腿之间，睡觉时放在身子下面——回了家，刮过脸后，他几乎在浴缸里就睡着了，虽然水才微温而已。

他爬上查林顿先生铺子里的楼梯，关节有点叫人舒服地咯咯作响。他身上累，却不再困乏。他打开窗户，点亮肮脏的小油炉，在上面放了一锅水准备煮咖啡。朱莉娅很快也会来，还有"那本书"也在这里。他坐在那张脏乎乎的扶手椅上，解开了公文包的系带。

这是本黑面厚书，装订较差，封面上没印作者名字或书名，印刷字体也略微有点不一致。页边已经破旧不堪，很容易就会散页，似乎这本书已经过很多人手。有书名的那一页上印着：

寡头集体主义的理论与实践
伊曼纽尔·戈斯坦因著

温斯顿开始阅读：

第一章
无知即力量

有史以来,很可能自新石器时代结束以来,世界上一直存在三种人:上等、中等和下等。他们以很多方式再往下细分,有过无数不同的名称,他们的相对数量以及相互态度都因时代而异,然而社会的基本结构却从未改变。即使经过翻天覆地和似乎不可逆转的变化之后,同样的格局总是重新得以奠定,就像无论往哪个方向推得再远,陀螺仪都会恢复平衡一样。

这三个阶层的目标永远不可调和……

温斯顿停了下来,主要是为了体会一下他正在舒适安全地读书这一事实。他独自一人,没有电子屏幕,锁眼上也无人偷听,没有扭头扫视或手捂住书本这种不安的冲动。宜人的夏日微风吹拂他的脸颊,从远方某处,隐隐约约传来小孩子的叫喊声,在这个房间里,除了时钟虫鸣般的走时声,没有别的声音。他往扶手椅里坐得更深一些,把脚放在壁炉前的挡板上。这是种无上的幸福,是不变的永恒。突然,正如一个人有时会翻一本他知道最终会把每个词都一读再读的书本那样,他把书翻到另外一处,发现已经是第三章。他继续阅读:

第三章
战争即和平

　　20世纪中期以前,即可预见到世界将分成三个超级大国。由于俄国吞并了欧洲,大英帝国被美国吞并,现存三大国中,有两个在当时已实际存在,第三个大国东亚国将在又经过十年混战后崛起。三者之间的边界在某些地区很明确,而在另外一些地区,随着战争形势发展而波动,但一般而言是按照地理界线。欧亚国包括整个欧亚大陆北部,从葡萄牙到白令海峡;大洋国包括美洲、大西洋岛屿以及不列颠各岛、澳大利亚和非洲南端;东亚国比另外两国小一些,西部边界不是很确定,它包括中国及其以南地区、日本群岛以及满洲、蒙古和西藏面积不定的大片区域。

　　要么联甲攻乙,要么联乙攻甲,三个超级大国永远处于交战中,过去二十五年里一直如此。然而战争也不再像20世纪前几十年的战争那样,具有孤注一掷、你死我活的性质。它是各个无法击溃对方的参战国之间目标有限的战事,既无具体开战原因,也无意识形态方面的真正差异。但这并不是说战争方式或者在战争问题上的盛行态度变得没那么嗜血或者多了点骑士精神,恰恰相反,战争歇斯底里症在各国内部都经久不衰并普遍存在,像强奸、劫掠、屠杀儿童、把大批人口变成奴隶,甚至发展到煮死及活埋这样针对战俘的报复行为都被视为正常,而且如果是己方而不是敌方所为,此种行为就更值得称颂。然而从实际意义上说,战争涉及的人数很少,其中多数都是受到高度训练的专家,造成的伤亡数字相对少一些。战斗都是在一些不清不楚的边境地区，一般人都知之不详，要么在扼据海路战略地点位置的水上堡垒附近。从各国社会和生活方式意义上说，战争的意义仅限于消费品的长年短缺和偶尔打来一颗火箭弹炸死几十个人而已。事实上，战争的特点已经改变。说得更准确点，发动战争的理由在重要性顺序上已经改变。在20世纪上半叶的大战中只占较小程度的动机现在已成为主导性的，被有意识认可并依照其行动。

为理解如今的战争——因为战争或结盟的对象每隔几年总会变化，但总是同样的战争——首先，人们必须理解战争不可能是决定性的，三者的任何一个都不可能完全被征服，甚至另外两国联合起来也做不到，它们过于势均力敌，而且相互之间的天然屏障太难克服。欧亚国被其辽阔疆域所保护，大洋国依靠大西洋和太平洋的宽度，东亚国靠的是其居民善于生养以及勤劳的本性。第二，从实际意义上说，也没可以打仗的原因了。随着自给自足经济体制的形成，生产和消费达到平衡，在以前的战争中，作为主要战争理由的争夺市场这点已不复存在，原材料之争也不再是你死我活的问题。不管怎样，三个超级大国辽阔得能够在各自疆域内取得所需全部物资。如果说战争还有直接经济原因，那就是对劳动力的争夺。各大国的国境之间，存在一个哪个国家都不曾长期占领的地带，大致呈四边形，四个角分别是丹吉尔、布拉柴维尔、达尔文港、香港，它包括了全球五分之一的人口。三大国就是为了占领这一带人口密集的地区和北部的冰盖区而争斗不已。实际上三者中，谁都不曾占领过全部争议地区，它的各部分经常易手，要靠突然的背信弃义行为，才能占据这一块或那一块地方，正是这一点，造成了结盟方式的不断变化。

所有被争夺的地区都蕴藏着宝贵的矿产资源，有些地方出产重要的植物产品，如橡胶，在较寒冷地方生产橡胶，则需要以费用相对较高的合成方法。然而最重要的，是这些地区拥有永不枯竭的廉价劳动力储备。不管哪个国家，只要占领了赤道非洲或者中东地区，或者印度南部，或者印度尼西亚群岛，就同时能够支配几千万乃至几亿廉价而勤劳的苦力。这些地区的居民多少被公开置于被奴役的地位，永远是前一个征服者刚走，下一个又来，而且被当作煤和石油一样的消耗品，以竞赛制造更多军备，攫取更多领土，控制更多劳动力；制造更多军备，攫取更多领土，就这样无限进行下去。应该看到的是，战斗从未越过被争夺地区的边界。欧亚国的国境在刚果河和地中海北岸之间波动，印度洋和太平洋的岛屿在大洋国和东亚国之间不停易手，在蒙古，欧亚国和东亚国的分界线从未稳定过；在北极地区，三者都声称对极其辽阔的疆域拥有主权，其实那里大部分地区都荒无人烟，也未经探测。力量平衡却总是被大体维持着，作为三大国的中心地域从未被侵犯过。此外，赤道地区被剥削人民的劳动对全球经济而言，也并非真正必需，他们对全球财富总量没有一点贡献，因为不管他们生产的是什么，总被用于战争这个目的，发动战争的目的，总是为了让己方国家在发动下次战争时处于有利地位。通过被奴役人民的劳动，永不停息的战争的速度会加快。然而即使他们不存在，全球社会结构以及这种结构自我维持的过程也不会有根本不同。

现代战争最重要的目标（根据双重思想原则，这一目标被内党的头头脑脑承认的同时也否认）是消耗机器的产品而不提高总体生活水准。从19世纪末期开始，如何处理剩余消费品的问题就成为工业社会的潜在问题。当前，少数人就算能填饱肚子，这个问题显然仍不紧迫，即使不进行人为销毁，也可能不会成为紧迫问题。当今世界跟一九一四年以前的世界比较起来，是个物质缺乏、食不果腹、满目疮痍的世界，跟当时人们所设想的未来世界比起来更是相去甚远。20世纪初期，设想中的未来社会是个令人难以置信的富足安逸、井井有条、效率极高的社会——是个由钢铁和雪白水泥所构建的光彩夺目、一尘不染的世界——那是几乎每个识字的人们意识中的一部分。科学技术以惊人速度发展，而且很自然可以想象科技会永远发展下去。但这些并未发生，部分由于长期战争和革命所造成的穷困，部分由于科技进步需要思想上的经验主义习惯，在一个严格军事化管理的社会里，这种习惯无法幸存。总体而言，当今世界比五十年前的世界更原始。有些落后地区得到发展，不少东西被发明出来，但总是以某种方式跟战争和警方的侦察活动有关，实验和发明总体上说是停止了，20世纪50年代的核战争所造成的破坏从未被全面修复过。然而，机器的潜在危险性总是存在。机器首次出现时，在所有能够思考的人们看来，人们无必要再从事苦工，因此人与人之间的不平等现象很大程度上也将消失。如果机器是有意为此目标而使用，那么几代人以后，饥饿、过劳、肮脏、文盲和疾病就会被消除。实际上机器并非有意为此目标使用，而是按照一种自动的过程。在19世纪末到20年代初差不多50年时间里，机器确实大大提高了普通人的生活水平，这是通过生产出有时不可能不分配的财富来完成的。

然而同样明显的是，财富的全面增长具有毁灭性危险——确实如此，从某种意义上说，是要毁灭等级社会。如果这个世界上每个人都只需要工作很短的时间，能够填饱肚子，能够住在一幢有厕所、有冰箱的房屋里，而且拥有一辆汽车甚或飞机，最明显和也许是最重要的不平等将不复存在。如果这成为全面现象，那么财富就不会带来差别。无疑可以想象有这么一个社会，私人财产和奢侈品意义上的财富是平均分配的，而权力仍然把持在享受特权的少数人手里，但事实上，这种社会不可能保持长期稳定。如果所有人都能享受悠闲自在、高枕无忧的生活，绝大多数人都将学会识文断字和独立思考，而一般情况下，他们可能因为贫穷而变得愚昧。他们学会这些后，早晚会意识到享受特权的少数人是尸位素餐者，就会将之扫除。就长远而言，等级社会只有建立在贫穷和无知的基础上，才有可能存在。回到农业社会——正如20世纪初某些思想家梦想过的那样——实际上不可行，它跟机械化趋势相矛盾，而机械化在全球范围内，已经差不多类似一种本能。再者，任何国家如果一直保持工业落后状态，那么在军事上都会过于软弱，肯定会直接或间接受制于更先进的对手国家。

通过控制物品产量来让广大人民保持贫穷状态，也不是令人满意的解决办法。在资本主义的最后阶段，约在一九二零年到一九四零年之间，很大程度上采用的就是这种办法。许多国家的经济因此一直处于停滞状态，土地落荒，不再增添资本设备，很大一部分人没有工作，靠政府救济才得以苟延残喘。然而也会导致军事上的弱势，因为它造成的贫困显然并非必需，使得反抗不可避免。问题是怎样让工业的车轮继续转动，而又不增加世界上的财富。必须生产出物品来，却又必须不去将之分配。实践中，只能通过不断的战争才能达到这一目标。

战争最根本的行为是毁灭，不一定是人命，而是人们的劳动产品。战争是个将物资粉碎或者抛到同温层，或者沉到海底的办法，否则这些物资就会让人们生活得过于舒适，因而从长远意义上说，会过于聪明。即使战争武器真的被摧毁了，武器生产仍是消耗劳动力的方便途径，而不用去生产任何可供消费的东西。例如，建造一个水上堡垒所使用的劳动力就能建造出一百艘货船，然而这一堡垒最终也会报废拆掉，永远不能为任何人带来物质上的好处，接着再花费极巨的劳动力去建造下一座水上堡垒。从原则上说，战争努力总是计划得能够消耗掉满足人们最低需求之外的所有剩余物。实际上，人们的需求总是被低估，结果是生活必需品中有一半总处于短缺状况，然而就连这点也被认为是有利条件。这是精心制定的政策，让即使享有特权的团体也在困苦的边缘徘徊，因为普遍的物资缺乏能够增加小小特权的重要性，因此能够导致不同集团之间的差别更为明显。以20世纪初的标准衡量，甚至一个内党党员所过的生活也是艰苦朴素、工作繁重的。然而，他的确拥有的一些奢侈条件——他住面积很大、配套设施齐备的公寓，穿质地更好的衣服，享用高级的食物、酒类和烟草，还有两三个仆人供他驱遣，有自己的汽车或直升机——让他和外党党员的生活有天渊之别，而外党党员和被他们称为"普罗"的民不聊生的大批群众相比，又享有类似的特权地位。社会气氛是那种相当于被围困的城市之内的气氛，贫富的差别可能就是有没有一块马肉可吃。同时，由于人们意识到处于战争中，因此是处于危险中，这使得将全部权力交给一个小小的阶层似乎是自不待言，这是为了生存下去不得已而为之。

可以看出，战争不仅完成了必需的摧毁工作，而且完成得在心理上也能接受。从原则上说，通过建造庙宇和金字塔，挖个坑然后再填上，或者甚至是生产出大批货物然后放把火烧掉这些方式，也能很简单地把过剩的劳动力浪费掉，然而这些方法仅能提供等级社会的经济基础，而非感情基础。在此，要关注的不是群众的精神面貌——只要让他们一直处于工作中，他们的态度便无关紧要——而是党自身的精神面貌。甚至是地位最低的党员也要求他们称职而且勤劳，甚至在有限的程度内头脑聪明，但是同样需要他们做易于轻信和愚昧无知的狂热分子，他们主要的精神状态是恐惧、仇恨、无限敬仰和欣喜若狂。换句话说，他应该具有和战争状态相适应的心理状态。战争是否真正发生着没有关系，而且因为不可能取得决定性胜利，战争进程的顺势逆势也没有关系，需要的只是应当保持战争状态。党要求其党员的智力分裂——这在战争气氛中更容易达到——现在几乎成了种普遍现象，而且所处职务越高，这一点就越突出。恰恰是在内党中，战争的歇斯底里症和对敌人的仇恨最强烈。以他作为管理者的身份，一个内党党员经常需要知道这条或那条战争消息是不实的，他也许经常也能意识到整个战争都是无中生有之事，既非正在发生着，也非为了跟所宣称的相去甚远的目的而发动，然而通过"双重思想"，不难使这种认识失效。同时，没有一个内党党员对战争正在进行着的神秘信念有过一丝动摇，而战争注定将以己方取胜而结束，大洋国将成为无可争议的世界主宰。

对这种即将到来的征服，所有内党党员都将其当作事关信仰之事。征服要么通过攫取一块块领土逐渐达到，从而积聚起无坚不摧的强大力量，要么靠着研制出无法与之对抗的新式武器。这种研制新式武器的工作正在持续不断进行，这也是具有创造力或者爱思考的头脑能得到用武之地的极少数活动之一。在当今大洋国，传统意义上的科学几乎已经不复存在。新话里没有"科学"这个词，过去的科学成就赖以建立的思维上的经验主义方法跟英社中最基本的原则相矛盾。就连技术进步，也必须是在它的产品能以某种方式用以减少人类自由的前提下才能取得。所有实用技术方面要么停滞不前，要么在倒退。耕作农田用的是马拉犁，书本却是用机器写就。但在至关重要的问题上——其实指的就是战争和警方的侦察活动——仍然鼓励用经验主义方法，要么至少这种方法得到容忍。党有两个目标，一是征服全世界，二是一劳永逸地消灭独立思考的可能性。因此，党要解决的最主要难题有两个，一是如何在并非本人自愿透露的情况下发现他正在想什么，二是在没有预警的情况下于几秒钟内消灭上亿人口。科学研究之所以仍继续进行，这些就是研究课题。现在的科学家要么是集心理学家和审讯者于一身，对脸部表情、动作和说话音调所蕴含的意义进行极其细致的研究，而且对让人说实话的药物、休克疗法、催眠和拷打肉体的效果进行试验；要么他是个化学家或者物理学家，或者生物学家，只研究他专业上的特定分支，跟杀人有关。在和平部里的巨型试验室里和隐蔽在巴西森林里——或是在澳大利亚的沙漠中，或是南极洲的不为人知的岛屿上——的试验站里,一队队专家正在不知疲倦地工作着。有些专家只是在制订将来战争的后勤计划,有些专家在设计越来越大个的火箭弹、威力越来越大的炸药和防护性能越来越好的装甲;还有些专家在寻找更致命的毒气,或者可大批生产的可溶性毒药,以致能全部消灭地球上的植物或者能抵抗所有可用抗生素的病菌种类;另外有些专家在努力制造出可以在地底下前进的车辆,如同潜艇在水下那样,或者像帆船一样不需要基地的飞机;还有些专家的研究方向更是匪夷所思,例如通过架设于几千公里以外太空中的透镜聚焦太阳光,或者利用地心热量,人为制造地震和海啸。

　　但是所有这些项目离实现从来差得很远,三大国中,没有哪个能明显领先另两个。更值得注意的是,所有三者都已经拥有原子弹,那比他们目前任何一种研制工作有可能制造出来的武器的威力都更大。虽然党习惯性地将原子弹的发明归功于自己,然而原子弹早在20世纪40年代就已出现,差不多十年后开始大规模使用。当时,几百颗炸弹投在工业中心地区,主要在俄国的欧洲部分、西欧以及北美。其后果令三国的统治集团明白再多投几颗,就意味着有组织社会的末日,因而也是他们自己掌权的结束之日。因此,虽然正式的协定不曾存在过或者有迹象存在过,然而没有谁再扔原子弹。三大国全都只是继续制造原子弹并储备起来,等待决定性机会的到来,他们都相信那一天迟早会来。同时,战术在三四十年的时间里几乎被固定下来。直升机比以前使用得更频繁,轰炸机在很大程度上已被自动推进的炮弹所取代,易受攻击的可航战舰让路给了不会沉没的水上堡垒,然而在其他方面,几乎无任何进展。坦克、潜水艇、鱼雷、机关枪，甚至步枪和手榴弹都仍在使用。虽然报章上和电子屏幕里在报道没完没了的杀戮，但是像早期战争中孤注一掷的战斗，也就是在几周内使几十万甚至是几百万人送命的战斗，却从未再次发生过。

三大国中没有一个会企图进行有可能带来重大失败危险的部队调动，所采取的任何大规模军事行动，都是对盟国的突然袭击。三者都采用的，或自欺地采用的都是同样策略。三者的计划是通过结合战斗、讨价还价和时机计算恰当的背叛行为，去占领多个基地，这些基地形成一个圆圈，将两个对手国家之一完全包围起来。然后跟该国签下友好条约，在许多年时间里与其保持和平关系，以致其疑心全失、麻痹大意起来。这段时间，装有核弹头的火箭弹可以集中到所有战略据点。到最后，这些火箭弹在同一时间发射，造成铺天盖地的效果，以至于不可能进行反击。然后再跟剩下的对手国家签订友好条约，并为下次攻击作准备。几乎不值一提的是，这种如意算盘只是白日做梦而已，没有实现的可能。不仅如此，除了赤道及北极附近的被争夺地区，从来没有哪个国家进攻过敌国领土，这就说明了各大国之间在某些地方有确定的边界。例如，欧亚国很容易就能攻占不列颠群岛，从地理位置上说，那是欧洲的一部分，另一方面，大洋国也能将其边界扩张到莱茵河甚至维斯图拉河，但那样就违犯了各大国都遵循的关于文化统一性的不成文原则。如果大洋国占领以前被称为法国和德国的地区，就需要或者消灭掉当地的居民——会是一项实行起来极为困难的工作，或者把差不多有一亿的人口同化，从技术发展角度来说，这些人口与大洋国的人口处于一致的水平。三大国都面临同样难题，对其结构来说，绝对需要除了有限度地与战俘和黑人奴隶接触，不与外国人发生任何联系。甚至对目前的正式盟国，也以最复杂的猜忌之心度之。大洋国的普通公民除了见到战俘，从未见过一个欧亚国或者东亚国的公民，而且被禁止学习外语。如果他被允许跟外国人接触，就会发现他们跟他是一样的同类，他被告知的关于那些人的说法绝大部分是谎言，他在其中生活的封闭世界将被打破，而使他的道德观赖以存在的恐惧、仇恨和自以为是的正义感就可能灰飞烟灭。因此，所有三方都意识到不管波斯或者埃及，或者爪哇岛，或者斯里兰卡易手多少次，除了炮弹，一切都绝对不可越过边界。

在此背后，有一项从未明明白白讲出来的事实，然而被默认，并成了行为准则，那就是所有三大国中的生活状况都相差无几。在大洋国盛行的哲学叫英社，在欧亚国盛行的哲学被称为新布尔什维主义，而在东亚国盛行的哲学有个中文名字，通常被译做"崇尚死亡"，但是也许"消灭自我"可以表达得更透彻一些。大洋国的公民被禁止了解另外两种哲学的任何宗旨，却被教导将其斥为野蛮地违背了道德和常识。实际上，这三种哲学几乎无法分别，所支持的社会体系根本无任何区别，都是同样的金字塔结构，同样有着对半人半神领袖的个人崇拜，经济同样由连绵战争所维持并为战争而服务。因此，三者不仅不能将对方征服，而且征服了也不会有何益处。恰恰相反，只要三者之间保持战争冲突，就会像三捆谷物那样互相支撑。通常而言，三者的统治集团对其所作所为在意识到的同时也意识不到。生活中，他们都致力于征服全世界，然而他们也知道，有必要让战争在不可能取胜的情况下永远继续下去。同时，因为不存在征服或者被征服的可能，使得否认现实成为可能，这也正是英社和与其对立的其他两种思想体系的特征。有必要重复一遍之前已经讲过的，也就是通过变得连绵不断，战争从根本上说，改变了自身性质。

  在过去，一场战争几乎从定义上说，是早晚会结束的，通常说来，胜利还是失败也明确无误。在过去，战争也是人类社会与具体现实保持联系的主要手段之一。每个时代的每位统治者都曾试图将错误的世界观强加给他们的追随者，然而不会鼓励他们拥有趋于影响军事效率的错觉，其后果令这些统治者承受不起。只要失败意味着失去独立，或者意味着通常被认为不好的结果，就一定要认真防备以避免失败。具体事实不能视而不见。哲学或宗教或伦理学或政治中，二加二可能等于五，但在设计枪支或者飞机时，二加二就必须等于四。缺乏效率的国家总是迟早会被征服，而追求效率则不利于产生错觉。再者，为追求效率，就有必要向过去学习，那就意味着对过去发生之事要有相当精确的观念。当然，以前的报纸和历史书经常是带着偏见和经过歪曲的，但不可能像如今这样进行伪造活动。战争能可靠地让人保持理智，对统治集团而言，它也许是让理智得以保持的所有措施中最重要的。不管战争是赢是输，没有哪个统治集团完全毫无干系。

  然而，当战争实际上变成连绵不断时，它也不再是危险的了。战争连绵不断时，就没有军事必要这一概念，技术进步可以停止，最明显的事实可以被否认或漠视。正如我们已经看到的，仍在进行的、能称为科学研究的研究仍是为了战争这一目标,然而从本质上说,那是种白日梦,而研究出不了成果也不重要。效率,甚至军事效率都不再需要。在大洋国,除了思想警察,一切都无效率。因为三大国的每一个都不可征服,实际上每个国家都是个自成一体的世界,在其中,几乎想怎样歪曲思想都可以放心实行。现实只是在日常生活需要中凸现出来——饮食需要,有房住、有衣穿的需要,避免服毒或者从顶楼窗户跳下来的需要,诸如此类。生与死、肉体的欢乐和疼痛之间仍有差别,但仅此而已。在与外部世界以及过去切断联系的情况下,大洋国的公民就像位于星际之间的人,不知道哪个方向是上,哪个方向是下。这种国家里的统治者地位至高无上,就连以前的法老或恺撒都未曾达到。他们必须避免他们的追随者不要饿死太多,以免造成不便,不得不保持与对手国家在军事技术上保持同样的低水平。然而一旦达到这些起码条件,他们就可以将现实随心所欲地进行扭曲。

因此,按照从前的战争标准来衡量,现代战争不过徒有虚名而已,它就像某种反刍动物之间的争斗,这种动物头顶的角所长的角度让它们不会互相伤害。但是尽管战争是虚假的,却并非没有意义。它会消耗掉剩余的消费品,也有助于保持那种特殊的精神氛围,那是等级社会所必需的。可以看出,现在的战争完全成了一种内部事务。过去,所有国家的统治集团虽然也承认他们的共同利益,因而对战争的破坏性进行控制,但他们的确互相开仗,而且胜利者也掠夺失败方。而在我们当今这个时代,他们根本没有互相开仗,战争是由统治集团向着自己的国民发动的,而且战争的目的,不是为了去攻占或防止被攻占领土，而是保持社会结构不变。因此，"战争"这个词就变得能使人误解。也许说得准确点，就是通过将其变成连绵不断的，战争已不复存在。从新石器时代一直到20世纪早期的战争对人们造成的那种独特压力也不复存在，而代之以很不相同的其他之事。如果三大国不是互相开战，而是同意永远保持和平，每个国家的边界都不受侵犯，结果将完全一样。因为在那种情况下，每个国家都仍是自成一统的天地，永远不会有外来危险所带来的使人头脑清醒的影响。真正永远的和平和战争将是一回事。这一点——虽然党员中的绝大多数只是在浅层意义上明白这一点——就是党的标语"战争即和平"的内在含义。

温斯顿停止了阅读。远处，一颗火箭弹雷鸣般爆炸了。独自在没有电子屏幕的房间里读禁书的极乐感觉仍未消逝。独处和安全是种身体上的感觉，不知为何，它跟身体上的疲累感、扶手椅的柔软感以及窗外吹入的微风拂在脸颊上的感觉掺杂在一起。那本书让他读得入迷，或者说得更准确一点，它给了他安心的感觉。从某种意义上说，那本书上所写的没有什么他不知道，但那正是它吸引人的部分原因。如果他有可能把自己的零乱思想整理出来，书上所说的正是他会说的东西。它是由另外一个跟他具有类似思想的人写出来的，但在能力、系统性和无畏精神方面，此人比他强了许多倍。在他看来，最好的书本是告诉你一些你已知事情的书本。他刚刚翻回第一章，就听到朱莉娅走上楼梯的声音，他从椅子上起身去迎接她。她把褐色工具包扔到地上，一下子扑进他怀里。他们已经有一个多星期没见过面了。

"我拿到了'那本书'。"松开她后温斯顿说。

"噢,你拿到了吗?好。"她没有多大兴趣地说,几乎马上就在油炉旁边跪下来开始煮咖啡。

直到在床上躺了有半小时后,他们才又回到这个话题。傍晚的凉意刚好可以让他们盖上床罩。楼下照常传来熟悉的唱歌声和靴子走在石板路上的摩擦声。温斯顿第一次来时看到的那个强壮的红胳膊女人几乎是院子里的固定景致,只要太阳不落山,她似乎没有一个钟头不是在洗衣盆和绳子之间走来走去,嘴里不是噙着晾衣服夹子,就是在兴致勃勃地唱歌。朱莉娅侧躺着,像是已经快睡着了。他伸手拿过在地板上放着的"那本书",然后靠床头坐着。

"我们一定要读读它,"他说,"你也得读,所有兄弟会的成员都得读。"

"你读吧,"她眼也没睁地说,"读得大声点,这样最好了,你可以边读边解释给我听。"

时钟指向六点钟,即十八点,他们还有三四个小时。他把书本搁在膝盖上开始读了起来。

第一章
无知即力量

有史以来,很可能自新石器时代结束以来,世界上一直存在三种人:上等、中等和下等。他们以很多方式再往下细分,有过无数不同的名称，他们的相对数量以及相互态度都因时代而异，然而社会的基本结构却从未改变。即使经过翻天覆地和似乎不可逆转的变化之后，同样的格局总是重新得以奠定，就像无论往哪个方向推得再远，陀螺仪都会恢复平衡一样。

"朱莉娅，你醒着吗？"温斯顿问道。

"对，亲爱的，我听着呢。往下读，写得太棒了。"

他继续读下去：

这三个阶层的目标永远不可调和。上等阶层的目标是保持其地位，中等阶层的目标是跟上等阶层调换地位，下等阶层的目标，如果有——因为他们被苦工压得喘不过气，只是断断续续意识到他们日常生活之外的事情，这已经成为他们恒久的特点——就是要消灭所有差别，创造出一个人人公平的社会。因此具有相同主要特点的斗争贯穿了整部历史。很长一段时期内，上等阶层似乎牢牢掌握着权力，然而迟早会到了这么一个时候，他们要么对自己失去信心，要么无能力进行有效统治，要么两者皆有。接下来，他们被中等阶层推翻，中等阶层假装为了自由和正义而斗争，因而争取到了下等阶层的支持。但是中等阶层一旦达到目的，就立刻将下等阶层又强行置于原先受奴役的地位，然后自己成为上等阶层。很快，新的中等阶层从另外一种或两种人中分离出来，斗争又重新开始。三种人中间，只有下等阶层从未哪怕是暂时达到过目标。说自古至今从未有过实质上的进步是夸大其词，即使在现在，虽然处于下降时期，一般人的生活水平跟几个世纪前的比起来还是有实质性提高。但是无论财富的增长、举止的文明化、改革或者革命，都不曾向着人类的平等推进过哪怕一毫米。从下等阶层的角度来看，历史性变动所意味的，除了主宰者的名称变化，从来别无其他。

到19世纪后期，在许多观察者看来，此种模式的反复性显而易见，因此产生了一个思想家学派，他们将历史诠释为循环发展的，声称这一点表明了不平等乃人类生活的不变法则。当然，这一学说向来不乏拥护者，但在如今，它被提出的方式是大大不一样了。过去，等级社会这种社会形式的必要性特别被上等阶层宣扬，它被国王、贵族和靠其过着寄生生活的牧师、律师之类人鼓吹，一般说来，是通过承诺死后可以进入一个想象出来的世界，从而淡化等级社会的严峻性。中等阶层只要仍在为掌权而斗争，便总是使用自由、平等、博爱这些字眼。然而如今的情况是，四海之内皆兄弟的观念受到目前还没有，只是希望不久就会掌权的人们的攻击。过去，中等阶层打着平等的旗帜闹革命，然后当旧的专制一被推翻，就马上建立起新的专制，而新的中等阶层实际上事先就宣称要实行专制。社会主义作为一种理论，出现于19世纪，是可以上溯到古代奴隶起义的一系列思想链条上的最后一环，它仍然深深受到旧时代乌托邦主义的影响。然而约从一九零零年以来出现的社会主义的每一变种都多少公开抛弃了建立自由、公平社会的目标。本世纪中叶出现的新运动——即大洋国的英社，欧亚国的新布尔什维主义，东亚国的通常被称为"崇死"的主义——都有自觉的目标，即保持不自由、不平等永远不变。这种新运动当然是从旧的发展而来，趋于变得有名无实，对旧的主义中的意识形态只是口头宣扬而已。然而这三种运动的目标都是抑制进步，在某个时刻让历史止步不前。那种常见的钟摆式运动将再次发生，然后就停下来。照例，上等阶层将被中等阶层推翻，后者就成了上等阶层，不过这一次，通过有意采取的策略，上等阶层将永远保持地位不变。

新学说之所以出现，部分是由于历史知识的积累和历史感的增强，那在19世纪以前几乎不存在。历史的循环性前进如今已为人们所了解，要么说似乎如此。如果说它是可以理解的，那么就可以篡改。然而最重要也是最根本的原因，是早在20世纪初，人类的平等已在技术上成为可能。仍然不变的是人们的天赋各不相同，能力也各不相同，有些人得天独厚，另一些人并非如此，然而到了20世纪初，已经不再有阶级差别或者贫富悬殊的必要。在更早的时代，阶级差别不仅不可避免，而且有利。不平等是文明的代价。然而随着机器生产的发展，此种情形发生了变化。即使人们仍需要做不同种类的工作，却不再需要在不同的社会及经济水平上生活。因此，从正在夺取权力的新集团的角度看来，人类平等不再是个值得奋斗的目标，而是需要避开的危险。在更远古的时代，在实际上不可能存在平等公正的社会时，就会相当容易相信其存在。几千年以来，人们一直梦想有人间天堂，在其中，没有法律和累死累活的工作，人人亲如兄弟般在其中生活，甚至在确实从革命中获益的人们当中，这种憧憬也有一定市场。法国、英国和美国革命的继承者部分相信人权、言论自由、法律面前人人平等之类他们自己的说法，甚至其行为某种程度上也受到这些说法的影响。然而到了20世纪40年代，所有主要政治思想的主流都是独裁主义的了。恰恰就在有可能实现时，人们却不再相信有人间天堂。每一种新的政治理论，不管如何自称，都导致倒退回等级化和军事化。从一九三零年左右开始，在普遍正变得严峻的形势下，那些停止很久的做法，有些停止几百年了——不经审讯关押，把战俘当作奴隶使用，公开处决，刑讯逼供，扣押人质乃至放逐整个地区的人口——不仅变得平常，而且被自认开明和进步的人们容忍甚至辩护。

只是在全球范围内经过十年国际战争、内战、革命和反革命之后，英社和与其并立的其他主义才成为被全面贯彻执行的政治理论，其由来则早被其他许多体制预示过了，那些体制一般被称为极权主义，出现于本世纪早些时候，而将在大乱之后出现的新世界的轮廓则早就显而易见，由什么样的人来控制这个世界也同样显而易见。新生贵族绝大部分由官僚、科学家、技师、工会组织者、宣传专家、社会主义者、教师、记者和专业政治家所组成。这些人来源于领工资的中产阶级和工人阶级中的上层，由以垄断工业和中央集权政府所组成的贫瘠的世界造就，并团结到一起。跟旧时代相应阶层的人们比起来，他们没那么贪婪，更不易被奢侈生活所诱惑，更渴望拥有纯粹的权力；而最重要的是，他们对自己正在进行的行为有更清醒的认识，在镇压反抗方面更有决心；最后一个区别最重要。跟现今的专制比起来，过去的专制并非全力维持，而且缺乏效率。过去的统治集团某种程度上总受到开明思想的影响，对到处存在的控制不及的现象听之任之，只是关注明目张胆的行为，而且对他们的国民想什么毫不关心，甚至中世纪的教会以当今标准衡量，也具有宽容性。之所以如此的部分原因，是在过去，没有哪个政府能对其公民持续进行监视。然而印刷术的发明使得公众意见易于控制，而电影和收音机更在这方面推进一步。随着远程视像技术的开发，技术进步使得用同一台设备同时接收和传送变得可能，人们从此无法再过不受干涉的生活。在其他信息渠道都已断绝的情况下，任何公民，或者说至少每个重要到值得监视的公民都可能每天二十四小时处于警方监视之下，也二十四小时被置于官方的宣传声浪中。这样，不仅是完全服从于国家的意志，而且在所有问题看法上的绝对统一就史无前例地成为可能之事。

　　在五六十年代的革命之后，社会照例进行自我重组，分成上、中、下三个阶层。但是新的上等阶层跟以前的上等阶层不一样，他们并非依本能行事，而是知道怎样做才能保住地位。他们早就认识到寡头政治最稳固的基础是集体主义。财富和特权如果被集体拥有，捍卫起来也最为容易。20世纪中叶进行的所谓"消灭私有财产"运动，其实意味着财富集中到了比以前少得多的人们的手里，不同之处是新的财富拥有者是个集团，而不是许多单独的人。从单独个人意义上说，党员除了很少的个人财产，别的什么都不拥有，但在集体意义上，党拥有大洋国的一切，因为它控制一切，并以其认为合适的方式处置产品。革命之后那些年里，它几乎未遭反抗就获得了这种主宰地位，这是因为整个过程都以集体化为代表。一般人总会设想，如果资本家被剥夺财产所有权，社会主义就肯定随之而来。毫无疑问资本家被剥夺了财产，工厂、矿山、土地、房屋、运输工具——他们被剥夺了一切。因为这些不再是私有财产，那就一定应该是公共财产。作为源于早期社会主义运动的英社，沿用了社会主义的措辞，实际上也执行了社会主义纲领的主要部分，结果既是提前预见到，又是蓄意导向的，那就是经济上的不平等变成永久性的了。

然而为了长期保持等级社会，问题还要复杂得多。统治集团之所以下台，会有四种情形，要么被外部势力征服；要么其统治的效率不高，以致大众被发动起来造反；要么它让一个强大的、心怀不满的中等阶层得以出现；要么它丧失了统治的自信和意愿。这些因素都不是单一起作用的，作为规律，某种程度上说，这四种因素全都存在。统治集团如果能防止此四种因素出现，就会永远掌权。说到底，决定性因素还是统治集团自身的精神状态。

本世纪中叶之后，上述第一种危险在现实中已不复存在。如今将世界瓜分的三个国家中的每一个，实际上都不可征服，只有通过缓慢的人口变化使其有可能被征服，然而作为一个拥有广泛权力的政府，很容易就可以避免这样。第二种危险也只是种理论上的危险。大众从来不会自发造反，他们也从来不会仅仅因为受到压迫而造反。确实，只要不让他们掌握着比较的标准，他们就根本永远意识不到自己在受压迫。过去周期性发生的经济危机完全毫无必要，如今也不允许发生，但是其他情形，具有同样大范围的混乱状况能够而且确实会发生，只是不会带来政治性后果，因为不满不可能被表达得清晰有力。至于生产过剩的问题——因为机械技术的进步，在我们的社会，这一直是个潜在问题——可以通过连绵不断的战争解决（参见第三章），战争也有利于将大众的士气鼓舞到必要水平。因此，从我们目前的统治者的角度来说，唯一的真正危险，是从他们自身阶层分化出一个由能干、未尽其才、渴望权力的人所组成的集团，从而产生出自由主义和怀疑主义精神。这就是说，问题在教育，要不断促进领导集团和紧挨其下的更大的行政管理集团的觉悟，而大众的觉悟则要以否定其的方式来影响。

在此背景下，即使一个人原先不了解大洋国社会的主要结构，也能够推断出来。金字塔的顶端为老大哥，老大哥永远正确，无所不能。每次成功、每项成就、每次胜利、每项科学发现、所有知识、所有智慧、所有幸福、所有德行，都被认为是直接在他的领导和鼓舞下取得的。谁也不曾见过老大哥，他是宣传牌上的一张面孔，电子屏幕里的一个声音。我们可以合理地确信他将万寿无疆，至于他何时出生，已经成了很不确定的事情。老大哥是党选择用来向世界展示自己的一个形象，他的作用是作为热爱、恐惧、崇拜的焦点，在对象是某个人而非某个机构时，这些感情更易于产生。老大哥之下是内党，人数限制在六百万，或者说不到大洋国人口的百分之二。内党之下是外党，如果内党可以称之为国家的大脑，外党就像国家的手。再往下是愚昧的大众，习惯上称之为"群众"，可能占全部人口百分之八十五。我们前面所做的社会分类中，群众是下等阶层，因为赤道地区的被奴役人口经常在征服者之间易手，不是永远或者必要的组成部分。

从原则上说，这三个集团的成员并非世代相传。内党党员的后代理论上并非生来就是内党党员，能否当上内党或外党党员，要在十六岁时通过考试决定。也不存在任何种族歧视或任何明显的一个地区控制另一个地区的现象。党的最高层有具有犹太人、黑人、南美人血统的党员，每个地区的行政管理者总是从那一地区的居民中挑选出来。大洋国的所有居民都没有自己被别人从一个遥远的首都殖民的感觉。大洋国无首都，其名义上的元首，是一个无人知其行踪的人。除了英语是通用语言，新话是官方语言，所有其他方面都未实行集中化。它的统治者不是靠血缘关系聚拢在一起，而是靠着信奉同样的教义。确实，我们的社会是分等级的，而且分得很严格，是按照乍一看似乎是世袭的脉络分等级。不同阶层之间发生的互相流动情况，比在资本主义甚至是工业前时代都要少得多。党的两个分支之间有一定数量人员换位，但目的只是把意志薄弱者从内党剔除出去，并提拔外党那些野心勃勃的人，以使其不致造成危害。群众实际上得不到提拔，其中最具天赋的，有可能成为传播不满的核心人物，他们只是被思想警察盯上并消灭掉。但此种状况并非一定永远不变，而且并非原则问题。党不是原先意义上的阶级，其目的不是将权力交给自己的下一代这样简单。如无其他办法让最能干的人留在最高层，它会完全准备好从群众阶层中选拔整整新的一代。关键年代里，党并非世袭体制这一点很大程度上能化解反抗。老式社会主义者被训练跟所谓的"阶级特权"做斗争，他们以为不是世袭的，便不会是永远的，然而他们不明白寡头政治的连贯性并不需要是在实际意义上，也未能想一想世袭贵族统治总是短命的，而像天主教会这样具有吸纳性的机构，有时会维持几百到几千年。寡头统治的要旨不是父传子、子传孙，而是坚持死者加诸生者的某种世界观和生活方式。只要它能指派自己的后继者，统治集团就永远会是统治集团。党所关心的不是血统上的永存，而是自身的不朽。只要等级化结构永远保持不变，至于是谁掌握权力并不重要。

　　真正说起来，所有我们这个时代特有的信仰、习惯、喜好、情感、精神状态，都是为了保持党的神秘性，并防止当前社会的本质被看透而有意使其持续下去。实际的造反行为或者任何造反的铺垫工作在目前都不可能。完全不用害怕群众，由其放任自流，他们就会一代接一代、一个世纪接一个世纪工作，生养，死去。他们不仅没有造反的冲动，而且不会明白世界可以变成另外一个样子。只有当工业技术的发展使得有必要对他们进行更高层次的教育时，他们才会变得危险，但是既然军事、商业以及竞争都不再重要，群众的教育水平实际上是降低了。群众有什么意见或者没有什么意见都被认为是无关紧要之事，他们之所以被允许享受思想的自由，是因为他们没有思想。另一方面，在党员身上，甚至在最不重要事项上最细微的思想越轨，也不能被容忍。

　　党员从出生到死亡都在思想警察的监视之下。即使独处时，他也永远不能确定他是否真的在独处。不管他在哪里，睡着还是醒着，工作还是休息，洗澡还是在床上，他都能在不经通知也不知觉的情况下被监视。他的一切行为都不是无关紧要。他的友情、娱乐、对妻子儿女的行为、独处时脸上的表情、睡梦时的咕哝讲话，甚至独具特点的身体动作，都被警惕地一点不漏监视着。不只是任何轻罪，而且是任何不管有多么不显眼的古怪行为、习惯上的改变、任何可能是内心斗争征兆的紧张姿态都注定会被发觉。在所有方面，他都不能随心所欲。另一方面，他的行为不是由法律或者任何清楚写明的行为规范所规定。大洋国没有法律，被查到就意味着肯定被处死的行为并未明示为严禁之列，持续不断的清洗、逮捕、拷打、监禁和蒸发这些惩罚手段并非针对实际所犯罪行而使用，而只是为消灭可能在未来某个时候犯下某种罪行的人而使用。对党员的要求是他不仅要有正确的思想，而且要有正确的本能。许多他被要求拥有的信念和态度从未被清楚地说明白，而要想说明白，就必然会将英社的内在矛盾之处赤裸裸揭示出来。如果他天生是个思想正统的人（新话称为"好想者"），他在所有情况下不用想就知道什么是正确信念或者应有情感。然而不管怎样，由于在他的儿童时期对他进行过围绕着"止罪"、"黑白"和"双重思想"这些新话词语的精心思想培训，他不愿意，也无力对任何方面想得太深入。

  党员不应该有任何个人情感，而且内心要永远保持热情，他应该生活在仇恨国外敌人和国内叛徒的持续狂热状态中，因为打胜仗而欢欣鼓舞，在党的力量和智慧面前对自身产生渺小感。通过像两分钟仇恨会这种活动，他对贫乏的、无法得到满足的生活产生的不满被精心导向外部并消散，而有可能导致反抗态度的怀疑感被他很早就形成的内心纪律提前消除。这种纪律中首要的也是最简单的，甚至能教给小孩子的，就是新话里所谓的"止罪"。"止罪"意味着在即将产生任何危险思想的关头，具有马上停下的能力，如同本能。它包括掌握不了类推、看不到逻辑错误的能力，如果某个最简单的论点对英社不利，就对其进行误解的能力，还有对可能导致向异端思想发展的思绪感到厌烦或者抵制的能力。简而言之，

"止罪"意味保护性的愚蠢，但光是愚蠢还不够，恰恰相反，在广义上，正统要求一个人像柔体杂技演员控制自己的身体那样，完全能控制自己的思路。大洋国社会从根本上守着这样的信条，即老大哥无所不能以及党永远正确，然而因为在现实中，老大哥并非无所不能，而党也并非永远正确，这就需要在现实问题上不懈地、时时刻刻地弹性对待。此处的关键词为"黑白"，跟新话里的许多词一样，这个词也有恰好相互矛盾的两种含义。用在敌人身上，它意味着无视客观事实、厚颜无耻地颠倒黑白的习惯。而用在党员身上时，它的意思是在党的纪律要求如此时，要出于忠诚的意愿去颠倒黑白。但它同时还意味着相信黑就是白这种能力，而且不止如此，知道黑就是白，然后忘记他曾相信黑就是黑，白就是白。这就要求一刻不停地篡改过去，这需要一种能够真正包容一切的思维体系，才有可能完成，在新话里，这被称为"双重思想"。

篡改过去有两个必要原因，一种是次要的，可以说，是预防性的。这个次要原因，就是党员之所以像群众一样忍受现状，部分原因是他没有可以比较的标准。一定要把他和过去切断，就像把他与外国切断一样，因为对于他，有必要相信他比他的祖先生活得更好，而且平均物质享受水准一直处于提高中。然而之所以需要对过去进行调整，重要得多的原因是要保证党的永远正确性。不只是讲话、统计数字和所有档案都必须不停被更新，以显出党在所有问题上预测都正确，也因为这样，才可以不承认所有教义以及政治联盟上的变化。因为改变自己的思想甚至是政策，都等于承认自己有缺点。例如，如果欧亚国或东亚国（不管哪一国）是当今的敌国，那么这个国家一定永远都是敌国。如果存在与此矛盾的其他事实，那些事实就必须被篡改，因此历史一直在被重写。这种每天都在伪造过去的工作由真理部进行，它跟由仁爱部进行的镇压及侦察行为对政权的稳固性都属必要。

过去的易变性是英社的基本教条之一。英社认为历史事件并非客观存在，而仅仅存在于文字档案以及人们的记忆里。档案和记忆在哪些方面一致，哪些就是过去。因为党全面控制档案，也全面控制党员的思想，因此过去就是党想让它什么样就是什么样。同时虽然过去可以被篡改，但它在任何特定事例上，却从未被篡改过。因为不管它在当时是需要按什么样子再创造，这一新版本就成了过去，没有任何不同形式的过去存在过。经常会这样，当同一事件在一年内被篡改好几遍，已经改得面目全非时，依然存在上述情况。永永远远，党掌握着绝对事实，而且很清楚，这种绝对事实永远都是现在的样子。可以看出，控制过去最重要的，取决于对记忆的训练。确认所有文字档案都跟目前的正统性相一致无非是种机械行为，然而也需要记住，事件是按照所希望的方式发生的。如果有必要重新安排记忆或者篡改文字档案，就有必要忘掉自己做过这种事。这样做的窍门，可以像其他任何一种思考方法那样学会，绝大多数党员的确都学会了，既聪明又正统的人更不用说全学会了。旧话中，它被很直白地称为"现实控制"。新话中，它被称为"双重思想"，不过还包括很多别的含义。

"双重思想"意味着在一个人的脑子里，同时拥有两种相互矛盾的信念，而且两种都接受。党的知识分子明白他的记忆必须往哪个方向改变，因此他知道自己在玩弄现实，然而通过实行"双重思想"，也能让他心安理得地认为现实不曾被改变。这个过程一定要有意识地进行，否则过程中精确度就不够，而且它也一定要无意识地进行，否则会带来一种作伪的感觉，因而会有罪过感。"双重思想"是英社的核心，因为党最基本的行为，是进行有意识的欺骗，同时又保持目的坚定性，那需要绝对诚实。讲着别有用心的谎言，同时又真心实意相信这些谎言；忘掉一切变得有碍的行为，然后一旦再次需要，又从遗忘中捡回来；否认客观现实的存在，同时又考虑到被否认的现实——这些都缺一不可。甚至在使用"双重思想"这个词时，也需要进行"双重思想"。因为使用这个词时，是承认在篡改现实，通过再来一次"双重思想"，就会清除这种认识，如此循环不已，谎言总跨在真实的前面。最终以"双重思想"为手段，党就能够——我们都明白，可能在几千年内继续能够——左右历史进程。

历史上所有寡头统治者都倒台了，是因为要么他们变得僵化，要么变得软弱，要么变得愚蠢自大，不能与时俱进地调整而被推翻，要么变得开明而且懦弱，在需要使用武力时却让步，所以也被推翻了。这就是说，他们倒台要么是有意识导致，要么是无意识。创造出两种情况并存的一种思想系统，这是党的成就，除此之外没有别的思想基础能让党的统治千秋万代。如果要实行统治并使之持续下去，就必须混淆现实感，因为统治的秘诀，在于把对自身永远正确的信念和从过去错误中吸取教训结合起来。

几乎毋庸置疑,"双重思想"最高明的实行者,是那些创造出"双重思想"并知晓它是种超级思想欺骗系统的人。我们这个社会上,对世事最明察的人也是最看不清其本质的人。总而言之,越是理解透彻,越是幻觉重重,越是聪明绝顶,越是头脑昏庸。一个明显的例证就是越往上层,战争的歇斯底里症就越厉害。对战争有着最接近理性认识的人,是被争夺地区的被统治对象,对他们而言,战争无非是持续不停的灾难,浪潮一样来回冲刷他们的身体。对他们来说,哪一方取得胜利完全无所谓,他们明白统治者变化无非意味着他们仍然要干同样的活,因为新主人会跟旧主人一样以同样方式对待他们。地位稍高一点,我们称之为"群众"的工人只是偶尔才意识到战争的存在。需要时,他们能被刺激进入恐惧和仇恨的狂热状态中,然而在被放任自流时,他们可以很长时间都想不起来正在打仗。真正的战争狂热存在于党内上下,特别在内党,相信能够征服世界的人,正是知道那是不可能的人。这种对立面的奇特联系——有知和无知,悲观怀疑和狂热盲信——正是大洋国社会有别于其他社会的显著标志。官方意识形态中充满自相矛盾之处,甚至有时也看不出有什么实际原因需要这样。因此党抛弃并贬低以前社会主义运动中采用的每种原则,而且决定以社会主义的名义这样做。党宣扬要对工人阶级采取轻视态度,这在前几个世纪都未曾有过。它要求党员穿上制服,那曾是体力劳动者的特别制服,党如此决定正是出于这一原因。党有系统地削弱家庭的稳固性,用一个能直接唤起家庭式忠诚的称呼来称其领导人。甚至统治我们的四个部的名称在蓄意混淆事实方面，也揭示了一种厚颜无耻的行径。和平部负责战争，真理部制造谎言，仁爱部负责拷打，富足部则制造饥饿。这些矛盾之处不是偶然，也不是一般的虚伪所致，而是精心运用"双重思想"的结果。因为只有通过调和矛盾，才能永远保住权力，要打破古老的循环别无他法。如果能做到永远避免人人平等——如果我们已经以高等阶层称之的那些人要永远保持统治地位——那么主要思想状态就必定是处于受控的疯狂状态。

然而仍然存在一个直到现在，我们险些将之忽略的问题，这就是：为何要避免人人平等？假设这一过程中的方法已得到正确说明，这种为了将历史凝固在某一特定时间的不遗余力、精确计划的全部努力出于何种动机？

至此，我们就要谈到最重要的奥秘。正如我们已经明白的，党的神秘性，最重要的是内党的神秘性是依靠"双重思想"来实现的。然而比这更深一层就是最初的动机，也就是那种从未被怀疑过的本能，这种本能首先导致夺权，然后引出"双重思想"、思想警察、连绵不断的战争和随后出现的其他必要的那套东西。这种动机实际上包括……

温斯顿察觉到了寂静，就像察觉到新的声音一样，他觉得朱莉娅似乎有一阵子一动不动。她侧躺着，腰部往上光着身子，脸枕在手上，一缕黑发散盖在她的眼睛上，她的乳房在缓慢而匀称地起伏。

"朱莉娅。"

没有回答。

"朱莉娅,你醒着吗?"

没有回答,她睡着了。他合上那本书,小心放在地板上,躺下来把床罩拉上来盖住两个人。

他想,他仍对最根本的秘密不得而知。他明白怎么做,却不明白为什么。第一章和第三章一样,并未告诉任何他以前不知道的事,只是把他已经掌握的知识系统化了。然而读过之后,他比以前更明白他没疯。作为少数派,即使是一个人的少数派,也并不能说明你疯了。世界上存在着真理和非真理,如果你坚守的是真理,即使要跟整个世界对抗,你也不会是疯的。正在下沉的夕阳把一缕黄色光线从窗户斜射进来照在枕头上。他闭上眼睛,照在脸上的阳光和挨着他的那个女孩的光滑躯体给了他一种强烈的、催人欲睡的、自信的感觉。他是安全的,一切正常。他嘴里咕哝着"理智不是个统计学概念"就睡着了,他觉得这句话蕴藏了深刻的智慧。

十

他醒来的时候,有一种睡了很久的感觉,但是看一眼那台老式的座钟,却还只有二十点三十分。他躺着又打了一个盹;接着下面院子里又传来了听惯了的深沉的歌声:

> "这只不过是没有希望的幻想,
> 消失起来快得像四月天一样,
> 可是一句话,一个眼神和唤起的梦啊,
> 却把我的心儿偷走!"

这喋喋不休的歌曲盛行不衰,到处都可听到,寿命比《仇恨歌》还长。朱莉娅被歌声吵醒了,舒服地伸个懒腰,起了床。

"我饿了,"她说,"我们再煮一些咖啡。他妈的!炉子灭了,水也凉了。"她提起炉子,摇了一摇,"没有煤油了。"

"我们可以向老查林顿要一些吧。"

"奇怪得很,我原来是装满的。我得穿起衣服来,"她又说,"好像比刚才冷了一些。"

温斯顿也起了床,穿好衣服。那不知疲倦的声音又唱了起来:

> "他们说时间能治疗一切,
> 他们说你总是能够忘掉一切;
> 但是这些年来的笑容和泪痕
> 仍使我心痛像刀割一样!"

他一边束好工作服的腰带,一边走到窗户边上。太阳已经沉到房后去了,院子里不再照射到阳光。地上的石板很湿,好像刚刚冲洗过似的,他觉得天空也好像刚刚冲洗过似的,从屋顶烟囱之间望去,一片碧蓝。那个女人不知疲倦地来回走着,一会儿放声歌唱,一会儿又默不出声,没完没了地晾着尿布。他不知道她是不是靠洗衣为生，还是仅仅是二三十个孙儿孙女的奴隶？朱莉娅走到他身边，他们饶有兴趣地看着下面那个壮实的女人。他看着那个女人的姿态，粗壮的胳臂举了起来往绳子上晾衣服，鼓着肥大的母马似的屁股，他第一次注意到她很美丽。他以前从来没有想到，一个五十岁妇女的身体由于生儿育女而膨胀到异乎寻常的肥大，后来又由于辛劳过度而粗糙起来，像个熟透了的萝卜，居然还可能是美丽的。但是实际情况却是如此，而且，他想，为什么不可以呢？那壮实的、没有轮廓的身躯像一块大理石一般，那粗糙发红的皮肤与一个姑娘的身体之间的关系正如玫瑰的果实同玫瑰的关系一样。为什么果实要比花朵低一等呢？

"她很美。"他低声说。

"她的屁股足足有一米宽。"朱莉娅说。

"那就是她美的地方。"温斯顿说。

他把朱莉娅柔软的细腰很轻易地搂在胳膊里。她的身体从臀部到膝部都贴着他的身体，但是他们两人的身体却不能生儿育女，这是他们永远不能做的一件事。他们只有靠用嘴巴才能把他们头脑中的秘密传来传去。但是下面那个女人没有头脑，她只有一对强壮的胳膊、一副热心肠和一个多产的肚子。他想知道她究竟生下了多少个孩子，很可能有十五个。她曾经有过一次像野玫瑰一样鲜花怒放的时候，大概一年左右，接着就突然像受了精的果实一样膨胀起来，越来越硬，越红，越粗，此后她的一生就是洗衣服、擦地板、补袜子、烧饭，这样打扫缝补，先是为子女，后是为孙儿，没完没了，持续不断，整整干了三十年，到了最后，还在歌唱。他对她感到一种神秘的崇敬，这种感情同屋顶烟囱后面苍白的、万里无云的天空混合在一起。奇怪的是对每个人来说，天空都是一样的天空，不论是欧亚国，还是东亚国，还是在这里。天空下面的人基本上也是一样的人——全世界到处都是一样，几亿、几十亿的人，都不知彼此的存在，被仇恨和谎言的高墙隔开，但几乎是完全一样的人——这些人从来没有学会思考，但是他们的心里、肚子里、肌肉里却积累着有朝一日会推翻整个世界的力量。如果有希望，希望在群众中间！他不用读到那本书的结尾，就知道这肯定是戈斯坦因的最后一句话。未来属于群众。他是不是能够确实知道，当群众胜利的日子来到的时候，对他温斯顿·史密斯来说，他们建立起来的世界会不会像党的世界那样格格不入呢？是的，他能够，因为至少这个世界会是一个神志清醒的世界。凡是有平等的地方，就有神志清醒。迟早这样的事会发生：力量会变成意识。群众是不朽的，你只要看一眼院子里那个刚强的身影，就不会有什么疑问。他们的觉醒终有一天会来到，可能要等一千年，但是在这以前，他们尽管条件不利，仍旧能保持生命，就像飞鸟一样，把党所没有的和不能扼杀的生命力通过肉体，代代相传。

"你记得吗，"他问道，"那第一天在树林边上向我们歌唱的鸫鸟？"

"它没有为我们歌唱，"朱莉娅说，"它是在为自己歌唱，其实那也不是，它就是在歌唱罢了。"

鸟儿歌唱，群众歌唱，但党却不歌唱。在全世界各地，在伦敦和纽约，在非洲和巴西，在边界以外神秘的禁地，在巴黎和柏林的街道，在广袤无垠的俄罗斯平原的村庄，在中国和日本的市场——到处都站立着那个结实的不可打垮的身影，因干辛劳工作和生儿育女而发了胖，从生下来到死亡都一直劳碌不停，但是仍在歌唱。就是从她们这些强壮的肚子里，有一天总会生产出一种有自觉的人类。你是死者，未来是他们的。但是如果你能像他们保持身体的生命一样保持头脑的生命，把二加二等于四的秘密学说代代相传，你也可以分享他们的未来。

"我们是死者。"他说。

"我们是死者。"朱莉娅乖乖地附和说。

"你们是死者。"他们背后一个冷酷的声音说。

他们猛地跳了开来，温斯顿的五脏六腑似乎都变成了冰块。他可以看到朱莉娅眼里的瞳孔四周发白，她的脸色蜡黄，面颊上的胭脂特别醒目，好像与下面的皮肤没有关系。

"你们是死者。"冷酷的声音又说。

"是在照片后面。"朱莉娅轻轻说。

"是在照片后面，"那声音说，"你们站在原地，没听到命令不许动。"

这开始了，这终于开始了！他们除了站在那里相互注视对方的眼睛外什么都不能做。赶快逃命，趁现在还来得及逃出屋子去——他们没有想到这些。拒绝服从那个从墙壁上传出的钢铁般的声音，是不可想象的。接着咔嚓一声，好像打开了锁，又像是掉下了一块玻璃。照片掉到了地上，原来挂照片的地方露出了一个电子屏幕。

"现在他们可以看到我们了。"朱莉娅说。

"现在我们可以看到你们了。"那声音说,"站到屋子中间来,背靠背站着,把双手握在脑袋后面,互相不许接触。"

他们没有接触,但他觉得他可以感到朱莉娅的身子在哆嗦,也许这不过是因为他自己身子在哆嗦。他咬紧牙关才使自己的牙齿不上下打战,但他控制不了双膝。下面屋子里里外外传来一阵皮靴声,院子里似乎都是人,有什么东西拖过石板地。那女人的歌声突然中断了。有一阵什么东西滚过的声音,好像洗衣盆给推过了院子,接着是愤怒的喊声,最后是痛苦的尖叫。

"屋子被包围了。"温斯顿说。

"屋子被包围了。"那声音说。

他听见朱莉娅咬紧牙关。"我想我们可以告别了。"她说。

"你们可以告别了。"那声音说。接着又传来了另外一个完全不同的声音,是一个有教养的人的文雅声音,温斯顿觉得以前曾经听到过:"另外,趁我们还没有离开话题,这里有一根蜡烛可以照你上床,这里有一把斧子可以砍掉你的脑袋!"

温斯顿背后的床上有什么东西重重地掉在上面。有一张扶梯从窗户中插了进来,打破了窗户。有人爬窗进来。楼梯上也有一阵皮靴声,屋子里站满了穿着黑制服的强壮小伙子,脚上穿着有铁掌的皮靴,手中拿着橡皮棍。

温斯顿不再打哆嗦了,甚至眼睛也不再转动。只有一件事情很重要:保持安静不动,不让他们有殴打你的借口!站在他前面的一个人,下巴像拳击手一样凶狠,嘴巴细成一道缝,他把橡皮棍夹在大拇指和食指之间,端量着温斯顿。温斯顿也看着他。把手放在脑袋后面,你的脸和身体就完全暴露在外,这种仿佛赤身裸体的感觉,使他几乎不可忍受。那个男人伸出白色的舌尖,舔了一下嘴唇的地方,接着就走开了。这时又有一下打破东西的哗啦声,有人从桌上捡起玻璃镇纸,把它扔到了壁炉石上,打得粉碎。

珊瑚碎片,像用糖做成的玫瑰蓓蕾般的小红粒一样,滚过了地席。温斯顿想,那么小,总是那么小。他背后有人深深地吸了一口气,接着猛地一下,他的脚踝给狠狠地踢了一下,使他几乎站不住脚。另外有个人一拳打到朱莉娅的太阳穴神经丛,使她像折尺一样弯起了身子。她在地上滚来滚去,喘不过气来。温斯顿的脑袋一动也不敢动,但是有时她的紧张、憋气的脸进入到了他的视野之内。甚至在极端恐惧中,他也可以感到打在她的身上,痛在自己的身上,不过怎么痛也不如她喘不过气来那么难受。他知道这是什么滋味:剧痛难忍,但是你又无暇顾到,因为最最重要的还是要想法喘过气来。这时有两个人一个拉着她的肩膀,一个拉着她的小腿,把她抬了起来,像个麻袋似的拖出了屋子。温斯顿看到了她倒过来的脸,面色发黄,皱紧眉头,闭着眼睛,双颊上仍有一点残余的胭脂,这是他最后看到她了。

他一动不动地站着,还没有人揍他。他的脑海里出现了各种各样的想法,这些想法都是自动出现的,但是完全没有意思。他想,不知他们是否抓到了查林顿先生。他想,不知道他们怎样收拾院子里的那个女人。他发现自己尿憋得慌,但觉得有些奇怪,因为在两三个小时以前刚刚尿过。他注意到壁炉架上的座钟已是晚上九点了，那就是说二十一点。但是光线仍很亮。难道八月里的夜晚，到了二十一点，天还没有黑？他想，不知道他和朱莉娅是不是把时间弄错了——睡过了头，还以为是二十点三十分，实际上已是第二天早上八点三十分。但是他没有继续想下去，这并没有意思。

过道里又传来一阵比较轻的脚步声，查林顿先生走进了屋子。穿着黑制服的小伙子们的态度马上安静下来。查林顿先生的外表也跟以前有所不同了。他的眼光落到了玻璃镇纸的碎片上。

"把这些碎片捡起来。"他厉声说。

一个人遵命弯腰。伦敦土腔消失了；温斯顿蓦然意识到几分钟前在电子屏幕上听到的声音是谁的了。查林顿先生仍穿着他的平绒旧上衣，但是他的头发原来几乎全白，如今却又发黑了。还有他也不再戴眼镜了。他对温斯顿只严厉地看了一眼，好像是验明他的正身，以后就不再注意他。他的样子仍可以认得出来，但他已不是原来那个人了。他的腰板挺直，个子也似乎高大了一些。他的脸变化虽小，但完全改了样。黑色的眉毛不像以前那么浓密，皱纹不见了，整个脸部线条似乎都已改变，甚至鼻子也短了一些。这是一个大约三十五岁的人的一张警觉、冷静的脸。温斯顿忽然想起，这是他一生中第一次看到思想警察是个什么样子。

第三部

一

他不知道自己身在何处,大概是在仁爱部里,但是没有办法弄清楚。

他是在一间房顶很高、没有窗户的牢房里,四壁是亮晶晶的白色瓷砖。隐蔽的灯使得屋子里有一阵凉意,屋子里有一阵轻轻的嗡嗡声,他想大概同空气补给设备有关系。墙边有一条长板凳,或者说是木架,宽度刚好可以坐下,但是却很长,围着四壁,到了门口才中断。在对门的一面,有个便盆,但没有坐圈。每面墙上都有一个电子屏幕,一共四个。

他的肚子感到隐隐作痛。自从他们把他扔进密封车带走以后,就一直肚子痛。他也感到饥肠辘辘,饿得难受。他可能有二十四小时没有吃东西了,也可能是三十六小时。他仍不知道他们逮捕他的时候究竟是早上还是晚上,也许永远不会弄清楚了。反正他遭到逮捕以后没有吃过东西。

他尽可能安静地在狭长的板凳上坐着,双手交叠地放在膝上。他已经学会安静地坐着了。如果你随便乱动,他们就会从电子屏幕中向你吆喝。但是他肚子饿得慌,他最想吃的是一片面包。他仿佛记得工作服口袋里还有些碎面包。甚至很可能还有很大的一块,他所以这么想，是因为他的腿部不时碰到一块什么东西。最后他忍不住要想弄个明白，就胆大起来，伸手到口袋里。

"史密斯！"电子屏幕上一个声音嚷道，"6079号史密斯！在牢房里不许把手插入口袋！"

他又一动不动地坐着，双手交叠放在膝上。他被带到这里来以前曾经给带到另外一个地方，那大概是个普通监狱，或者是巡逻队的临时拘留所。他不知道在那里待了多久，顶多几个小时，没有钟，也没有阳光，很难确定时间。那是个吵闹、发臭的地方。他们把他关在一间像现在这间一样的牢房里，但是很脏很臭，经常关着十多个人。他们大多数人是普通罪犯，不过中间有少数几个政治犯。他静静地靠墙坐着，夹在肮脏的人体之间，心里感到害怕，肚子又痛，因此没有怎么注意周围环境，但是仍旧发现党员囚犯同别的囚犯在举止上有惊人的区别。党员囚犯都一声不响，心里给吓怕了，但是普通囚犯对不论什么事情，或者什么人都毫不在乎。他们大声辱骂警卫，个人财物被没收时拼命争夺，在地板上涂写淫秽的话，吃着偷送进来的东西，这都是他们从衣服里不知什么地方拿出来的，甚至在电子屏幕叫他们安静时也大声反唇相讥。另外一方面，他们有几个人同警卫似乎关系很友善，叫他们绰号，在门上监视洞里把香烟塞过去。警卫们对普通罪犯也似乎比较宽宏大量，即使在不得不用暴力对付他们的时候也是如此。大多数人都要送到强制劳动营中去，因此关于这方面情况有不少谈论。他心里猜想，在劳动营里倒"不错"，只要你有适当的联系，知道周围环境，少不了贿赂、优待、各种各样的投机倒把、搞同性恋、搞女人，甚至还有用土豆酿制的非法酒精。可以信赖的事都是交给普通罪犯做的，特别是交给土匪、凶手做的，他们无疑是狱中贵族，所有肮脏的活儿都由政治犯来干。

各种各样的囚犯不断进进出出：毒贩、小偷、土匪、黑市商人、酒鬼、妓女。有些酒鬼发起疯来需要别的囚犯一起动手才能把他们制服。有一个大块头的女人，大约有六十岁了，乳房大得垂在胸前，披着一头乱蓬蓬的白发，因为拼命挣扎，被四个警卫一人抓住一条胳膊或腿抬了进来，她一边还挣扎着乱踢乱打，嘴里大声喊叫。他们把她的靴子脱下来，一把将她扔在温斯顿的身上，几乎把他的大腿骨都坐断了。那个女人坐了起来，向着退出去的警卫大声骂了一句："操你们这些婊子养的！"她从温斯顿身上滑下来，坐在板凳上。

"对不起，亲爱的，"她说，"全是这些浑蛋，要不，我是不会坐在你身上的，他们碰到一个太太连规矩也不懂。"她停了下来，拍拍胸脯，打了一个嗝。"对不起，"她说，"我有点不好过。"

她向前一俯，哇的一声吐了一地。

"这样好多了，"她说，回身靠在墙上，闭着眼睛，"要是忍不住，马上就吐，我是这么说的。趁还没有下肚就把它吐出来。"

她恢复了精神，转过身来又看一眼温斯顿，好像马上看中了他。她极大的胳膊搂着温斯顿的肩膀，把他拉了过来，一阵啤酒和呕吐的气味直扑他的脸上。

"你叫什么名字，亲爱的？"她问。

"史密斯。"温斯顿说。

"史密斯？"那女人问，"真好玩，我也叫史密斯，唉，"她又感慨地说，"也许我就是你的母亲！"

温斯顿想，她很可能就是他的母亲。她的年龄体格都相当，很有可能，在强制劳动营待了二十年以后，外表是会发生一些变化的。

除此之外，没有人同他谈过话。令人奇怪的是，普通罪犯从来不理会党员罪犯。他们叫他们是"政犯"，带有一种不感兴趣的轻蔑味道。党员罪犯似乎怕同别人说话，尤其是怕同别的党员罪犯说话。只有一次，有两个女党员在板凳上挨在一起，于是他在嘈杂人声中听到她们匆忙交换的几句低声的话，特别是提到什么"101号房"，他不知道是指什么。

他们大概是在两三小时以前把他带到这里来的，他肚子的隐痛从来没有消失过，不过有时候好些，有时候坏些，他的思想也随之放松或者收缩。肚子痛得厉害时，他就一心只惦记着痛，惦记着饿。肚子痛得好些时，恐惧就袭心。有时他想到自己会碰到什么下场，仿佛真的发生一般，心就怦怦乱跳，呼吸就几乎要停止了。他仿佛感到橡皮棍打在他的胳膊肘上，钉着铁掌的皮靴踩在他的肋骨上了。他仿佛看到自己匍匐在地上，从打掉了牙的牙缝里大声呼救求饶。他很少想到朱莉娅。他不能集中思想在她身上。他爱她，不会出卖她；但这只是个事实，像他知道的数学定理一样清楚。但这时他心中想不起她，他甚至没有想到过她会有什么下场。他倒常常想到奥布兰，怀着一线希望。奥布兰一定知道他被逮捕了。他说过，兄弟会是从来不想去救会员的。不过有刮胡子的刀片，他们如果能够的话会送刮胡子刀片进来的。在警卫冲进来以前只要五秒钟就够了。刮胡子刀片就可以割破喉管，又冷又麻，甚至拿着刀片的手指也会割破，割到骨头上。他全身难受，什么感觉都恢复了，稍微碰一下就会使他痛得哆嗦着往后缩。他即使有机会，他也没有把握会不会用刀片。过一天算一天，似乎更自然一些，多活十分钟也好，即使明知道最后要受到拷打。

有时，他想数一数牢房墙上有多少块瓷砖。这应该不难，但数着数着他就忘了已数过多少。他想得比较多的是自己究竟在什么地方，时间是什么时候。有一次，他觉得很肯定，外面一定是白天，但马上又很肯定地认为，外面是漆黑一团。他凭直觉知道，在这样的地方，灯光是永远不会熄灭的。这是个没有黑暗的地方：他现在明白了为什么奥布兰似乎认同这个比喻。在仁爱部里没有窗户。他的牢房可能位于大楼的中央，也可能靠着外墙；可能在地下十层，也可能在地上三十层。他在心里想象着一个个地方，要想根据自己身体的感觉来断定，究竟高高地在空中，还是深深地在地下。

外面有皮靴咔嚓声，铁门砰的一声打开了，一个年轻军官潇洒地走了进来，他穿着黑制服的身躯显得很修长，全身似乎都发出擦亮的皮靴的光泽，他轮廓分明的、苍白的脸上好像戴着一副蜡制的面具。他叫门外的警卫把犯人带进来，诗人安普福斯跟跄地进了牢房，门又砰的一声关上了。

安普福斯向左右做了个迟疑的动作，仿佛以为还有一扇门可以出去，接着就在牢房里来回踱起步来。他没有注意到温斯顿也在屋里，他忧郁的眼睛凝视着温斯顿头上约一米的墙上。他脚上没有穿鞋,破袜洞里露着肮脏的脚趾,他也有好几天没有刮胡子了,脸上的胡子毛茸茸的,一直长到颧骨上,使他看上去像个恶棍,这种神情同他高大而孱弱的身躯和神经质的动作很不相称。

温斯顿从懒洋洋的惰性中稍微振作了些,他一定得同安普福斯说话,即使遭到电子屏幕的责骂也不怕,很可能安普福斯就是送刀片来的那个人。

"安普福斯。"他说。

电子屏幕上没有吆喝声,安普福斯停下步来,有点吃惊,他的眼睛慢慢地把焦点集中到了温斯顿身上。

"啊,史密斯!"他说,"你也在这里!"

"你来干什么?"

"老实跟你说——"他笨手笨脚地坐在温斯顿对面的板凳上。"只有一个罪,不是吗?"他说。

"那你犯了这个罪?"

"看来显然是这样。"

他把一只手放在额上,按着太阳穴,这样过了一会儿,好像竭力要想记起一件什么事情来。

"这样的事情是会发生的,"他含糊其词地说,"我可以举一个例子——一个可能的例子,无疑,这是一时不慎,我们在出版一部吉卜林诗集的权威版本。我没有把一句诗的最后一个字'神'改掉,我没有办法!"他几乎气愤地说,抬起头来看着温斯顿,"这一行诗没法改,押的韵是'杖',全部词汇里能押这个韵的就只有十二个字,我好几天绞尽脑汁,想不出别的字来。"

他脸上的表情变了，烦恼的神情消失了，甚至出现了几乎高兴的神情。他尽管蓬首垢面，却闪耀着一种智慧的光芒，一种当书呆子发现一些没有用处的事实时所感到的喜悦。

"你有没有想到，"他说，"英国诗歌的全部历史是由英语缺韵这个事实所决定的？"

没有，温斯顿从来没有想到过这一点。而且在目前这样的情况下，他也不觉得这一点有什么重要或者对它有什么兴趣。

"你知道现在是什么时候？"他问。

安普福斯的样子又变得惊愕起来。"我根本没有想到。他们逮捕我可能是在两天以前，也可能是在三天以前。"他的眼睛在四周墙上看来看去，好像是要找个窗户，"在这个地方，白天黑夜没有什么两样，我看不出你怎么能算出时间来。"

他们又随便谈了几句，接着电子屏幕上毫无理由地吆喝了一声，不许他们再说话。温斯顿默默地坐着，双手交叠。安普福斯个子太大，坐在板凳上不舒服，老是左右挪动，双手先是握在一个膝盖上，过了一会儿又握在另外一个膝盖上。电子屏幕发出吆喝，要他保持安静不动，时间就这样过去，二十分钟，一个小时——究竟多久，很难断定。接着外面又是一阵皮靴声，温斯顿五脏六腑都收缩起来，快了，很快，也许五分钟，也许马上，皮靴的咔嚓声可能意味着现在轮到他了。

门打开了。那个脸上冷冰冰的年轻军官进了牢房。他的手轻轻一动，指着安普福斯。

"101号房。"他说。

安普福斯夹在警卫中间踉跄地走了出去,他的脸似乎有点不安,但看不透他。

过了很长的一段时间,温斯顿的肚子又痛了。他的想法不停地在一条轨道上转着,好像一个球不断地掉到同一条槽里。他只有六个念头:肚子痛、一片面包、流血和叫喊、奥布兰、朱莉娅、刀片。他的五脏六腑又是一阵痉挛。皮靴咔嚓声又走近了,门一开,飘进来一阵强烈的汗臭,帕森斯走进了牢房,他穿着卡其短裤和运动衫。

这一次,温斯顿吃惊得忘掉了自己。

"你也来了!"温斯顿说。

帕森斯看了温斯顿一眼,既不感兴趣,也不感惊异,只有可怜相。他开始来回走动,不能安静下来。每次他伸直胖乎乎的膝盖时可以看出膝盖在哆嗦,他的眼光停滞,好像无法使自己不呆呆地看着眼前不远的地方。

"你到这里来干什么?"温斯顿问。

"思想罪!"帕森斯说,几乎发不出清楚的音来。他的说话腔调表明,他既完全承认自己的罪行,却又不能相信这样的话居然可以适用到自己身上。他在温斯顿前面停了下来,开始热切地问他:"你想他们不会枪毙我的吧?老兄,你说他们会不会?如果你没有干过什么事情,只是有过什么思想,而你又没有办法防止这种思想。他们不会枪毙你的吧?我知道他们会给你一个机会叫你申辩。我相信他们会这样的!他们知道我过去的表现,是不是?你知道我是怎样一个人。我这个人不坏。当然,没有头脑,但是热情。我尽了我的力量为党做工作,是不是?我大概判五年就差不多了,你想是不是?还是十年?像我这样的人在劳动营用处很大,他们不会因为我偶尔出了一次轨就枪毙我的吧?"

"你有罪吗?"温斯顿问。

"我当然有罪!"帕森斯奴颜婢膝地看了一眼电子屏幕,"你以为党会逮捕一个无辜的人吗?"他的青蛙脸平静了一些,甚至有了一种稍带神圣的表情。"思想罪可是件要不得的事情,老兄,"他庄重地说,"它很阴险,你甚至还不知道发生了什么事,它就抓住了你。你知道它怎样抓住我的吗?在睡梦里!是的,事实就是如此。你想,像我这样的人,辛辛苦苦,尽我的本分,从来不知道我的头脑里有过什么坏思想,可是我开始说梦话,你知道他们听到了我说什么吗?"

他压低了声音,好像有人为了医学上的原因而不得不说肮脏话一样。

"'打倒老大哥!'真的,我说了这个!看来说了还不止一遍。老兄,这话我只对你说,他们没有等这再进一步就抓住了我,我倒感到高兴,你知道我到法庭上去要对他们怎么说吗?我要说,'谢谢你们,谢谢你们及时挽救了我。'"

"那么谁揭发你的?"温斯顿问。

"我的小女儿。"帕森斯答道,神情有些悲哀,但又自豪。

"她在门缝里偷听,一听到我的话,她第二天就去报告了巡逻队,一个七岁小姑娘够聪明的,是不是?我一点也不恨她,我反而为她觉得骄傲,这说明我把她教育得很好。"

他又来回做了几个神经质的动作，好几次眼巴巴地看着便盆，接着他突然拉下了短裤。

"对不起，老兄，"他说，"我憋不住了。等了好久了。"

他的大屁股坐到了便盆上，温斯顿用手遮住脸。

"史密斯！"电子屏幕上的声音吆喝道，"6079号史密斯！不许遮脸，牢房里不许遮脸。"

温斯顿把手移开，帕森斯大声而痛快地用完了便盆，结果发现冲水的开关不灵，牢房里后来好几个小时臭气熏天。

帕森斯被带走了，接着又神秘地来了一些犯人，后来又给带走了。有一个女犯人听到要带到"101号房"里去，脸色就变了，人好像顿时矮了一截。有一个时候——如果他带进来的时候是早上，那就是下午；如果是下午，那就是半夜——

牢房里有六个犯人，有男有女。大家都一动不动地坐着。温斯顿对面坐着一个没有下巴颏儿、牙齿外露的男人，他的脸就好像一只驯良的大兔子一样。他的肥胖的多斑的双颊宽松下垂，很难不相信里面没有存储着一些吃的。他的浅灰色的眼睛胆怯地从这张脸转到那一张脸，一看到有人注意他，就马上把视线转移开去。

门打开了，又有一个犯人给带了进来，温斯顿看到他的样子，心里一阵凉。他是一个面目平庸的普通人，可能是个工程师，或者是个技术员。但是叫人吃惊的是他面孔的消瘦，完全像个骷髅。由于瘦削，眼睛和嘴巴就大得不成比例，眼睛里似乎有一种对什么人或什么东西都怀有刻骨仇恨的恶狠狠神情。

那个人坐在温斯顿不远的板凳上，温斯顿没有再看他，但是那痛苦的骷髅一般的脸在他的脑海里栩栩如生,好像就在他的眼前一样。他突然明白了这是怎么一回事。那个人快要饿死了。这个念头似乎同时闪过牢房里其他每个人的脑海。板凳上传开来一阵轻微的骚动。那个没有下巴颏儿的人的眼光一直向那骷髅一般的人瞥去,马上又有点带着歉意地转了开去,可是又忍不住给吸引过去。接着他就坐立不安起来。终于他站了起来,一手插在工作服的口袋里,蹒跚地走过去,有点难为情地拿出一片发黑的面包来给骷髅头的人。

电子屏幕上马上发出一声震耳的怒吼,没有下巴颏儿的人吓了一跳,骷髅头的人马上把手放到身后去,好像要向全世界表示他不要那礼物。

"本姆斯特德,"电子屏幕上的声音咆哮道,"2713号本姆斯特德!把那块面包撂在地上!"

没有下巴颏儿的人把那块面包撂在地上。

"站在原地别动,"那声音说,"面对着门,不许动!"

没有下巴颏儿的人遵命不动,他的鼓鼓的面颊无法控制地哆嗦起来,门砰的一声打开了,年轻的军官进来以后,闪开一旁,后面进来一个矮壮的警卫,胳膊粗壮,魁梧有力。他站在没有下巴颏儿的人面前,等那军官一使眼色,就用全身的力量猛地一拳打在没有下巴颏儿的人的嘴上,用力之猛,几乎使他离地而起。他的身体倒到牢房另一头去,掉在便盆的底座前。他躺在那里好像吓呆了一样,乌血从嘴巴和鼻子中流了出来。他有点不自觉地发出了一阵十分轻微的呻吟声。接着他翻过身去,双手双膝着地,摇摇晃晃地要想站起来。在鲜血和口水中,他的嘴里掉出来打成两半的一排假牙。

犯人们都一动不动地坐着,双手交叠在膝上。没有下巴颏儿的人爬回到他原来的地方。他的脸有一边的下面开始发青,他的嘴巴肿得像一片樱桃色的没有形状的肉块,中间有一个黑洞。血一滴一滴地流到他胸前工作服上。他的灰色的眼睛仍旧转来转去看着别人的脸,比以前更加惶恐了,好像他要弄清楚,他受到这样侮辱别人到底怎样瞧不起他。

门打开了。那个军官略一动手,指着那个骷髅头的人。

"101号房。"他说。

温斯顿身旁有人倒吸一口气。那个骷髅头的人一头栽到地上,跪在上面,双手握紧。

"同志!首长!"他叫道,"你不用把我带到那里去!我不是已经把什么都告诉你了吗?你还想知道什么?我没有什么不愿招供的,没有什么!你只用告诉我是什么,我都马上招供。你写下来,我就签字——什么都行!可不要带我到101号房去!"

"101号房。"那军官说。

那个人的脸本已发白,这时已变成温斯顿不相信会有的颜色,肯定无疑的是一层绿色。

"你怎么对待我都行!"他叫道,"你已经饿了我好几个星期了,把我饿到头,让我死吧,枪毙我,吊死我,判我二十五年,你们还有什么人要我招供的吗?只要说是谁,我就把你们要知道的事情都告诉你们,我不管他是谁,也不管你们要怎样对待他,我有妻子和三个孩子，最大的还不到六岁，你可以把他们全都带来，在我面前把他们喉管割断，我一定站在这里看着，可是千万别把我带到101号房去！"

"101号房。"那军官说。

那个人焦急地一个个看着周围的其他犯人，仿佛有个主意，要把别人来当他的替死鬼。他的眼光落到了那个没有下巴颏儿的人被打烂了的脸，他猛地举起了他的瘦骨嶙峋的胳膊。

"你们应该带他去，不应该带我去！"他叫道。"你们可没有听到他们打烂了他的脸以后他说些什么，只要给我一个机会，我就可以把他说的话全部告诉你，反党的是他，不是我。"警卫走上前一步，那个人的嗓门提高到尖叫的程度，"你们可没有叫到他！"他又说，"电子屏幕出了毛病，你们要的是他，不是我，快把他带走！"

那两个粗壮的警卫得俯身抓住他的胳膊才制服他，可是就在这个时候，他朝牢房的地上一扑，抓住墙边板凳的铁腿不放。他像畜生似的大声号叫，警卫抓住他身子，要把他的手指扳开，可是他紧抓住不放，气力大得惊人。他们拉了他二十秒钟左右。其他犯人安静地坐在一旁，双手交叠地放在膝上，眼睛直愣愣地望着前方。号叫停止了，那个人已快没有气了，这时又是一声呼号，只是声音不同。原来那个警卫的皮靴踢断了他的一根手指，他们终于把他拽了起来。

"101号房。"那个军官说。

那个人给带了出去，走路摇摇晃晃，脑袋低垂，捧着他给踢伤的手，一点劲儿都没有了。很长一段时间过去了，如果那个骷髅头是在午夜被带走的，那么现在就是上午了；如果不是上午，就是下午。只有温斯顿一个人，这样已有几个小时了。老是坐在狭窄板凳上屁股发痛，他就站起来走动走动，倒没有受到电子屏幕的斥喝。那块面包仍在那个没下巴颏儿丢下的地方。开始时，要不去看它，真得咬紧牙关才行，但是过了一会儿，口渴比肚饥更难受了。他的嘴巴干燥难受，还有一股恶臭。嗡嗡的声音和苍白的灯光造成了一种昏晕的感觉，使他的脑袋感到空空如也。他在全身骨头痛得难受的时候就站起来，可是几乎马上又坐下去，因为脑袋发晕，站不住脚。只要身体感官稍一正常，恐怖便又袭上心头。他有时抱着一丝渺茫的希望，想到奥布兰和刀片。即使给他送吃的来，不可想象里面会藏着刀片。他也依稀地想到朱莉娅，她不知在什么地方受苦，也许比他还厉害。她现在可能在痛得尖叫。他想："如果我多吃些苦能救朱莉娅，我肯不肯？是的，我肯的。"但这只是个理智上的决定，因为他知道他应该如此。但他没有这种感觉。在这种地方，除了痛和痛的预感以外，你没有别的感觉。此外，你在受苦的时候，不管为了什么原因，真的能够希望痛苦再增加一些？不过这个问题目前还无法答复。

皮靴又走近了，门打开了，奥布兰走了进来。

温斯顿要站起来，他吃惊之下，什么戒备都忘掉了，多年来第一次，他忘掉了墙上的电子屏幕。

"他们把你也逮到了！"他叫道。

"他们早就把我逮到了。"奥布兰说，口气里略带一种几乎感到歉意的讽刺。他闪开身子，从他背后出现了一个胸围粗壮的警卫，手中握着一根长长的黑色橡皮棍。

"你是明白的，温斯顿，"奥布兰说，"别自欺欺人，你原来就明白，你一直是明白的。"

是的，他现在明白了，他一直是明白的，但没有时间去想这个，他看到的只有那个警卫手中的橡皮棍，落在什么地方都可能：脑袋顶上，耳朵尖上，胳膊上，胳膊肘上——

胳膊肘上！他瘫了下来，一只手捧着那条挨了一棍的胳膊肘，几乎要跪倒在地。眼前一阵昏花，什么都炸成了一片黄光。不可想象，不可想象一棍打来会造成这样的痛楚！黄光消退了，他可以看清他们两个人低头看着他。那个警卫看到他那难受劲儿感到好笑，至少有一个问题得到了解答，不论什么原因，你无法希望增加痛苦。对于痛苦，你只能有一个希望：那就是停止。天下没有比身体上的痛苦更难受的了。在痛苦面前，没有英雄，没有英雄。他在地上滚来滚去，一遍又一遍地这么想着，捧着他那打残了的左臂，毫无办法。

二

他好像躺在一张行军床上，不过离地面很高，而且身上好像给绑住了，使他动弹不得，更强的灯光照在他的脸上。奥布兰站在旁边，注视着他。另外一边站着一个穿白大褂的人，手中拿着一个注射器。

即使在睁开眼睛以后,他也是慢慢地才看清周围的环境的。他有一种感觉,好像自己是从一个完全不同的世界,一个深深的海底世界,游泳游到这个房间中来的。他不知道自己在下面待了多久,自从他们逮捕他以来,他就没有见过白天或黑夜。而且他的记忆也不是持续的,常常有这样的时候,意识——甚至在睡觉中也有的那种意识,忽然停止了,过了一段空白间隙后才恢复,但是这一段空白间隙究竟是几天、几星期,还是不过几秒钟,就没法知道。

在胳膊肘遭到那一击之后,噩梦就开始了。后来他才明白,接着发生的一切事情只不过是一场开锣戏,一种例行公事式的审讯,几乎所有犯人都要过一遍。人人都得供认各种各样的罪行——刺探情报、破坏,等等。招供不过是个形式,但拷打却是货真价实的。他给打过多少次、每次拷打多久,他都记不得了。不过每次总有五六个穿黑制服的人同时向他扑来。有时是拳头,有时是橡皮棍,有时是铁条,有时是皮靴。他常常在地上打滚,像畜生一样不讲羞耻,蜷缩着身子闪来闪去,想躲开拳打脚踢,但这是一点也没有希望的,只会招来更多的脚踢,踢在他的肋骨上、肚子上、胳膊肘上、腰上、腿上、下腹上、睾丸上和脊梁骨上。这样没完没了的拳打脚踢有时持续到使他觉得最残酷的、可恶的、不可原谅的事情,不是那些警卫继续打他,而是他竟无法使自己失去意识昏过去。有时候他神经紧张得还没有开始打他就大声叫喊求饶,或者一见到拔出拳头来就自动招供了各种各样真真假假的罪行。也有的时候他下定决心什么都不招,实在痛不过时才说一言半语,或者他徒然地想来个折中，对自己这么说："我可以招供，但还不到时候。一定要坚持到实在忍不住痛的时候，再踢三脚，再踢两脚，我才把他们要我说的话说给他们听。"有时他给打得站不住脚，像一袋土豆似的掉在牢房里的石头地上，歇息了几个小时以后，又给带出去痛打。有时，歇息时间比较长。他记不清了，因为都是在睡梦中或昏晕中度过的。他记得有一间牢房里有一张木板床，墙上有个架子，还有一只洗脸盆，送来的饭是热汤和面包，有时还有咖啡。他记得有个脾气乖戾的理发员来给他刮胡子剪头发，还有一个一本正经、没有感情的白衣护士来试他的脉搏，验他的神经反应，翻他的眼皮，粗糙的手指在他身上摸来摸去看有没有骨头折断，在他的胳膊上打针，让他昏睡过去。

拷打不如以前频繁了，主要成了一种威胁，如果他的答复不够让他们满意就用敲打来恐吓他。拷问他的人现在已不再是穿黑制服那些人了，而是党内知识分子，都是矮矮的小胖子，动作敏捷，戴着眼镜，分班来对付他。有时一班持续达十几个小时，究竟多久，他也弄不清楚。这些拷问他的人总是使他不断吃到一些小苦头，但是他们主要不是依靠这个。他们打他耳光，拧他耳朵，揪他头发，要他用一只脚站着，不让他撒尿，用强烈的灯光照他的脸，一直到眼睛里流出泪水。但是这一切的目的不过是侮辱他，打垮他的辩论说理的能力。他们的真正厉害的武器还是一个小时接着一个小时地、无休无止地无情拷问他，使他说漏了嘴，让他掉入圈套，歪曲他说的每一句话，抓住他说的每一句假话和每一句自相矛盾的话，一直到他哭了起来，与其说是因为感到耻辱，不如说是因为神经过度疲劳。有时一次拷问他要哭五六次。他们多半是大声辱骂他，稍有迟疑就扬言要把他交还给警卫去拷打。但是他们有时也会突然改变腔调，叫他同志，要他看在英社和老大哥面上，假惺惺地问他对党到底还有没有半点忠诚，改正自己做过的坏事。在经过好几个小时的拷问而筋疲力尽之后，甚至听到这样的软话，他也会泪涕交加。终于这种喋喋不休的盘问比警卫的拳打脚踢还要奏效，使他完全屈服。凡是要他说什么话，签什么字，他都一概遵命。他一心只想弄清楚的是他们要他招认什么。这样他好马上招认，免得吃眼前亏。他招认暗杀党的领导，散发煽动反叛的小册子，侵吞公款，出卖军事机密，从事各种各样的破坏活动。他招认早在一九六八年就是东亚国政府豢养的间谍。他招认他笃信宗教，崇拜资本主义，是个老色鬼。他招认杀了老婆，尽管他自己明白，拷问的人也明白，他的老婆还活着。他招认多年以来就同戈斯坦因有联系，是个地下组织的成员。该组织包括了他所认识的每一个人。把什么东西都招认，把什么人都拉下水，是很容易的事。况且，在某种意义上，也是合乎事实的。他的确是党的敌人，因为在党的眼里，思想和行为没有差别。

还有另外一种记忆，在他的脑海里互无关联地出现，好像是一幅幅的照片，照片四周一片漆黑。

他在一个牢房里，可能是黑的，也可能有亮光，因为他只看见一双眼睛。附近有一个仪器在慢慢地、有规律地滴答响着。眼睛越来越大，越来越亮，突然他腾空而起，跳进眼睛里，给吞噬掉了。

他给绑在一把椅子上，四周都有仪表，灯光强得耀眼。一个穿白大褂的人在观看仪表。外面一阵沉重的脚步声，门打开了，那个蜡像一般的军官走了进来，后面跟着两个警卫。

"101号房。"那个军官说。

白大褂没有转身。他也没有看温斯顿，他只是在看仪表。他走在一条很大的走廊里，有一公里宽，尽是金黄色灿烂的光，他的嗓门很高，大声笑着，招着供。他什么都招认，甚至在拷打下仍没有招出来的东西都招认了。他把他的全部生平都向听众说了，而这些听众早已知道这一切了。同他在一起的还有警卫、其他拷问者、穿白大褂的人、奥布兰、朱莉娅、查林顿先生，一起在走廊里经过，大声哭着。潜伏在未来的可怕的事，却给跳过去了，没有发生。一切太平无事，不再有痛楚，他的一生全部都摆了出来，得到了谅解和宽恕。

他在木板床上要坐起身来，好像觉得听到奥布兰的谈话声。在整个拷问的过程中，他虽然从来没有看见过奥布兰，但是他有这样的感觉，觉得奥布兰一直在他身旁，只是没有让他看见而已。奥布兰是这一切事情的总指挥，派警卫打他，又不让他们打死他，是奥布兰决定什么时候该让温斯顿痛得尖叫，什么时候该让他缓一口气，什么时候该让他吃饭，什么时候该让他睡觉，什么时候该给他打针；提出问题，暗示要怎样回答的，也是奥布兰。他既是拷打者，又是保护者；既是审问者，又是朋友。有一次，温斯顿记不得是在打了麻药针睡着了以后，还是正常睡着了以后，还是暂时醒来的时候，他听到耳边有人低声说："别担心，温斯顿，你现在由我看管，我观察你已有七年，现在到了转折点，我要救你，要使你成为完人。"他不知道这是不是奥布兰的说话声,但是这同七年以前在另外一个梦境中告诉他"我们将在没有黑暗的地方相会"的说话声是同一个人的声音。

他不记得拷问是怎样结束的。有一个阶段的黑暗,接着就是他现在所在的那个牢房,或者说房间,逐渐在他四周变得清楚起来。他完全处于仰卧状态,不能移动。他的身体在每个要紧的节骨眼上都给牵制住了,甚至他的后脑勺似乎也是用什么东西抓住似的。奥布兰低头看着他,神态严肃,很是悲哀。他的脸从下面望上去,皮肤粗糙,神情憔悴,眼睛下面有好几道圈儿,鼻子到下巴颏儿有好几条皱纹。他比温斯顿所想象的要老得多了,大概五十岁。他的手的下面有一个仪表,上面有个杠杆,仪表的表面有一圈数字。

"我告诉过你,"奥布兰说,"要是我们再见到,就是在这里。"

"是的。"温斯顿说。

奥布兰的手微微动了一下,此外就没有任何别的预告,温斯顿全身突然感到一阵痛。这阵痛很怕人,因为他看不清是怎么一回事,只觉得对他进行了致命的伤害。他不知道是真的这样,还是用电的效果。但是他的身体给扒拉开来,不成形状,每个关节都给慢慢地扳开了。他的额头上痛得出了汗,但是最糟糕的还是担心脊梁骨要断。他咬紧牙关,通过鼻孔呼吸,尽可能地不出声。

"你害怕,"奥布兰看着他的脸说,"再过一会儿有什么东西要断了,你特别害怕这是你的脊梁骨,你的心里很逼真地可以看到脊椎裂开,髓液一滴一滴地流出来。温斯顿,你现在想的是不是就是这个？"

温斯顿没有回答。奥布兰把仪表上的杠杆拉回去，阵痛很快消退，几乎同来时一样快。

"这还只是四十。"奥布兰说，"你可以看到，表面上的数字最高达一百。因此在我们谈话的时候，请你始终记住，我有能力随时随地都可以教你感到多痛就多痛。如果你向我说谎，或者不论想怎么样搪塞，或者甚至说的不符合你平时的智力水平，你都会马上痛得叫出来，明白吗？"

"明白了，"温斯顿说。

奥布兰的态度不像以前严厉了。他沉思地端正了一下眼镜，踱了一两步。他再说话的时候，声音就很温和，有耐心。他有了一种医生的、教师的，甚至牧师的神情，一心只想解释说服，不是惩罚。

"温斯顿，我为你操心，"他说，"是因为你值得操心，你很明白你的问题在哪里，好多年来你就已经明白，只是你不肯承认而已。你的精神是错乱的，你的记忆力有缺陷，真正发生的事你不记得，你却使自己相信你记得那些从来没有发生过的事，幸好这是可以治疗的。但是你自己从来没有想法治疗过，因为你不愿意。这只需要意志上稍作努力，可是你就是不肯。即使现在，我也知道，你仍死抱住这个毛病不放，还以为这是美德。我们现在举一个例子来说明，我问你，眼前大洋国是在同哪个国家打仗？"

"我被逮捕的时候，大洋国是在同东亚国打仗。"

"东亚国，很好。大洋国一直在同东亚国打仗，是不是？"

温斯顿吸了一口气,他张开嘴巴要说话,但又没有说,他的眼光离不开那仪表。

"要说真话,温斯顿,你的真话,把你以为你记得的告诉我。"

"我记得在我被捕前一个星期,我们还没有同东亚国打仗,我们当时同他们结着盟,战争的对象是欧亚国,前后打了四年,在这以前——"

奥布兰的手摆动一下,叫他停止。

"再举一个例子,"他说,"几年以前,你发生了一次非常严重的幻觉。有三个人,三个以前的党员叫琼斯、阿隆森和卢瑟福的,在彻底招供以后按叛国罪处决,而你却以为他们并没有犯那控告他们的罪。你以为你看到过无可置疑的物证,可以证明他们的口供是假的。你当时有一种幻觉,以为看到了一张照片。你还以为你的手里真的握到过这张照片,这是这样一张照片。"

奥布兰手指中间夹着一张剪报。它在温斯顿的视野里出现了大约五秒钟,这是一幅照片,至于它是什么照片,这是毫无问题的,它就是那张照片,这是琼斯、阿隆森、卢瑟福在纽约一次党的会议上的照片,十一年前他曾意外见到,随即销毁了的。它在他的眼前出现了一刹那,就又在他的视野中消失了。但是他已看到了,毫无疑问,他已看到了!他忍着剧痛拼命想坐了起来。但是不论朝什么方向,他连一毫米都动弹不得。这时他甚至忘掉了那个仪表了,他一心只想把那照片再拿在手中,至少再看一眼。

"它存在的!"他叫道。

"不。"奥布兰说。

他走到屋子那一头去。对面墙上有个记忆洞，奥布兰揭起盖子，那张薄薄的纸片就在一阵热风中卷走了；在看不见的地方一燃而灭，化为灰烬，奥布兰从墙头那边转身回来。

"灰烬，"他说，"甚至是认不出来的灰烬，尘埃。它并不存在。它从来没有存在过。"

"但是它存在过！它确实存在！它存在记忆中，我记得它，你记得它。"

"我不记得它。"奥布兰说。

温斯顿的心一沉，那是双重思想，他感到一点也没有办法。如果他能够确定奥布兰是在说谎，这就无所谓了。但是完全有可能，奥布兰真的已忘记了那张照片。如果这样，那么他就已经忘记了他否认记得那张照片，忘记了忘记这一行为的本身。你怎么能确定这只不过是个小手法呢？也许头脑里真的会发生疯狂的错乱，使他绝望的就是这种思想。

奥布兰沉思地低着头看他，他比刚才更像是一个教师正在想尽办法对付一个误入歧途但很有培养前途的孩子。

"党有一句关于控制过去的口号，"他说，"你再复述一遍。"

"'谁能控制过去就控制未来；谁能控制现在就控制过去。'"温斯顿顺从地复述。

"'谁能控制现在就控制过去'，"奥布兰说，一边慢慢地点着头表示赞许，"温斯顿，那么你是不是认为，过去是真正存在过的？"

温斯顿又感到一点也没有办法，他的眼光盯着仪表，他不仅不知道什么答复——"是"还是"不是"——能使他免除痛苦；他甚至不知道到底哪一个答复是正确的。

奥布兰微微笑道："温斯顿，你不懂形而上学，到现在为止，你从来没有考虑过所谓存在是什么意思，我来说得更加确切些，过去是不是具体存在于空间里？是不是有个什么地方，一个有具体东西的世界里，过去仍在发生着？"

"没有。"

"那么过去到底存在于什么地方呢？"

"在记录里。这是写了下来的。"

"在记录里。还有——？"

"在头脑里，在人的记忆里。"

"在记忆里。那么，很好，我们，党，控制全部记录，我们控制全部记忆，因此我们控制过去，是不是？"

"但是你怎么能教人不记得事情呢？"温斯顿叫道，又暂时忘记了仪表，"它是自发的，它独立于一个人之内，你怎么能够控制记忆呢？你就没有控制我的记忆！"

奥布兰的态度又严厉起来了，他把手放在仪表上。

"恰恰相反，"他说，"你才没有控制你的记忆，因此把你带到这里来，你到这里来是因为你不自量力，不知自重，你不愿为神志健全付出顺从的代价，你宁可做个疯子，光棍少数派。温斯顿，只有经过训练的头脑才能看清现实，你以为现实是某种客观的、外在的、独立存在的东西，你也以为现实的性质不言自明，你自欺欺人地认为你看到了什么东西,你以为别人也同你一样看到了同一个东西。但是我告诉你,温斯顿,现实不是外在的,现实存在于人的头脑中,不存在于任何其他地方,而且不存在于个人的头脑中,因为个人的头脑可能犯错误,而且反正很快就要死亡;现实只存在于党的头脑中,而党的头脑是集体的,不朽的。不论什么东西,党认为是真理就是真理,除了通过党的眼睛,是没有办法看到现实的,温斯顿,你得重新学习,这是事实,这需要自我毁灭,这是一种意志上的努力,你先要知道自卑,然后才能神志健全。"

他停了一会儿,好像要使对方深刻理解他说的话。

"你记得吗,"他继续说,"你在日记中写:'所谓自由即可以说二加二等于四的自由'?"

"记得。"温斯顿说。

奥布兰举起他的左手,手背朝着温斯顿,大拇指缩在后面,四个手指伸开。

"我举的是几个手指,温斯顿?"

"四个。"

"如果党说不是四个而是五个——那么你说是多少?"

"四个。"

话还没有说完就是一阵剧痛,仪表上的指针转到了五十五,温斯顿全身汗如雨下,他的肺部吸进呼出空气都引起大声呻吟,即使咬紧牙关也压不住。奥布兰看着他,四个手指仍伸在那里,他把杠杆拉回来,不过剧痛只稍微减轻一些。

"几个手指,温斯顿?"

"四个。"

指针到了六十。

"几个手指，温斯顿？"

"四个！四个！我还能说什么？四个！"

指针一定又上升了，但是他没有去看它。他的眼前只见到那张粗犷的严厉的脸和四个手指，四个手指在他眼前像四根大柱，粗大，模糊，仿佛要抖动起来，但是毫无疑问的是四个。

"多少手指，温斯顿？"

"四个！快停下来，快停下来！你怎么能够这样继续下去？四个！四个！"

"多少手指，温斯顿？"

"五个！五个！五个！"

"不，温斯顿，这没有用。你在说谎。你仍认为是四个，到底多少？"

"四个！五个！四个！你爱说几个就是几个，只求你马上停下来，别再叫我痛了！"

他猛地坐了起来，奥布兰的胳膊围着他的肩膀，他可能有一两秒钟昏了过去，把他身体绑住的带子放松了，他觉得很冷，禁不住打寒战，牙齿格格打战，面颊上眼泪滚滚而下，他像个孩子似的抱着奥布兰，围着他肩膀上的粗壮胳膊使他感到出奇舒服，他觉得奥布兰是他的保护人，痛楚是外来的，从别的来源来的，只有奥布兰才会救他免于痛楚。

"你学起来真慢，温斯顿。"奥布兰温和地说。

"我有什么办法？"他口齿不清地说，"我怎么能不看到眼前的东西呢？二加二等于四呀。"

"有时候是四，温斯顿，但有时候是五，有时候是三，有时候三、四、五全是，你得再努力一些，要神志健全，不是容易的事。"

他把温斯顿放到床上躺下。温斯顿四肢上缚的带子又紧了，不过这次痛已减退，寒战也停止了，他只感到软弱无力，全身发冷。奥布兰点头向穿白大褂的一个人示意，那人刚才自始至终呆立不动，这时他弯下身来，仔细观看温斯顿的眼珠，试了他的脉搏，听了他的胸口，到处敲敲摸摸，然后向奥布兰点一点头。

"再来。"奥布兰说。

温斯顿全身一阵痛，那指针一定升高到了七十，七十五，这次他闭上了眼睛，他知道手指仍在那里，仍旧是四个，现在主要的是把痛熬过去，他不再注意到自己究竟是不是在哭，痛又减退了，他睁开眼睛，奥布兰把杠杆拉了回来。

"几个手指，温斯顿？"

"四个，我想是四个，只要能够，我很愿意看到五个，我尽量想看到五个。"

"你究竟希望什么：是要我相信你看到五个，还是真正要看到五个？"

"真正要看到五个。"

"再来。"奥布兰说。

指针大概升到了八十——九十，温斯顿只能断断续续地记得为什么这么痛。在他的紧闭的眼皮后面，手指像森林一般，似乎在跳舞，进进出出，互相迭现。他想数一下，他也不记得为什么。他只知道要数清它们是不可能的，这是由于四和五之间存在着某种神秘特性，四就是五，五就是四。疼痛又减退了，他睁开眼睛，发现看到的仍是原来的东西，无数的手指，像移动的树木，仍朝左右两个方向同时移动着，互相交叠。他又闭上了眼。

"我举起的有几个手指，温斯顿？"

"我不知道。我不知道。你再下去，就会把我痛死的。四个，五个，六个——说老实话，我不知道。"

"好一些了。"奥布兰说。

一根针刺进了温斯顿的胳膊，几乎就在同时，一阵舒服的暖意马上传遍了他的全身，痛楚已全都忘了，他睁开眼，感激地看着奥布兰。一看到他的粗犷的、皱纹很深的脸，那张丑陋但是聪明的脸，他的心感到一阵酸楚。要是他可以动弹，他就伸出手去，放在奥布兰的胳膊上。温斯顿从来没有像现在那样这么爱他，这不仅因为他停止了疼痛。归根结底，奥布兰是友是敌，这一点无关紧要的感觉又回来了。奥布兰是个可以同他谈心的人，也许，你与其被人爱，不如被人了解更好一些。奥布兰折磨他，快到了神经错乱的边缘，而且有一阵子几乎可以肯定要把他送了命。但这没有关系，按那种比友谊更深的意义来说，他们还是知己。反正有一个地方，虽然没有明说，他们可以碰头好好谈一谈。奥布兰低头看着他，他的表情说明，他的心里也有同样的想法，他开口说话时，用的是一种随和的聊天的腔调。

"你知道你现在什么地方吗,温斯顿?"他问道。

"我不知道,但我猜得出来,在仁爱部。"

"你知道你在这里已有多久了吗?"

"我不知道。几天,几星期,几个月——我想已有几个月了。"

"你认为我们为什么把人带到这里来?"

"让他们招供。"

"不,不是这个原因。再试一试看。"

"惩罚他们。"

"不是!"奥布兰叫道。他的声音变得同平时不一样了,他的脸色突然严厉起来,十分激动,"不是!不光是要你们招供,也不光是要惩罚你们。你要我告诉你为什么把你们带到这里来吗?是为了给你们治病,是为了使你神志恢复健全!温斯顿,你要知道,凡是我们带到这里来的人,没有一个不是治好走的。我们对你犯的那些愚蠢罪行并不感兴趣。党对表面行为不感兴趣,我们关心的是思想。我们不单单要打败敌人,我们要改造他们,你懂得我的意思吗?"

他俯身望着温斯顿。因为离得很近,他的脸显得很大,从下面望上去,丑陋得怕人。此外,还充满了一种兴奋的表情,紧张得近乎疯狂。温斯顿的心又一沉。他恨不得钻到床底下去,他觉得奥布兰一时冲动之下很可能扳动杠杆。但是就在这个时候,奥布兰转过身去,踱了一两步,又继续说,不过不像刚才那么激动了:"你首先要明白,在这个地方,不存在烈士殉难问题。你一定读到过以前历史上的宗教迫害的事。在中世纪里,发生过宗教迫害,那是一场失败，它的目的只是要根除异端邪说，结果却巩固了异端邪说。它每烧死一个异端分子，就制造出几千个来。为什么？因为宗教迫害公开杀死敌人，在这些敌人还没有悔改的情况下就把他们杀死，因为他们不肯悔改而把他们杀死。他们所以被杀是因为他们不肯放弃他们的真正信仰。这样，一切光荣自然归于殉难者，一切羞耻自然归于烧死他们的迫害者。后来，在20世纪，出现了集权主义者，就是这样叫他们的。他们是德国的纳粹分子和俄国的共党分子。俄国人迫害异端邪说比宗教迫害还残酷。他们自以为从过去的错误中汲取了教训；不过他们有一点是明白的，绝不能制造殉难烈士。他们在公审受害者之前，有意打垮他们的人格尊严。他们用严刑拷打，用单独禁闭，把他们折磨得成为匍匐求饶的可怜虫，什么罪名都愿意招认，辱骂自己，攻击别人来掩蔽自己。但是过了几年之后，这种事情又发生了。死去的人成了殉难的烈士，他们的可耻下场遗忘了。再问一遍为什么是这样，首先是因为他们的供词显然是逼出来的，是假的，我们不再犯这种错误，在这里招供的都是真的，我们想办法做到这些供词是真的，而且，尤其是，我们不让死者起来反对我们，你可别以为后代会给你昭雪申冤，后代根本不会知道有你这样一个人，你在历史的长河中消失得一干二净，我们要把你化为气体，消失在太空之中，你什么东西也没有留下：登记簿上没有你的名字，活人的头脑里没有你的记忆。不论过去和将来，你都给消灭掉了。你从来没有存在过。"

那么为什么要拷打我呢？温斯顿想，心里感到一阵痛苦，奥布兰停止了走动，好像温斯顿已经把这想法大声说出来了一样。他丑陋的大脸挪了近来，眼睛眯了一些。

"你在想，"他说，"既然我们要把你彻底消灭掉，使得不论你说的话或做的事再也无足轻重——既然这样，我们为什么还不厌其烦地要先拷问你？你是不是这样想？"

"是的。"温斯顿说。

奥布兰微微一笑道："温斯顿，你是白玉上的瑕疵，你是必须擦去的污点。我刚才不是对你说过，我们同过去的迫害者不同吗？我们不满足于消极的服从，甚至最奴颜婢膝的服从都不要。你最后投降，要出于你自己的自由意志。我们并不因为异端分子抗拒我们才毁灭他；只要他抗拒一天，我们就不毁灭他。我们要改造他，争取他的内心，使他脱胎换骨。我们要把他的一切邪念和幻觉都统统烧掉；我们要把他争取到我们这一边来，不仅仅是在外表上，而且是在内心里真心诚意站到我们这一边来。我们在杀死他之前也要把他改造成为我们的人。我们不能容许世界上有一个地方，不论多么隐蔽，多么不发生作用，居然有一个错误思想存在。甚至在死的时候，我们也不容许有任何脱离正规的思想。在以前，异端分子走到火刑柱前去时仍是一个异端分子，宣扬他的异端邪说，为此而高兴若狂。甚至俄国清洗中的受害者在走上刑场挨枪弹之前，他的脑壳中也可以保有反叛思想，但是我们却要在粉碎那个脑壳之前把那脑袋改造完美，以前的专制暴政的告诫是'你干不得'。集权主义的告诫是'你得干'。我们则是'你得是'。我们带到这里来的人没有一个敢站出来反对我们。每个人都被洗得一干二净。甚至你相信是无辜的那三个可怜的卖国贼——琼斯、阿隆森和卢瑟福——我们最后也搞垮了他们。我参与了对他们的拷问,我看到他们慢慢地软了下来,趴在地上,哀哭着求饶。我们拷问完毕时,他们已成了行尸走肉。除了后悔自己的错误和对老大哥的爱戴以外,他们什么也没有剩下。看到他们怎样热爱他,真是很感动人。他们要求马上枪毙他们,可以在思想还仍清白纯洁的时候趁早死去。"

他的声音几乎有了一种梦境的味道。他的脸上仍有那种兴奋、热情得发疯的神情。温斯顿想,他这不是假装的;他不是伪君子;他相信自己说的每一句话。最使温斯顿不安的是,他意识到自己的智力的低下。他看着那粗笨然而文雅的身躯走来走去,时而进入时而退出他的视野里。奥布兰从各方面来说都是一个比他大的人。凡是他曾经想到过或者可能想到的念头,奥布兰无不都早已想到过,研究过,批驳过了。他的头脑包含了温斯顿的头脑。但是既然这样,奥布兰怎么会是疯狂的呢?那么发疯的就一定是温斯顿自己了。奥布兰停下来,低头看他。他的声音又严厉起来了。

"别以为你能够救自己的命,温斯顿,不论你怎么彻底向我们投降。凡是走上歧途的人,没有一个人能幸免。即使我们决定让你自然死亡,你也永远逃不出我们这里。在这里发生的事是永远的,你事先必须了解。我们要打垮你,打到无可挽回的地步。你碰到的事情,即使你活一千年,你也永远无法从中恢复过来。你不再可能有正常人的感情。你心里什么都成了死灰。你不再可能有爱情、友谊、生活的乐趣、欢笑、好奇、勇气、正直,你一无所有,我们要把你挤空,然后再用我们自己填充你。"

他停下来,跟穿白大褂的打了个招呼。温斯顿感到有一件很重的仪器放到了他的脑袋下面。奥布兰坐在床边,他的脸同温斯顿的脸一般高。

"三千。"他对温斯顿头上那个穿白大褂的说。

有两块稍微有些湿的软垫子夹上了温斯顿的太阳穴。他缩了一下,感到了一阵痛,那是一种不同的痛。奥布兰把一只手按在他的手上,叫他放心,语气几乎是和善的。

"这次不会有伤害的,"他说,"眼睛盯着我。"

就在这个时候发生了一阵猛烈的爆炸,也可以说类似爆炸,但弄不清楚究竟有没有声音。肯定发出了一阵闪光,使人睁不开眼睛。温斯顿没有受到伤害,只是弄得筋疲力尽。他本来已经是仰卧在那里,但是他奇怪地觉得好像是给推到这个位置的。一种猛烈的无痛的打击,把他打翻在那里。他的脑袋里也有了什么变化。当他的瞳孔恢复视力时,他仍记得自己是谁,身在何处,也认得看着他的那张脸;但是不知在什么地方,总有一大片空白,好像他的脑子给挖掉了一大块。

"这不会长久,"奥布兰说,"看着我回答,大洋国同什么国家在打仗?"

温斯顿想了一下,他知道大洋国是什么意思,也知道自己是大洋国的公民,他也记得欧亚国和东亚国,但谁同谁在打仗,他却不知道,事实上,他根本不知道在打仗。

"我记不得了。"

"大洋国在同东亚国打仗,你现在记得吗?"

"记得。"

"大洋国一直在同东亚国打仗,自从你生下来以后,自从党成立以来,自从有史以来,就一直不断地在打仗,总是同一场战争,你记得吗?"

"记得。"

"十一年以前,你制造了一个关于三个因叛国而处死的人的传奇,你硬说自己看到过一张能够证明他们无辜的纸片。根本不存在这样的纸片,这是你造出来的,你后来就相信了它,你现在记得你当初造出这种想法的时候吧?"

"记得。"

"我现在把手举在你的面前,你看到五个手指,你记得吗?"

"记得。"

奥布兰举起左手的手指,大拇指藏在手掌后面。

"现在有五个手指,你看到五个手指吗?"

"是的。"

而且他的确在刹那间看到了,在他的脑海中的景象还没有改变之前看到了。他看到了五个手指,并没有畸形。接着一切恢复正常,原来的恐惧、仇恨、迷惑又袭上心来。但是有那么一个片刻——他也不知道多久,也许是三十秒钟——的时间里,他神志非常清醒地感觉到,奥布兰的每一个新的提示都填补了一片空白,成为绝对的真理,只要有需要的话,二加二可以等于三,同等于五一样容易。奥布兰的手一放下,这就消失了,他虽不能恢复,但仍旧记得,就像你在以前很久的某个时候,事实上是个完全不同的人的时候,有个栩栩如生的经历,现在仍旧记得一样。

"你现在看到，"奥布兰说，"无论如何这是办得到的。"

"是的。"温斯顿说。

奥布兰带着满意的神情站了起来。温斯顿看到他的左边的那个穿白大褂的人打破了一只安瓿，把注射器的柱塞往回抽。奥布兰脸上露出微笑，转向温斯顿。他重新整了一整鼻梁上的眼镜，动作一如以往那样。

"你记得曾经在日记里写过，"他说，"不管我是友是敌，都无关紧要，因为我至少是个能够了解你并且可以谈得来的人？你的话不错，我很喜欢同你谈话。你的头脑使我感兴趣，它很像我自己的头脑，只不过你是精神失常的。在结束这次谈话之前，你如果愿意，可以向我提几个问题。"

"任何问题？"

"任何问题。"他看到温斯顿的眼光落在仪表上，"这已经关掉了。你的第一个问题是什么？"

"你们把朱莉娅怎样了？"温斯顿问。

奥布兰又微笑了。"她出卖了你，温斯顿。马上——毫无保留。我从来没有见到过有人这样快投过来的。你如再见到她，已很难认出来了。她的所有反叛精神、欺骗手法、愚蠢行为、肮脏思想——都已消失得一干二净。她得到了彻底的改造，完全符合课本的要求。"

"你们拷打了她。"

奥布兰对此不予置答。"下一个问题。"他说。

"老大哥存在吗？"

"当然存在。有党存在,就有老大哥存在,他是党的化身。"

"他也像我那样存在吗?"

"你不存在。"奥布兰说。

一阵无助的感觉再次席卷了他的心。他明白,也不难想象,那些能够证明自己不存在的论据是些什么;但是这些论据都是胡说八道,都是玩弄词句。"你不存在"这句话不是包含着逻辑上的荒谬吗?但是这么说有什么用呢?他一想到奥布兰会用那些无法争辩的、疯狂的论据来驳斥他,心就感到一阵收缩。

"我认为我是存在的,"他懒懒地说,"我意识到我自己的存在,我生了下来,我还会死去,我有胳膊有腿,我占据一定的空间,没有别的实在东西能够同时占据我所占据的空间。在这个意义上,老大哥存在吗?"

"这无关紧要。他存在。"

"老大哥会死吗?"

"当然不会。他怎么会死?下一个问题。"

"兄弟会存在吗?"

"这,温斯顿,你就永远不会知道。我们把你对付完了以后,如果放你出去,即使你活到九十岁,你也永远不会知道这个问题的答案是什么。只要你活一天,这个问题就一天是你心中没有答案的谜。"

温斯顿默然躺在那里,他的胸脯起伏比刚才快了一些,他还没有提出他心中头一个想到的问题,他必须提出来,可是他的舌头好像说不出声来了,奥布兰的脸上出现了一丝笑意,甚至他的眼镜片似乎也有了嘲讽的色彩,温斯顿心里想,他很明白,他很明白我要问的是什么!想到这里,他的话就冲出口了。

"101号房里有什么?"

奥布兰脸上的表情没有变,他挖苦地回答:"你知道101号房里有什么,温斯顿,人人都知道101号房里有什么。"

他向穿白大褂的举起一个手指,显然谈话结束了,一根针刺进了温斯顿的胳膊,他马上沉睡过去。

三

"你的改造分三个阶段,"奥布兰说,"学习、理解、接受。现在你该进入第二阶段了。"

像往常一样,温斯顿仰卧在床上。不过最近绑带比较松了,他仍被绑在床上,不过膝盖可以稍作移动,脑袋可以左右转动,从胳膊肘以下,可以举起手来。那个仪表也不那么可怕了,只要他脑筋转得快一些,就可以避免吃苦头。主要是在他脑筋不灵的时候,奥布兰才扳杠杆。有时不用仪表,他们也会谈上一次话。他记不得他们已经谈过几次了,整个过程似乎拖得很长,时间也无限,可能有好几个星期,每次谈话与下次谈话之间有时可能间隔几天,有时只有一两个小时。

"你躺在那里,"奥布兰说,"你常常纳闷,而且你甚至问过我，为什么仁爱部要在你身上花这么多的时间，费这么大的劲。当初你自由的时候，你也因基本上同样的问题而感到不解。你能够理解你所生活的社会的运转，但是你不理解它的根本动机。你还记得你曾经在日记上写过，'我知道方法，但我不知道原因？'就是在你想'原因'的时候，你对自己神志是否健全产生了怀疑。你已经读了那本书，戈斯坦因的书，至少读过它的一部分。它有没有告诉你一些你原来不知道的东西？"

"你读过吗？"温斯顿问，"是我写的，就是说，是我参与写作的。你也知道，没有一本书是单个人写的。"

"书里说的是不是真实的？"

"作为描写，是真实的。但它所提出的纲领是胡说八道。秘密积累知识，逐渐扩大启蒙，最后发生无产阶级造反，推翻党。你不看也知道它要这样说，这都是胡说八道，无产阶级永远不会造反，一千年，一百万年也不会。他们不能造反。我无须把原因告诉你；你自己已经知道了，如果你曾经梦想过发生暴力起义，那你就抛弃这个梦想吧，没有办法推翻党，党的统治是永远的，把这当作你的思想的出发点。"

他向床边走近一些。"永远这样！"他重复说。"现在再回到'方法'和'原因'问题上来。你很了解党维持当权的'方法'。现在请告诉我，我们要坚持当权的'原因'。我们的动机是什么？我们为什么要当权？说吧。"他见温斯顿沉默不语就说。

但温斯顿还是继续沉默了一两分钟。他感到一阵厌倦。奥布兰的脸上又隐隐出现了一种狂热的神情，他知道奥布兰会说些什么：党并不是为了自己的目的而要当权，而只是为了大多数人的利益。它要权力是因为群众都是软弱的、怯懦的可怜虫，既不知如何运用自由，也不知正视真理，必须由比他们强有力的人来加以统治，进行有计划的哄骗。人类面前的选择是自由或幸福，对大多数人类来说，选择幸福更好一些。党是弱者的永恒监护人，是为了使善可能到来才作恶的一个专心一致的派系，为了别人的幸福而牺牲自己的幸福。温斯顿心里想，可怕的是，奥布兰这么说的时候，他就会相信他。你可以从他脸上看出来。奥布兰什么都知道，比温斯顿好一千倍，他知道世界究竟是怎么一回事，人类生活堕落到了什么程度，党用什么谎言和野蛮手段使他们处在那种地位。他完全明白的这一切，加以权衡，但这都无关紧要，因为为了最终目的，一切手段都是正当的。温斯顿心里想，对于这样一个疯子，他比你聪明，他心平气和地听了你的论点，但是仍坚持他的疯狂，你有什么办法呢？

"你们是为了我们自己的好处而统治我们，"他软弱地说，"你们认为人类不能自己管理自己，因此——"

他惊了一下，几乎要叫出声来，他的全身一阵痛，奥布兰扳动了杠杆，仪表的指针升到了三十五。

"真愚蠢，温斯顿，真愚蠢！"他说，"按你的水平，你不应该说这么一句话。"

他把杠杆扳回来，继续说："现在让我来告诉你，我的问题的答复是什么。答复是：党要当权完全是为了它自己，我们对别人的好处并没有兴趣，我们只对权力有兴趣，不论财富、奢侈、长寿或者幸福，我们都没有兴趣，只对权力，纯粹的权力有兴趣。纯粹的权力是什么意思，你马上就会知道。我们与以往的所有寡头政体都不同，那是在于我们知道自己在干什么。所有其他寡头政治家，即使那些同我们相像的人，也都是些懦夫和伪君子。德国的纳粹党人和俄国的共产党人在方法上同我们很相像，但是他们从来没有勇气承认自己的动机。他们假装，或许他们甚至相信，他们夺取权力不是出于自愿，只是为了一个有限的时期，不久就会出现一个人人都自由平等的天堂。我们可不是那样。我们很明白，没有人会为了废除权力而夺取权力。权力不是手段，权力是目的。建立专政不是为了保卫革命；反过来进行革命是为了建立专政，迫害的目的是迫害，拷打的目的是拷打，权力的目的是权力，现在你开始懂得我的意思了吧？"

像以往一样，奥布兰疲倦的脸使温斯顿感到触目惊心，这张脸坚强、肥厚、残忍，充满智慧，既有激情，又有节制，使他感到毫无办法，但是这张脸是疲倦的脸。眼眶下面有皱纹，双颊的皮肉松弛。奥布兰俯在他的头上，有意让他久经沧桑的脸移得更近一些。

"你在想，"他说，"我的脸又老又疲倦，你在想，我在奢谈权力，却没有办法防止我自己身体的衰老。温斯顿，难道你不明白，个人只是一个细胞？一个细胞的衰变正是机体的活力，你把指甲剪掉的时候难道你就死了吗？"

他从床边走开，又开始来回踱步，一只手放在口袋里。

"我们是权力的祭师，"他说，"上帝是权力。不过在目前，对你来说，权力不过是个字眼。现在你应该对权力的含义有所了解，你必须明白的第一件事情是,权力是集体的。个人只是在停止作为个人的时候才有权力。你知道党的口号'自由即奴役'。你有没有想到过这句口号是可以颠倒过来的?奴役即自由。一个人在单独和自由的时候总是要被打败的。所以必然如此,是因为人都必死,这是最大的失败。但是如果他能完全绝对服从,如果他能摆脱个人存在,如果他能与党打成一片而做到他就是党,党就是他,那么他就是全能的、永远不朽。你要明白的第二件事情是,所谓权力乃是对人的权力,是对身体,尤其是对思想的权力,对物质——你们所说的外部现实——的权力并不重要。我们对物质的控制现在已经做到了绝对的程度。"

温斯顿一时没有去注意仪表。他猛地想坐了起来,结果只是陡然感到一阵痛而已。

"但是你怎么能够控制物质呢?"他叫出声来,"你们连气候或者地心吸力都还没法控制,而且还有疾病、痛苦、死亡——"

奥布兰摆一摆手,叫他别说话:"我们所以能够控制物质,是因为我们控制了思想,现实存在于脑袋里,温斯顿,你会慢慢明白的,我们没有做不到的事。隐身、升空——什么都行,只要我愿意,我可以像肥皂泡一样,在这间屋子里飘浮起来。我不愿意这么做是因为党不愿意我这么做,这种19世纪式的自然规律观念,你必须把它们丢掉。自然规律是由我们来规定的。"

"但是你们并没有!你们甚至还没有成为地球的主人!不是还有欧亚国和东亚国吗?你们还没有征服它们!"

"这无关紧要,到了合适的时候都要征服,即使不征服,又有什么不同？我们可以否定它们的存在。大洋国就是世界。"

"但是世界本身只是一粒尘埃，而人是渺小的——毫无作为，人类存在多久了？有好几百万年地球上是没有人迹的。"

"胡说八道，地球的年代同人类一样长久，一点也不比人类更久，怎么可能比人类更久呢？除了通过人的意识，什么都不存在。"

"但是岩石里尽是已经绝迹的动物的骨骼化石——在人类出现以前很久在地球上生活过猛犸、柱牙象和庞大的爬行动物。"

"你自己看到过这种骨骼化石吗，温斯顿？当然没有，这是19世纪生物学家捏造出来的，在人类出现以前什么都不存在，在人类绝迹后——如果人类有一天会绝迹的话——也没有什么会再存在，在人类之外没有别的东西存在。"

"但是整个宇宙是在我们之外，看那星星！有些是在一百万光年之外，它们在我们永远及不到的地方。"

"星星是什么？"奥布兰冷淡地说，"它们不过是几公里以外的光点，我们只要愿意就可以到那里，我们也可以把它们抹掉，地球是宇宙的中心，太阳和星星绕地球而转。"

温斯顿又挣扎了一下，这次他没有说什么，奥布兰继续说下去，好像在回答对方说出来的反对意见。

"为了一定目的，这话当然是不确切的，比如我们在大海上航行的时候，或者在预测日食月食的时候，我们常常发现，假设地球绕太阳而转，星星远在亿万公里之外，这样比较方便。但这又怎样呢？难道你以为我们不能创造一种双重的天文学体系吗？星星可以近,也可以远,视我们需要而定。你以为我们的数学家做不到这一点吗?难道你忘掉了双重思想?"

温斯顿在床上一缩,不论他说什么,对方迅速的回答就像给他打了一下闷棍一样,但是他知道自己是对的。认为自己思想以外不存在任何事物——肯定有什么办法能够证明这种想法是错误的,不是早已揭露过这是一种谬论吗?甚至还有一个名称,不过他已记不起来了。奥布兰低头看着温斯顿,嘴角上飘起一丝嘲意。

"我告诉过你,温斯顿,"他说,"形而上学不是你的所长,你在想的一个名词叫唯我论,可是你错了,这不是唯我论,这是集体唯我论,不过这是另外一回事,完全不同的一回事,可以说是相反的一回事,不过这都是题外话。"他又换了口气说,"真正的权力,我们日日夜夜为之奋战的权力,不是控制事物的权力,而是控制人的权力。"他停了下来,又恢复了一种教训聪颖儿童的教师神情:"温斯顿,一个人是怎样对另外一个人发挥权力的?"

温斯顿想了一想说:"通过使另外一个人受苦。""说得不错,通过使另外一个人受苦,光是服从还不够,他不受苦,你怎么知道他在服从你的意志,不是他自己的意志?权力就在于给人带来痛苦和耻辱,权力就在于把人类思想撕得粉碎,然后按你自己所选择的样子把它再黏合起来。那么,你是不是开始明白我们要创建的是怎样一种世界?这种世界与老派改革家所设想的那种愚蠢的、享乐主义的乌托邦正好相反。这是一个恐惧、叛卖、折磨的世界,一个践踏和被践踏的世界,一个在臻于完善的过程中越来越无情的世界。我们这个世界里,所谓进步就是朝向越来越多痛苦的进步。以前的各种文明以建筑在博爱和正义上相标榜。而我们建筑在仇恨上。在我们的世界里，除了恐惧、狂怒、得意、自贬以外，没有别的感情。其他一切都要摧毁。我们现在已经摧毁了革命前遗留下来的思想习惯，我们割断了子女与父母、人与人、男人与女人之间的联系；没有人再敢信任妻子、儿女、朋友，而且在将来，不再有妻子或朋友，子女一生下来就要脱离母亲，好像蛋一生下来就从母鸡身边取走一样，性的本能要消除掉，生殖的事要弄得像发配给证一样成为一年一度的手续形式，我们要消灭掉性的快感，我们的神经病学家正在研究这个问题。除了对党忠诚以外，没有其他忠诚，除了爱老大哥以外，没有其他的爱，除了因打败敌人而笑以外，没有其他的笑。不再有艺术，不再有文学，不再有科学，我们达到万能以后就不需要科学了。美与丑之间不再有区别，不再有好奇心，不再有生命过程的应用，一切其他乐趣都要消灭掉。但是，温斯顿，请你不要忘了，对于权力的沉醉，却永远存在，而且不断地增长，不断地越来越细腻。每时每刻，永远有胜利的欢悦，践踏束手待毙的敌人的快感。如果你要设想一幅未来的图景，就想象一只脚踩在一张人脸上好了——永远如此。"

他停了下来等温斯顿说话，温斯顿又想钻到床底下去。他说不出话来，他的心脏似乎冰冻住了。奥布兰继续说：

"请记住，永远如此，那张脸永远在那里给你践踏。异端分子、社会公敌永远在那里，可以一而再再而三地打败他们，羞辱他们。你落到我们手中以后所经历的一切，会永远继续下去，而且只有更厉害。间谍活动、叛党卖国、逮捕拷打、处决灭迹，这种事情永远不会完。这个世界不仅是个胜利的世界,也同样是个恐怖的世界。党越有力量,就越不能容忍;反对力量越弱,专制暴政就越严。戈斯坦因及其异端邪说将永远存在,他们无时无刻不受到攻击、取笑、辱骂、唾弃,但是他们总是仍旧存在。我在这七年中同你演出的这出戏将一代又一代永不停止地演下去,不过形式更加巧妙而已。我们总是要把异端分子提到这里来听我们的摆布,叫痛求饶,意气消沉,可卑可耻,最后痛悔前非,自动地爬到我们脚下来。这就是我们在制造的一个世界,温斯顿,一个胜利接着一个胜利的世界,没完没了地压迫着权力的神经。我可以看出,你已经开始明白这个世界将是什么样子。但是到最后,你会不止明白而已。你还会接受它,欢迎它,成为它的一部分。"

温斯顿从震惊中恢复过来一些,有气无力地说:"你们不能这样!"

"温斯顿,你这话是什么意思?"

"你们不可能创造一个像你刚才介绍的那样的世界,这是梦想,不可能实现。"

"为什么?"

"因为不可能把文明建筑在恐惧、仇恨和残酷上。这种文明永远不能持久。"

"为什么不能?"

"它不会有生命力,它会分崩离析,它会自找毁灭。"

"胡说八道,你以为仇恨比爱更消耗人的精力,为什么会是这样?即使如此,又有什么关系?假定我们要使自己衰亡得更快,假定我们要加速人生的速度，使得人满三十就衰老，那又有什么关系呢？你难道不明白，个人的死不是死，党是永生不朽的。"

像刚才一样，一番话把温斯顿说得哑口无言。此外，他也担心，如果他坚持己见，奥布兰会开动仪表，但是他又不能沉默不语，于是他有气无力地又采取了攻势，只是没有什么强有力的论据，除了对奥布兰刚才的一番话感到说不出来的惊恐之外，没有任何其他的后盾。

"我不知道——我也不管，反正你们会失败的，你们会遭到打败的，生活会打败你们。"

"我们控制着生活的一切方面，温斯顿。你在幻想，有什么叫作人性的东西，会因为我们的所作所为而感到愤慨，起来反对我们，但是人性是我们创造的。人的伸缩性无限大，你也许又想到无产阶级或者奴隶会起来推翻我们，把那个想法丢掉吧，他们像牲口一样一点也没有办法，党就是人性，其他都是外在的——无足轻重。"

"我不管，他们最后会打败你们，他们迟早会看清你们的面目，那时他们会把你们打得粉碎。"

"你看到什么迹象能说明这样的事情快要发生了吗？或者有什么理由吗？"

"没有，但是我相信，我知道你们会失败，宇宙之中反正有什么东西——我不知道是精神，还是原则——是你们所无法战胜的。"

"你相信上帝吗，温斯顿？"

"不相信。"

"那么那个会打败我们的原则又是什么呢?"

"我不知道。人的精神。"

"你认为自己是个人吗?"

"是的。"

"如果你是人,温斯顿,那你就是最后一个人了。你那种人已经绝迹;我们是后来的新人。你不明白你是孤立的?你处在历史之外,你不存在。"他的态度改变了,口气更加严厉了,"你以为我们撒谎,我们残酷,因此你在精神上比我们优越?"

"是的,我认为我优越。"

奥布兰没有说话,有另外两个声音在说话。过了一会儿,温斯顿听出其中一个声音就是他自己的声音,那是他参加兄弟会那个晚上同奥布兰谈话的录音带,他听到他自己答应要说谎、盗窃、伪造、杀人、鼓励吸毒和卖淫、传播性病、向孩子脸上泼硫酸,奥布兰做了一个小手势,似乎是说不值得放这录音,他于是关上电门,说话声音就中断了。

"起床吧。"他说。

绑带自动松开,温斯顿下了地,不稳地站起来。

"你是最后一个人,"奥布兰说,"你是人类精神的监护人。你看看自己是什么样子,把衣服脱掉。"

温斯顿把扎住工作服的一根绳子解开,拉链早已被取走了,他记不得被捕以后有没有脱光过衣服。工作服下面,他的身上是些肮脏发黄的破片,勉强可以看出来原来是内衣。他把它们脱下来扔到地上时，看到屋子那头有一个三面镜。他走过去，半路上就停住了。嘴里不禁惊叫出声。

"过去，"奥布兰说，"站在两面镜子中间，你就也可以看到侧面。"

他停下来是因为他吓坏了，他看到一个死灰色的骷髅一样的人体弯着腰向他走近来，样子非常怕人，这不仅仅是因为他知道这人就是他自己。他走得离镜子更近一些，那人的脑袋似乎向前突出，那是因为身子佝偻的缘故。他的脸是个绝望无援的死囚的脸，额角高突，头顶光秃，尖尖的鼻子，沉陷的双颊，上面两只眼睛却灼灼发亮，凝视着对方，满脸都是皱纹，嘴巴塌陷。毫无疑问，这是他自己的脸，但是他觉得变化好像比他内心的变化更大，它所表现的感情不是他内心感到的感情。他的头发已有一半秃光了，他起先以为自己头发也发白了，但是发白的是他的头皮。除了他的双手和脸上一圈以外，他全身发灰，污秽不堪。污垢的下面到处还有红色的疮疤，脚踝上的静脉曲张已溃疡成一片，皮肤一层一层掉下来，但是最吓人的还是身体羸弱的程度，胸口肋骨突出，与骷髅一样，大腿瘦得还不如膝盖粗。他现在明白了为什么奥布兰叫他看一看侧面。他的脊梁弯曲得怕人，瘦骨嶙峋的双肩向前弯着，胸口深陷，皮包骨的脖子似乎吃不消脑袋的重压，如果叫他猜，他一定估计这是一个患有慢性痼疾的六十老头的身体。

"你有时想，"奥布兰说，"我的脸——内党党员的脸——老而疲惫，你对自己的脸有什么想法？"

他抓住温斯顿，把他转过身来正对着自己。

"你瞧瞧自己成了什么样子！"他说，"你瞧瞧自己身上的这些污垢！你脚趾缝中的污垢，你脚上的烂疮，你知道自己臭得像头猪吗？也许你已经不再注意到了。瞧你这副消瘦的样子，你看到吗？你的胳膊还不如我的大拇指和食指合拢起来的圈儿那么粗，我可以把你的脖子掐断，同折断一根胡萝卜一样，不费吹灰之力。你知道吗，你落到我们手中以后已经掉了二十五公斤，甚至你的头发也一把一把地掉。瞧！"他一揪温斯顿的头发，就掉下一把来，"张开嘴，还剩九颗、十颗、十一颗牙齿。你来的时候有几颗？剩下的几颗随时可掉，瞧！"

他用大拇指和食指有力地扳住温斯顿剩下的一颗门牙，温斯顿上腭一阵痛。奥布兰已把那颗门牙扳了下来，扔在地上。

"你已经在烂掉了，"他说，"你已经在崩溃了，你是什么？一堆垃圾，现在再转过去瞧瞧镜子里面，你见到你面前的东西吗？那就是最后的一个人，如果你是人，那就是人性，把衣服穿上吧。"

温斯顿手足迟钝地慢慢把衣服穿上，到目前为止，他都从来没有想到过自己这么瘦弱。他的心中只有一个想法：他落在这个虎穴里一定比他所想象的时间还要久。他把这些破烂衣服穿上身后，对于自己被糟蹋的身体不禁感到一阵悲痛。他突然坐在床边的一把小板凳上放声哭了起来。他意识到自己丑陋不堪，他是一堆穿在肮脏衣服中的骨头，正在刺眼的白色光线下哭泣，可是他无法停下来。奥布兰几乎可以说是仁慈地把一只手搭在他的肩膀上。

"不会永远这样的，"他说，"你什么时候决定好了，就什么时候可以避免，一切取决于你。"

"是你干的!"温斯顿哭着说,"是你把我弄成了这样!"

"不,温斯顿,是你把自己弄成了这样,这是你决定跟党作对时,就已经接受了的,这包含在第一步行动中。所发生的事情,没有一件是你没有预见到的。"

他停顿了一下,然后继续说道:"我们把你击败了,温斯顿,我们已经把你打垮了。你已经看到自己的身体是个什么样子,你的思想也是一样,我认为你什么自尊都没有了。你已经被拳打脚踢过,也被辱骂过,你因为痛苦而尖叫过,在地板上自己的血迹和呕吐物中翻滚过,哀求过,背叛了所有人、所有事。你还能想起哪一样丢脸的事情没有做过?"

温斯顿停止了哭泣,不过眼泪仍从他的眼里往外涌。他抬起头来看这奥布兰。

"我没有背叛朱莉娅。"他说。

奥布兰沉思着俯视温斯顿。"对,"他说,"对,完全正确,你没有背叛朱莉娅。"

温斯顿的心里又涌起对奥布兰的奇特敬意,似乎一切都不能摧毁这种敬意。多么有智慧,他想,多么有智慧啊!没有一次奥布兰不理解向他说过的话,换了世界上别的什么人,都会马上说他已经背叛了朱莉娅,因为在拷打之下,还有什么他没有坦白的呢?他把他所知道的、有关于她的情况告诉了他们:她的习惯、她的性格、她过去的生活;他极其详细地交代了他们幽会时所发生的一切、相互之间所说的话、黑市买卖、通奸、反党的密谋——一切的一切!然而,按照他的本意所用的词来说,他没有出卖她,他没有停止爱她;他对她的感情依然如旧。奥布兰明白他的意思,不需要任何解释。

"告诉我,"他问道,"他们什么时候枪毙我?"

"可能要过很久,"奥布兰说,"你的问题有些棘手,不过不要放弃希望。迟早一切总会治愈的,最后我们就会枪毙你。"

四

他好多了。他一天比一天胖起来,一天比一天强壮起来,只是很难区分这一天与下一天而已。

白色的光线和嗡嗡的声音一如既往,不过牢房比以前稍为舒服了一些。木板床上有了床垫,还有个枕头,床边有把板凳可以坐一坐,他们给他洗了一个澡,可以过一阵子用铝盆擦洗一下身子,他们甚至送温水来给他洗,他们给他换了新内衣和一套干净的工作服,他们在静脉曲张的疮口上抹了清凉的油膏。他们把剩下的坏牙都拔了,给他镶了全部假牙。

这么过了几个星期,甚至几个月。如果他有兴趣的话,现在有办法计算时间了,因为他们定时给他送吃的来。他估计,每二十四小时送来三顿饭;有时他也搞不清送饭来的时间是白天还是夜里,伙食好得出奇,每三顿总有一顿有肉,有一阵子还有香烟,他没有火柴,但是送饭来的那个从来不说话的警卫给他点了火,他第一次抽烟几乎感到恶心要吐,但还是吸了下去,每餐以后吸半支,一盒烟吸了好多天。

他们给他一块白纸板，上面系着一支铅笔，起初他没有用它，他醒着的时候也完全麻木不动。他常常吃完一餐就躺在那里，一动不动地等下一餐，有时睡了过去，有时昏昏沉沉，连眼皮也懒得张开。他早已习惯在强烈的灯光照在脸上的情况下睡觉了。这似乎与在黑暗中睡觉没有什么不同，只是梦境更加清楚而已，在这段时间内他梦得很多，而且总是快活的梦，他梦见自己在黄金乡，坐在阳光映照下的一大片废墟中间，同他的母亲、朱莉娅、奥布兰在一起，什么事情也不干，只是坐在太阳底下，谈着家常。他醒着的时候心里想到的也是梦境，疼痛的刺激一消除，他似乎已经丧失了思维的能力。他并不是感到厌倦，他只是不想说话或者别的。只要谁都不去惹他，不打他，不问他，够吃，够干净，就完全满足了。

他花在睡觉上的时间慢慢地少了，但是他仍不想起床，他只想静静地躺着，感到身体慢慢恢复体力。他有时常常在这里摸摸那里摸摸，要想弄清楚肌肉确实长得更圆实了，皮肤不再松弛了。最后他确信无疑自己的确长胖了，大腿肯定比膝盖粗了。在此以后，他开始定期做操，不过起先有些勉强。过了不久，他能够一口气走三公里，那是用牢房的宽度来计算的。他的肩膀开始挺直，他做了一些比较复杂的体操，但是发现有的事情不能做，使他感到很奇怪，又感到很难过。比如说，他不能快步走，他不能单手平举板凳，他不能一脚独立，他蹲下来以后要费很大的劲才能站立起来，大腿小腿感到非常酸痛。他想做俯卧撑，一点也不行，连一毫米也撑不起来。但是又过了几天，或者说又过了几顿饭的工夫，这也能做到了。最后他一口气可以撑起六次,他开始真的为自己身体感到骄傲,相信自己的脸也恢复了正常。只有有时偶尔摸到秃光的脑袋时,他才记得那张从镜子中向他凝视的多皱的脸。

他的思想也更加活跃起来。他坐在床上,背靠着墙,膝上放着写字板,着意开始重新教育自己。他已经投降了;这已是一致的意见。实际上,他回想起来,他在做出这个决定之前很久早已准备投降了。从他一进仁爱部开始,是的,甚至在他和朱莉娅束手无策地站在那里听电子屏幕上冷酷的声音吩咐他们做什么的时候,他已经认识到他要想反对党的权力是多么徒劳无益。他现在明白,七年来思想警察就一直监视着他,像放大镜下的小甲虫一样,他们没有不注意到的言行,没有不推想到的思想,甚至他日记本上那粒发白的泥尘,他们也小心地放回在原处,他们向他放了录音带,给他看了照片,有些是朱莉娅和他在一起的照片。是的,甚至……他无法再同党做斗争了。此外,党是对的,这绝对没有问题,不朽的集体的头脑怎么会错呢?你有什么外在标准可以衡量它的判断是否正确呢?神志清醒是统计学上的概念,这只不过是学会按他们的想法去想问题。只是——

他的手指缝里的铅笔使他感到又粗又笨,他开始写下头脑里出现的思想。他先用大写字母笨拙地写下这几个字:

自由即奴役。

接着他又在下面一口气写下:

二加二等于五。

但是接着稍微停了一下,他的脑子有些想要躲开什么似的不能集中思考,他知道自己知道下一句话是什么,但是一时却想不起来。等到他想起来的时候,完全是靠有意识的推理才想起来的,而不是自发想起来的。他写道:

权力即上帝。

他什么都接受,过去可以篡改,过去从来没有篡改过,大洋国同东亚国在打仗,大洋国一直在同东亚国打仗。琼斯、阿隆森、卢瑟福犯有控告他们的罪行。他从来没有见到过证明他们没有罪的照片,它从来没有存在过;这是他控告的。他记得曾经记起过相反的事情,但这些记忆都是不确实的、自我欺骗的产物。这一切是多么容易!只要投降以后,一切迎刃而解。就像逆流游泳,不论你如何挣扎,逆流就是把你往后冲,但是一旦他突然决定掉过头来,那就顺流而下,毫不费力。除了你自己的态度之外,什么都没有改变;预先注定的事情照样发生。他也不知道自己为什么要反叛。一切都很容易,除了——

什么都可能是真实的。所谓自然规律纯属胡说八道,地心吸力也是胡说八道。奥布兰说过:"要是我愿意的话,可以像肥皂泡一样离地飘浮起来。"温斯顿依此推理:"如果他认为他已离地飘浮起来，如果我同时认为我看到他离地飘浮起来，那么这件事就真的发生了。"突然，像一条沉船露出水面一样，他的脑海里出现了这个想法："这并没有真的发生，是我们想象出来的，这是幻觉。"他立刻把这想法压了下去。这种想法之荒谬是显而易见的。它假定在客观上有一个"实际的"世界，那里发生着"实际的"事情。但是怎么可能有这样一个世界呢？除了通过我们自己的头脑之外，我们对任何东西有什么知识呢？一切事情都发生在我们的头脑里。凡是在头脑里发生的事情，都真的发生了。

他毫无困难地驳倒了这个谬论，而且也没有会发生相信这个谬论的危险。但是他还是认为不应该想到它。凡是有危险思想出现的时候，自己的头脑里应该出现一片空白，这种过程应该是自动的，本能的，新话里叫"犯罪停止"。

他开始锻炼犯罪停止。他向自己提出一些提法：——"党说地球是平的"，"党说冰比水重"，——然后训练自己不去看到或者了解与此矛盾的说法，这可不容易，这需要极大的推理和临时拼凑的能力。例如，"二加二等于五"这句话提出的算术问题超过他的智力水平，这也需要一种脑力体操的本领，能够一方面对逻辑进行最微妙的运用，接着又马上忘掉最明显的逻辑错误。愚蠢和聪明同样必要，也同样难以达到。

在这期间，他的脑海里仍隐隐地在思量，不知他们什么时候就会枪毙他。奥布兰说过"一切都取决于你。"但是他知道他没有什么办法可以有意识地使死期早些来临。可能是在十分钟之后，也可能是在十年之后。他们可能长年把他单独监禁；他们可能送他去劳动营；他们可能先释放他一阵子，他们有时是这样做的。很有可能，在把他枪决以前会把整个逮捕和拷问的这场戏全部重演一遍。唯一可以肯定的事情是，死期绝不会事先给你知道的。传统是——不是明言的传统，你虽然没有听说过，不过还是知道——在你从一个牢房走到另一个牢房去时，他们在走廊里朝你脑后开枪，总是朝你脑后，事先不给警告。

有一天——但是"一天"这话不确切，因为也很可能是在半夜里，因此应该说有一次——他沉溺在一种奇怪的、幸福的幻觉之中。他在走廊中走过去，等待脑后的子弹。他知道这颗子弹马上就要来了。一切都已解决，调和了。不再有怀疑，不再有争论，不再有痛苦，不再有恐惧。他的身体健康强壮。他走路很轻快，行动很高兴，有一种在阳光中行走的感觉。他不再是在仁爱部的狭窄的白色走廊里，而是在一条宽阔的阳光灿烂的大道上，有一公里宽，他似乎是吃了药以后在神志昏迷中行走一样。他身在黄金乡，在兔子出没甚多的牧场中，顺着一条足迹踩出来的小径上往前走。他感到脚下软绵绵的短草，脸上和煦的阳光。在草地上有榆树，在微风中颤动，远处有一条小溪，有雅罗鱼在柳树下的绿水潭中游泳。

突然他惊醒过来，心中一阵恐怖。背上出了一身冷汗。原来他听见自己在叫：

"朱莉娅！朱莉娅！朱莉娅，我的亲人！朱莉娅！"

他一时觉得她好像就在身边，这种幻觉很强烈。她似乎不仅在他身边，而且还在他的体内。她好像进了他的皮肤的组织。在这一刹那，他比他们在一起自由的时候更加爱她了。他也明白，不知在什么地方,她仍活着,需要他的帮助。

他躺在床上,尽力使自己安定下来。他干了什么啦?这一刹那的软弱增加了他多少年的奴役呀?

再过一会儿,他就会听到牢房外面的皮靴声。他们不会让你这么狂叫一声而不惩罚你的。他们要是以前不知道的话,那么现在就知道了,他打破了他们之间的协议。他服从党,但是他仍旧仇恨党。在过去,他在服从的外表下面隐藏着异端的思想。现在他又倒退了一步;在思想上他投降了,但是他想保持内心的完整无损。他知道他自己不对,但是他宁可不对。他们会了解的。奥布兰会了解的。这一切都在那一声愚蠢的呼喊中招认了。他得再从头开始来一遍。这可能需要好几年。他伸手摸一下脸,想熟悉自己的新面貌。脸颊上有很深的皱纹。颧骨高耸,鼻子塌陷。此外,自从上次照过镜子以后,他们给他镶了一副新的假牙。你不知道自己的容貌是什么样子,是很难保持外表高深莫测的。反正,仅仅控制面部表情是不够的。他第一次认识到,你如果要保持秘密,必须也对自己保密。你必须始终知道有这个秘密在那里,但是非到需要的时候,你绝不可以让它用任何一种可以叫上一个名称的形状出现在你的意识之中,从今以后,他不仅需要正确思想,而且要正确感觉,正确做梦。而在这期间,他要始终把他的仇恨锁在心中,成为自己身体的一部分,而又同其他部分不发生关系,就像一个囊丸一样。

他们终有一天会决定枪毙他。你不知道什么时候会发生这件事情,但是在事前几秒钟是可以猜想到的。这总是从脑后开的枪,在你走在走廊里的时候。十秒钟就够了。在这十秒钟里,他的内心世界就会翻了一个个儿。那时,突然之间,嘴上不用说一句话,脚下不用停下步,脸上也不用改变一丝表情,突然之间,伪装就撕了下来,砰的一声,他的仇恨就会开炮。仇恨会像一团烈焰把他一把烧掉。也就是在这一刹那,子弹也会砰的一声打出来,可是太迟了,要不就是太早了。他们来不及改造就把他的脑袋打得粉碎。异端思想会不受到惩罚,不得到悔改,永远不让他们碰到。他们这样等于是在自己的完美无缺中打下一个漏洞。因仇恨他们而死,这就是自由。

他闭上眼睛,这比接受思想训练还困难。这是一个自己糟蹋自己、自己作践自己的问题,他得投到最最肮脏的污秽中去。什么是最可怕、最恶心的事情呢?他想到老大哥,那张庞大的脸(由于他经常在招贴画上看到,他总觉得这脸有一米宽),浓浓的黑胡子,盯着你转的眼睛,好像自动地浮现在他的脑海里。他对老大哥的真情实感是什么?

过道里有一阵沉重的皮靴声,铁门咔嚓一声打开了,奥布兰走了进来,后面跟着那个蜡像面孔的军官和穿黑制服的警卫。

"起来,"奥布兰说,"到这里来。"

温斯顿站在他的面前。奥布兰的双手有力地抓住了温斯顿的双肩,紧紧地看着他。

"你有过欺骗我的想法,"他说,"这很蠢,站得直一些,看着我。"

他停了一下,然后用温和一些的口气说:"你有了进步,从思想上来说,你已没有什么问题了,只是感情上你没有什么进步,告诉我,温斯顿——而且要记住,不许说谎;你知道我总是能够察觉你究竟是不是在说谎的——告诉我,你对老大哥的真实感情是什么?"

"我恨他。"

"你恨他,那很好,那么现在是你走最后一步的时候了,你必须爱老大哥。服从他还不够;你必须爱他。"

他把温斯顿向警察轻轻一推。

"101号房。"他说。

五

在他被监禁的每一个阶段,他都知道——至少是似乎知道——他在这所没有窗户的大楼里的什么地方。可能是由于空气压力略有不同,警卫拷打他的那个牢房是在地面以下,奥布兰讯问他的房间是在高高的顶层,现在这个地方则在地下有好几米深,到了不能再下去的程度。

这个地方比他所待过的那些牢房都要大,但是他很少注意到他的周围环境。他所看到的只是面前有两张小桌子,上面都铺着绿呢桌布。一张桌子距他只有一两米远,另一张稍远一些,靠近门边。他给绑在一把椅子上,紧得动弹不得,甚至连脑袋也无法转动。他的脑袋后面有个软垫子把它卡住,使他只能往前直看。

起先只有一个人在屋里,后来门开了,奥布兰走了进来。

"你有一次问我,"奥布兰说,"101号房里有什么。我告诉你,你早已知道了答案,人人都知道这个答案,101号房里的东西是世界上最可怕的东西。"

门又开了。一个警卫走了进来,手中拿着一只用铁丝做的筐子或篮子那样的东西,他把它放在远处的那张桌子上,由于奥布兰站在那里,温斯顿看不到那究竟是什么东西。

奥布兰又说道:"世界上最可怕的东西因人而异,可能是活埋,也可能是烧死,也可能是淹死,也可能是钉死,也可能是其他各种各样的死法,在有些情况下,最可怕的东西是一些微不足道的小东西,甚至不是致命的东西。"

他向旁边挪动了一些,温斯顿可以看清楚桌上的东西。那是一只椭圆形的铁笼子,上面有个把手可以提起来,它的正面装着一只击剑面罩一样的东西,但凹面朝外,这东西虽然距他有三四米远,但是他可以看到这只铁笼子按纵向分为两部分,里面都有什么小动物在里面,这些小动物是老鼠。

"至于你,"奥布兰说,"世界上最可怕的东西正好是老鼠。"

温斯顿当初一看到那铁笼子,全身就有预感似的一阵震颤,一种莫名的恐惧。如今他突然明白了那铁笼子正面那个面罩一样的东西究竟是干什么用的,他吓得屎尿直流。

"你可不能这样做!"他声嘶力竭地叫道,"你可不能,你可不能这样做!"

"你记得吗,"奥布兰说,"你梦中感到惊慌的时刻,你的面前是一片漆黑的墙,你的耳朵里听到一阵震耳的隆隆声,墙的另一面有什么可怕的东西在那里，你知道自己很明白那是什么东西，但是你不敢明说，墙的另一面是老鼠。"

"奥布兰！"温斯顿说，竭力控制自己的声音，"你知道没有这个必要，你到底要我干什么？"

奥布兰没有直接回答，等他说话时，他又用了他有时用的教书先生的口气，他沉思地看着前面，好像是对坐在温斯顿背后什么地方的听众说话。

"痛楚本身，"他说，"并不够。有的时候一个人能够咬紧牙关不怕痛，即使到了要痛死的程度。但是对每一个人来说，都各有不能忍受的事情——连想也不能想的事情，这并不牵涉到勇敢和怯懦问题，要是你从高处跌下来时抓住一根绳子，这并不是怯懦，要是你从水底浮上水面来，尽量吸一口气，这也并不是怯懦，这不过是一种无法不服从的本能，老鼠也是如此，对你来说，老鼠无法忍受，这是你所无法抗拒的一种压力形式，哪怕你想抗拒也不行。要你做什么你就得做什么。"

"但是要我做什么？要我做什么？我连知道也不知道，我怎么做？"

奥布兰提起铁笼子，放到较近的一张桌子上，他小心翼翼地把它放在绿呢桌布上，温斯顿可以感到耳朵里血往上涌的声音，他有一种孤处一地的感觉，好像处身在一个荒凉的大平原中央，这是个阳光炙烤的沙漠，什么声音都从四面八方的远处向他传来。其实，放老鼠的笼子距他只有两米远，这些老鼠都很大，都到了鼠须硬挺、毛色发棕的年龄。

"老鼠,"奥布兰仍向看不见的听众说,"是啮齿动物,但是也食肉,这一点你想必知道,你一定也听到过本市贫民区发生的事情,在有些街道,做妈妈的不敢把孩子单独留在家里,哪怕只有五分钟,老鼠就会出动,不需多久就会把孩子皮肉啃光,只剩几根小骨头。它们也咬病人和快死的人,它们能知道谁没有还手之力,智力真是惊人。"

铁笼子里传来一阵吱吱的叫声,温斯顿听着好像是从远处传来一样,原来老鼠在打架,它们要想钻过隔开它们的格子到对面去,他也听到一声绝望的呻吟。这,似乎也是从他身外什么地方传来的。

奥布兰提起铁笼子,他在提起来的时候,按了一下里面的什么东西,温斯顿听到咔嚓一声,他拼命想挣脱开他绑在上面的椅子,但一点也没有用,他身上的每一部分,甚至他的脑袋都给绑得一动也不能动。奥布兰把铁笼子移得更近一些,距离温斯顿的眼前不到一米了。

"我已经按了一下第一键,"奥布兰说,"这个笼子的构造你是知道的。面罩正好适合你的脑袋,不留空隙,我一按第二键,笼门就拉开,这些饿慌了的小畜生就会像万箭齐发一样窜出来,你以前看到过老鼠蹿跳没有?它们会直扑你的脸孔,一口咬住不放,有时它们先咬眼睛,有时它们先咬面颊,再吃舌头。"

铁笼子又移近了一些,越来越近了,温斯顿听见一阵阵尖叫,好像就在他的头上。但是他拼命克制自己,不要惊慌。要用脑筋想,哪怕只有半秒钟,这也是唯一的希望。突然,他的鼻尖闻到了老鼠的霉臭味,他感到一阵猛烈的恶心,几乎晕了过去,眼前漆黑一片，他刹那间丧失了神志，成了一头尖叫的畜生。但是他紧紧抱住一个念头，终于在黑暗中挣扎出来，只有一个办法，唯一的办法，可以救自己，那就是必须在他和老鼠之间插进另外一个人，用另外一个人的身体来挡开。

面罩的圈子大小正好把别的一切东西排除于他的视野之外，铁笼门距他的脸只有一两个巴掌远，老鼠已经知道可以大嚼一顿了，有一只在上蹿下跳，另外一只老得掉了毛，后腿支地站了起来，前爪抓住铁丝，鼻子到处在嗅。温斯顿可以看到它的胡须和黄牙。黑色的恐怖又袭上心来。他眼前一片昏暗，束手无策，脑里一片空白。

"这是古代中国的常用惩罚。"奥布兰一如既往地训诲道。

面罩挨到了他的脸上，铁丝碰在他的面颊上，接着——唉，不，这并不能免除，这只是希望，小小的一线希望，太迟了，也许太迟了。但是他突然明白，在整个世界上，他只有一个人可以把惩罚转嫁出去——只有一个人的身体他可以把她插在他和老鼠之间。他一遍又一遍地拼命大叫：

"咬朱莉娅！咬朱莉娅！别咬我！朱莉娅！你们怎样咬她都行，把她的脸咬下来，啃她的骨头，别咬我！朱莉娅！别咬我！"

他往后倒了下去，掉到了深渊里，离开了老鼠，他的身体仍绑在椅子上，但是他连人带椅掉下了地板，掉过了大楼的墙壁，掉过了地球，掉过了海洋，掉过了大气层，掉进了太空，掉进了星际——远远地，远远地，远远地离开了老鼠。他已在光年的距离之外，但是奥布兰仍站在他旁边，他的脸上仍冷冰冰地贴着一根铁丝，但是从四周的一片漆黑中，他听到咔嚓一声，他知道笼门已经关上,没有打开。

六

栗树咖啡馆里空无一人,一道阳光从窗口斜照进来,照在积了灰尘的桌面上有些发黄,这是寂寞的十五点。电子屏幕上传来一阵轻微的音乐声。

温斯顿坐在他通常坐的角落里,对着一只空杯子发呆。他过一阵子就抬起头来看一眼对面墙上的那张大脸,下面的文字说明是:老大哥在看着你。服务员不等招呼就上来为他斟满了一杯胜利牌杜松子酒,从另外一只瓶子里倒几粒有丁香味的糖精在里面,这是栗树咖啡馆的特殊风味。

温斯顿在听着电子屏幕的广播。目前只有音乐,但很可能随时会广播和平部的特别公报。非洲前线的消息极其令人不安,他一整天总是为此感到担心,欧亚国的一支军队(大洋国在同欧亚国打仗;大洋国一直在和欧亚国打仗)南进神速。中午的公报没有说具体的地点,但很可能战场已移到刚果河口。布拉柴维尔和利奥彼德维尔已危在旦夕,不用看地图也知道这意味着什么,这不仅是丧失中非问题,而且在整个战争中,大洋国本土第一次受到了威胁。

他心中忽然感到一阵激动,很难说是恐惧,这是一种莫名的激动,但马上又平息下去了。他不再去想战争。这些日子里,他对任何事情，都无法集中思想到几分钟以上。他拿起酒杯一饮而尽，像往常一样，他感到一阵哆嗦，甚至有些恶心。这玩意儿可够呛，丁香油和糖精本来就已够令人恶心的，更盖不过杜松子酒的油味儿，最糟糕的是杜松子酒味在他身上日夜不散，使他感到同那——臭味不可分解地混合在一起。

即使在他思想里，他也从来不指明那——是什么，只要能办到，他就尽量不去想它们的形状。它们是他隐隐约约想起的东西，在他面前上蹿下跳，臭味刺鼻。他的肚子里，杜松子反起了胃，他张开发紫的嘴唇打个嗝。他们放他出来后，他就发胖了，恢复了原来的脸色——说实话比原来还好。他的线条粗了起来，鼻子上和脸颊上的皮肤发红，甚至秃光瓢也太红了一些。服务员又没有等他招呼就送上棋盘和当天的《泰晤士报》来，还把刊登棋艺栏的一页打开。看到温斯顿酒杯已空，又端瓶斟满，不需要叫酒，他们知道他的习惯。棋盘总是等着他，他这角落的桌子总是给他留着；甚至座上客满时，他这桌子也只有他一位客人，因为没有人愿意挨着他太近，他甚至从来不记一下喝了几杯。过一会儿，他们就送一张脏纸条来，他们说是账单，但是他觉得他们总是少算了账，即使倒过来多算了账也无所谓。他如今总不缺钱花，他甚至还有一个工作，一个挂名差使，比他原来的工作的待遇要好多了。

电子屏幕上乐声中断，有人说话，温斯顿抬起头来听。不过不是前线来的公报，不过是富足部的一则简短公告，原来上一季度第十个三年计划鞋带产量超额完成百分之九十八。

他看了一下报纸上的那局难棋，就把棋子摆了开来，这局棋结局很巧妙，关键在两只相。"白子先走，两步将死。"温斯顿抬头一看老大哥的画像，白子总将死对方，他带着一种模模糊糊的神秘感觉这么想，总是毫无例外地这样安排好棋局的。自开天辟地以来，任何难棋中从来没有黑子取胜的。这是不是象征善永远战胜恶？那张庞大的脸看着他，神情安详，充满力量。白子总是将死对方。

电子屏幕上的声音停了一下，又用一种严肃得多的不同口气说："十五点三十分有重要公告，请注意收听，十五点三十分有重要消息，请注意收听，不要错过，十五点三十分。"叮当的音乐声又起。

温斯顿心中一阵乱，这是前线来的公报；他根据本能知道这一定是坏消息，他这一整天时断时续地想到在非洲可能吃了大败仗，这就感到一阵兴奋，他好像真的看到了欧亚国的军队蜂拥而过从来没有突破过的边界，像一队蚂蚁似的拥到了非洲的下端，为什么没有办法从侧翼包抄他们呢？他的脑海里清晰地出现了西非海岸的轮廓，他拣起白色的相朝前走了一步，这一着走的是地方，甚至在他看到黑色的大军往南疾驰的时候，他也看到另外一支大军，不知在什么地方集合起来，突然出现在他们的后方，割断了他们的陆海交通。他觉得由于自己主观这样愿望，另一支大军在实际上出现了，但是必须立刻行动，如果让他们控制了整个非洲，让他们取得好望角的机场和潜艇基地，大洋国就要切成两半。可能的后果是不堪设想的：战败、崩溃、重新划分世界、党的毁灭！他深深地吸一口气。一种奇怪的交杂的感情——不过不完全是复杂的，而是层层的感情，只是不知道最底下一层是什么——在他的内心中斗争着。

这一阵心乱如麻过去了，他把白色的相又放回来，不过这时他

无法安定下来认真考虑难局问题,他的思想又开了小差,他不自觉地在桌上的尘埃上用手指涂抹:

$$2+2=5。$$

她说过:"他们不能钻到你体内去。"但是他们能够。奥布兰说过,"你在这里碰到的事情是永远不灭的。"这话不错,有些事情,你自己的行为,是无法挽回的,你的心胸里有什么东西已经给掐死了,烧死了,腐蚀掉了。

他看到过她;他甚至同她说过话。已经不再有什么危险了,他凭本能知道,他们现在对他的所作所为已几乎不发生兴趣,如果他们两人有谁愿意,他可以安排同她再碰头一次。他们那次碰到是偶然的事。那是在公园里,三月间有一天天气很不好,冷得彻骨,地上冻成铁块一样,草都死了,到处都没有新芽,只有一些藏红花露头,但被寒风都吹刮跑了,他们擦肩而过,视同陌路人。但是他却转过身来跟着她,不过并不很热心。他知道没有危险,谁都对他们不感兴趣。她没有说话,她在草地上斜穿过去,好像是要想甩开他,可是后来见到甩不开,就让他走到身旁来。他们走着走着就走到掉光了叶子的枯丛中间,这个枯丛既不能躲人又不能防风,他们却停下步来,这一天冷得厉害。寒风穿过枯枝,有时把发脏的藏红花吹刮跑了,他用胳膊搂住了她的腰。

周围没有电子屏幕,但很可能有隐藏的话筒,而且,他们是在光天化日之下。但是这没有关系,什么事情都已没有关系了,如果他们愿意，也可以在地上躺下来干那个，一想到这点，他的肌肉就吓得发僵。她对他的搂抱毫无任何反应，她甚至连摆脱也不想摆脱。他现在知道了她发生了什么变化，她的脸瘦了，还有一条长疤，从前额一直到太阳穴，有一半给头发遮住了；不过所谓变化，指的不是这个。是她的腰比以前粗了，而且很奇怪，比以前僵硬。他记得有一次，在火箭弹爆炸以后，他帮助别人从废墟里拖出一具尸体来，他很吃惊地发现，不仅尸体沉重得令人难以相信，而且僵硬得不像人体而像石块，很不好抬，她的身体也使他感到那样，他不禁想到她的皮肤一定没有以前那么细腻了。

他没有想去吻她，他们俩也没有说话，他们后来往回走过大门时，她这才第一次正视他，这只不过是短暂的一瞥，充满了轻蔑和憎恶，他不知道这种憎恶完全出于过去，还是同时因为看到他那张浮肿的脸，以及被风刮得眼睛流泪而引起的。他们在两把铁椅上并肩坐了下来，但没有挨得太近。他看到她张口要说话，她把她的笨重的鞋子移动几毫米，有意踩断了一根小树枝，他注意到她的脚似乎比以前宽了。

"我出卖了你。"她若无其事地说。

"我出卖了你。"他说。

她又很快地憎恶地看了他一眼。

"有时候，"她说，"他们用什么东西来威胁你，这东西你无法忍受，而且想都不能想。于是你就说，'别这样对我，对别人去，对某某人去。'后来你也许可以伪装这不过是一种计策，这么说是为了使他们停下来，真的意思并不是这样。但是这不对，当时你说的真是这个意思,你认为没有别的办法可以救你,因此你很愿意用这个办法来救自己,你真的愿意这事发生在另外一个人身上,他受得了受不了,你根本不在乎,你关心的只是你自己。"

"你关心的只是你自己。"他随声附和说。

"在这以后,你对另外那个人的感情就不一样了。"

"不一样了,"他说,"你就感到不一样了。"

似乎没有别的可以说了。风把他们的单薄的工作服刮得紧紧地裹在他们身上,一言不发地坐在那里马上使你觉得很难堪,而且坐着不动也太冷,她说要赶地铁,就站了起来要走。

"我们以后见吧。"他说。

"是的,"她说,"我们以后见吧。"

他犹豫地跟了短短的一段距离,落在她身后半步路,他们俩没有再说话,她并没有想甩掉他,但是走得很快,使他无法跟上。他决定送她到地铁车站门口,但是突然觉得这样在寒风中跟着没有意思,也吃不消。他这时就一心想不如离开她,回到栗树咖啡馆去,这个地方从来没有像现在这样吸引他过,他想着他在角落上的那张桌子,还有那报纸、棋盘、不断斟满的杜松子酒。尤其是,那里一定很暖和。于是,也并不是完全出于偶然,他让一小群人走在他与她的中间。他不是很有决心地想追上去,但又放慢了脚步,转过身来往回走了。他走了五十米远回过头来看,街上并不拥挤,但已看不清她了。十多个匆匆忙忙赶路的人中,有一个可能是她,也许从背后已无法认出她的发胖僵硬的身子了。

"在当时,"她刚才说,"你说的真是这个意思。"他说的真是这个意思。他不仅说了,而且还打从心眼里希望如此,他希望把她,而不是把他,送上前去——

电子屏幕上的音乐声有了变化,音乐声中有了一种破裂的嘲笑的调子,黄色的调子。接着——也许这不是真正发生的事实,而是一种有些像声音的记忆——有人唱道:

"在遮阴的栗树下;
我出卖了你,你出卖了我——"

他不觉热泪盈眶。一个服务员走过,看到他杯中已空,就去拿了杜松子酒瓶来。

他端起了酒杯,闻了一下,这玩意儿一口比一口难喝,但是这已成了他所沉溺的因素,这是他的生命,他的死亡,他的复活。他靠杜松子酒每晚沉醉如死,他靠杜松子酒每晨清醒过来。他很少在十一点以前醒来,醒来的时候眼皮都张不开,口渴如焚,背痛欲折,如果不是由于前天晚上在床边放着的那瓶酒和茶杯,他是无法从横陈的位置上起床的。在中午的几个小时里,他就面无表情地呆坐着,旁边放着一瓶酒,听着电子屏幕。从十五点到打烊,他是栗树咖啡馆的常客,没有人再管他在干什么,任何警笛都惊动不了他,电幕也不再训斥他。有时,大概一星期两次,他到真理部一间灰尘厚积、为人遗忘的办公室里,做一些工作,或类似工作的事情。他被任命参加了一个小组委员会下的一个小组委员会,上面那个小组委员会所属的委员会是那些负责处理编纂第十一版新话词典时所发生的次要问题的无数委员会之一。他们要写一份叫作临时报告的东西，但是写报告的究竟是什么东西，他从来没有弄清楚过。大概同逗点应该放在括号内还是括号外的问题有关。小组委员会还有四名委员，都是同他相似的人物。他们经常是刚开了会就散了，个个都坦率地承认，实际上并没有什么事情要做。但也有时候他们认真地坐下来工作，煞有介事地做记录、起草条陈，长得没完没了，从来没有结束过。那是因为对于他们要讨论的问题究竟是什么，引起了越来越复杂、深奥的争论，在定义上吹毛求疵，漫无边际地扯到题外去，争到后来甚至扬言要请示上级。但是突然之间，他们又泄了气，于是就围在桌子旁边坐着，两眼茫然地望着对方，很像雄鸡一唱天下白时就销声匿迹的鬼魂一样。

电子屏幕安静了片刻。温斯顿又抬起头来，公报！哦，不是，他们不过是在换放别的音乐。他的眼帘前就有一幅非洲地图，军队的调动是一幅图表：一支黑色的箭头垂直向南，一支白色的箭头横着东进，割断了第一个箭头的尾巴，好像是为了取得支持，他抬头看一眼画像上的那张不动声色的脸，不可想象第二个箭头压根儿不存在。

他的兴趣又减退了。他又喝了一大口杜松子酒，拣起白色的相，走了一步。将！但是这一步显然不对，因为——

他的脑海里忽然飘起来一个记忆。他看到一间烛光映照的屋子，有一张用白床罩盖着的大床，他自己年纪有十来岁，坐在地板上，摇着一个骰子匣，在高兴地大笑，他的母亲坐在他对面，也在大笑。

这大概是在她失踪前一个月,当时两人已经和解了,他忘记了难熬的肚饿,暂时恢复了幼时对她的爱恋。他还很清楚地记得那一天,大雨如注,雨水在玻璃窗上直泻而下,屋子里太黑,无法看书。两个孩子关在黑暗拥挤的屋子里感到极其无聊。温斯顿吵闹着要吃的,在屋子里到处翻箱倒罐,把东西东扯西拉,在墙上拳打足踢,闹得隔壁邻居敲墙头抗议,而小的那个却不断地号哭。最后,他的母亲说:"乖乖地别闹,我给你去买个玩具,非常可爱的玩具——你会喜欢的。"说完她就冒雨出门,到附近一家有时仍旧开着的小百货铺里,买回来一只装着骰子玩进退游戏的硬纸匣。他仍旧能够记得那是潮的硬纸板的气味。这玩意儿很可怜,硬纸板都破了,用木头做的小骰子表面粗糙,躺也躺不平,温斯顿不高兴地看一眼,毫无兴趣,但是这时他母亲点了一根蜡烛,他们就坐在地板上玩起来。当他们各自的棋子进了几步,快有希望达到终点时,又倒退下来,几乎回到起点时,他马上就兴奋起来,大声笑着叫喊。他们玩了八次,各赢四次。他的小妹妹还太小,不懂他们在玩什么,一个人靠着床腿坐在那里,看到他们大笑也跟着大笑。整整一个下午,他们在一起都很快活,就像在他幼年时代一样。

他把这副景象从脑海里排除出去,这个记忆是假的。他有时常常会有这种假记忆,只要你知道它们是假的,就没有关系。有的事情确实发生过,有的没有。他又回到棋盘上,拣起白色的相,他刚拣起,那棋子就啪的一声掉在棋盘上了,他惊了一下,好像身上给刺了一下。

一阵刺耳的喇叭声响了起来。这次是发表公报了!胜利!在发表消息的前晚喇叭总是有胜利的消息。咖啡馆里一阵兴奋,好像通过一阵电流一般,甚至服务员也惊了一下,竖起了耳朵。

喇叭声引起了一阵大喧哗。电子屏幕已经开始播放,广播员的声音极其兴奋,但是刚一开始,就几乎被外面的欢呼声所淹没了。这消息在街上像魔术一般传了开来。他从电子屏幕上所能听到的只是,一切都按他所预料的那样发生了:一支海上大军秘密集合起来,突然插入敌军后方,白色的箭头切断了黑色箭头的尾巴。人声喧哗之中可以断断续续地听到一些得意扬扬的话:"伟大战略部署——配合巧妙——彻底溃退——俘虏五十万——完全丧失斗志——控制了整个非洲——战争结束指日可待——大获全胜——人类历史上最大的胜利——胜利,胜利,胜利!"

温斯顿在桌子底下的两只脚拼命乱蹬,他仍坐在那里没有动,但是在他的脑海里,他在跑,在飞快地跑着,同外面的群众一起,大声呼叫,欣喜若狂。他又抬头看一眼老大哥。哦,这个雄踞全世界的巨人!这个使亚洲的乌合之众碰得头破血流的巨石!他想起在十分钟之前——是的,不过十分钟——他在思量前线的消息、究竟是胜是负时,他心中还有疑惑。可是现在,覆亡的不仅仅是一支欧亚国军队而已。自从他进了仁爱部那天以来,他已经有了不少变化,但是到现在才发生了最后的、不可缺少的、脱胎换骨的变化。

电子屏幕上的声音仍在没完没了地报告俘虏、战利品、杀戮的故事,但是外面的欢呼声已经减退了一些。服务员们又回去工作了,温斯顿飘飘然坐在那里,也没有注意到酒杯里又斟满了酒,他现在不再跑,也不再叫了。他又回到了仁爱部,一切都已原谅,他的灵魂洁白如雪。他站在被告席上，什么都招认，什么人都咬。他走在白色瓷砖的走廊里，觉得像走在阳光下一样，后面跟着一个武装的警卫。等待已久的子弹穿进了他的脑袋。

他抬头看着那张庞大的脸，他花了四十年的工夫才知道那黑色的大胡子后面的笑容是什么样的笑容。哦，残酷的、没有必要的误会！哦，背离慈爱胸怀的顽固不化的流亡者！他鼻梁两侧流下了带着酒气的泪。但是没有事，一切都很好，斗争已经结束了。他战胜了自己。他热爱老大哥。

附录：

《一九八四》：奥威尔的夺命之作

"四月间，天气寒冷晴朗，钟敲了十三下。"

在奥威尔的传世之作出版六十年后，《一九八四》第一行的描述依旧水晶一般，历久弥新，引人注目。但看过原始手稿后，你会有新的发现：很少流畅的书写，更多的是反复涂改，多重墨迹叠影，这意味着，奥威尔经历了一个异常困难的创作过程。

这本20世纪极具影响力的小说，故事在任何年代都不会过时，书中的"老大哥""双重想法"和"新话"词条已经成为日常用语。《一九八四》至今已被翻译成超过65种文字，全球销量达数以百万本，为乔治·奥威尔在世界文坛上留下了不可取代的席位。

"Orwellian"已成为所有压制或者极权主义的全球性代名词。20世纪40年代中期众多英语作家笔下滥俗,而奥威尔小说中的温斯顿·史密斯,象征了那个时代的小人物,他们对未来心怀恐惧,读者更容易产生共鸣。

《一九八四》的写作过程对奥威尔来说如同炼狱,书中反乌托邦的氛围阴郁,灵感或许来源于现实中的周边环境。二战硝烟未了,这位英语作家,孤身一人,前往苏格兰荒凉边区,不顾身体虚弱,在病魔的爪下绞尽创造力。"一九八四",或者其前身"最后一个欧洲人"的想法,奥威尔早在赴西班牙参战时已开始酝酿。他的小说,某程度上受到了叶夫根尼·扎米亚京反乌托邦小说《我们》的影响,很可能在1943—1944年期间定下最终的形式。这段时间里,他和妻子艾琳收养了唯一的儿子理查德。奥威尔自己宣称他的小说多少有些受到盟军领导人1944年德黑兰会议的启发。艾萨克·多伊彻,一个"观察者"的同僚,认为奥威尔当时对正在德黑兰的"斯大林、丘吉尔和罗斯福密谋瓜分天下确信不疑"。

自从1942年起,奥威尔一直为大卫·阿斯特的《观察家报》报工作,最初的身份是书评撰稿人,后来成为通讯记者。主编十分钦佩奥威尔的"正直、真诚和坦率",表示两人的合作关系会持久下去。可以说,他们紧密的友谊是促成《一九八四》诞生的关键因素。

创作《动物庄园》时,奥威尔从与《观察家报》的合作中获益不浅。当时撰写书评,他尤其着迷于道德与语言两者之间的关系。随着战事告终,奥威尔的"童话故事"收到良好的效应,"星期日新闻"愿意为他酝酿着的更黑暗和复杂的小说埋单。

然而好运并没有延续。收养理查德不久，奥威尔即遭遇飞来横祸，他的公寓被炸弹摧毁了。战时伦敦的天气令人捉摸不透，影响创作小说的心情。更糟糕的是，1945年的3月，奥威尔受"观察者"委派到欧洲，噩耗传来，妻子艾琳在一次常规手术中麻醉出错，不幸逝世。

突然，他成了鳏夫，竭力维持位于伊斯灵顿的单亲之家。为求减轻对早逝妻子的歉疚和悲痛，奥威尔麻木地不停工作。1945年，他给不同的刊物写了大概111000字，包括《观察家报》的15篇书评。

这时候阿斯特出现了。阿斯特的家族在苏格兰朱拉岛拥有一处房产，与艾雷相邻，人迹罕至。内赫布里底群岛上，有一间农舍，巴恩希尔，离阿德鲁萨七英里远，在岩指山偏远的北端。起初，阿斯特建议奥威尔到这里度假。但当时阿斯特根本没想到奥威尔会对那地方产生极大的热情。

1946年，奥威尔乘上前往朱拉的火车，路程遥远，旧伤未愈，奥威尔身心俱疲，他向朋友亚瑟·柯斯勒大吐苦水，说这是"跟乘着破船远航北极没两样"。奥威尔正在冒险，因为他的身体已经响起了警号。1946到1947年的冬季是20世纪最冷的时期之一，战后的英国比战争时期还要寒冷刺骨，而奥威尔的胸腔一直有问题。不过，逃离了令人思维枯竭的伦敦，他有更多的自由投入到新小说的创作中。"被报章杂志压得透不过气来"，他对朋友开玩笑说，"我越来越像个被榨干的橙子了。"

而具有讽刺意味的是，奥威尔的不少困扰源于《动物农场》的成功。经过了数年被忽视和冷漠对待，外界察觉了到他的写作天赋。"每个人都找我，"他向柯斯勒抱怨，"想让我去演讲，写小册子，参加这个参加那个——你不会知道我多么渴望摆脱这些，从而有空闲时间思考。"

在朱拉岛，奥威尔得以从烦扰中解脱，但即使在赫布里底群岛中的一个岛屿上，自由创作亦不会变得轻松一点。几年前，在随笔"我为什么要写作"中，奥威尔曾这样形容完成一本书的挣扎过程："写书就是要经历一次可怕、筋疲力尽的挣扎，像生一场漫长而痛苦的大病。如果不是遭受既不能理解又无法抗拒的魔鬼驱使，没有人会去做这类事情。尽管每个人都知道这个恶魔完全无异于婴儿为引起注意而啼哭的本能。除非一个人能承受抹去自己个性的长期斗争，否则，他根本写不出一些具可读性的东西。"然后是著名的奥威尔式结尾，"好的散文就像是一扇窗。"

从1947年的春天到离开人世的1950年，奥威尔以可想象得到的最痛苦的方式呕心写作。或者，在奥威尔看来，他享受在理论与实践之间来回踱步，乐于被文字奴役。

最初，在"一个难以忍受的冬季"之后，他非常享受朱拉岛里的孤寂和天然美。"我正在奋战中"他给经纪人写信说，"大概年底就可以完成——只要保持现在的状态，秋季前不接触新闻工作，我将至少完成书中最困难的部分。"

巴恩希尔，在崎岖弯道的顶端，可俯瞰大海，占地不多，有着四个卧室和一个宽敞的厨房。这里的生活很简单，甚至可以称之为简陋,连电都没有。奥威尔用液化气烧水和煮食,靠石蜡燃点防风灯,到了晚上就烧煤。他依然没有戒掉浓烈的黑烟丝,整天抽个不停。房子里闷浊的空气让他感到惬意,却非常不利于健康。一个电池收音机,是奥威尔与外界单向连接的唯一工具。

奥威尔,属于温和而脱俗的那类人,搬来时只有一张行军床、一张桌子、一些椅子和一些炊事用具。过着斯巴达人式的生活,他可以全神贯注工作。对当地人来说,奥威尔就像是游离于迷雾里的幽灵、藏匿在雨衣里的瘦人。

被当地人称为奥威尔的真名为埃里克·布莱尔,是一个高大、苍白、悲伤的男人,生活完全不懂自理。之后情况得到改善,家里迎来了儿子理查德和一个保姆——高度称职的妹妹艾薇儿。理查德·布莱尔记得他的父亲"离开了艾薇儿就一事无成。她入得厨房,出得厅堂。父亲在朱拉岛没有出现任何财务问题,可见她是多么重要。"

新家庭建立,奥威尔终能安心投入新书写作。1947年5月底,他告诉出版商弗雷德·瓦伯格:"我想我已经把草稿的三分之一完成了,未能如预期计划,是因为今年年初以来我的健康状况(胸部像往常一样)糟糕透了,一直都治不好。"

考虑到出版商对新小说的不耐烦,奥威尔补充:"尽管草稿看起来很糟糕,与最终版本有很大距离,但写作就是这样,还好新书已经写到了主要部分。"一如既往,他再度改期,到了七月尾他预计十月能完成初稿。之后,他表示需要六个月的时间去润色文字。然而,疾病袭来。

生活在朱拉岛，奥威尔和儿子可以户外出游、钓鱼、环岛行和划船游，享受天伦之乐。在八月某个晴空朗日，奥威尔、艾薇儿、理查德和一些朋友，驾着小摩托艇外出游玩，返岸的时候，差点被臭名远扬的科立夫里坎旋涡卷入。

理查德·布莱尔记得当时寒冷的水"非常非常冷"，奥威尔止不住的咳嗽让朋友们很担忧，这一趟后他的肺部更糟糕了。不出两个月奥威尔严重病倒。但对这次险境逃生的经历，他只是一如既往地向阿斯特轻描淡写，甚至装作若无其事。

与"最后一个欧洲人"的奋战仍在继续。1947年10月下旬，烦于"糟透的病况"，奥威尔承认他的小说依然陷于"最艰难的困境以及还有三分之二的内容需要完全重新修订润色"。

他亢奋地工作，来过巴恩希尔的访客都会想起楼上卧室猛敲打字机的声音。尽管有艾薇儿的照料，十一月到来时，奥威尔被"肺炎"摧垮了，他向柯斯勒坦言自己"重病在床"。临近圣诞节，在一封给观察者同僚的信中，奥威尔披露自己一直处于忧虑之中。最终他被确诊患有肺结核。

一段时间过后，在兰克郡的海尔麦斯医院中，奥威尔致信阿斯特承认："自己无异于垂死的病人。"同时表达出旋涡意外带来的后果，"不去看医生的决定像傻瓜一样——我想继续把书写下去。"1947年，肺结核无异于绝症，医生嘱咐他多呼吸新鲜空气和注意有规律的日常饮食。但市面上出现了一种新的试验性药物——链霉素。阿斯特想办法从美国把药弄来了。

理查德·布莱尔相信他的父亲当时太过依赖新的特效药，用药过量,以致出现非常恐怖的副作用(咽喉溃疡,口腔生水泡,脱发,皮肤脱皮和趾甲分离)。但在1948年3月,经历了一个三个月的疗程,肺结核症状已经消失。"一切都结束了,显然新药很有效,"奥威尔告诉他的出版商,"这就像为了摆脱耗子而不惜将船沉没,但只要有效就是值得的。"

出院在即,奥威尔收到了出版商的催稿信。事实上,这等于又往他的棺材上钉了颗钉子。"这真的非常重要,"瓦伯格对他的星级作家写道,"从你文学生涯的角度来看,应该在年内完成它(新小说),并且尽可能地提前完稿。"

逐渐痊愈的奥威尔回到了巴恩希尔,埋头修订手稿,向瓦伯格承诺在"12月初"就交稿,在秋天的朱拉岛对付"肮脏的天气"。10月初他向阿斯特吐露:"已经习惯躺在床上写作了,尽管这样打字很笨拙,但我喜欢这种方式。现在我差不多到了写这本鬼东西的最后阶段,新书探讨的是假如原子战争不是决定性的,那么事态会朝着哪个方向去发展的。"

这是奥威尔对他这本书主题的其中一个极其罕见的提法。他相信,像很多作家所做的,去讨论还没完成的作品不会带来好运气。后来,给安东尼·鲍威尔的信中,他形容这像是"以小说的形式描写乌托邦"。修改"最后一个欧洲人"成为奥威尔与新书第二阶段的斗争。他形容为"难以想象糟糕"的手稿越被修改,越变得晦涩,只有他一人能阅读和解释。他这样对经纪人说,"极度长,差不多有125,000字。"他坦率写下:"我不满意这本书,我也不是对它完全失望……我认为构思不错,如果没有肺结核的影响,写出的版本会更好。"

同时他仍然对书名拿不定主意:"我更倾向叫它'1984'或者'最后一个欧洲人'",他写道,"或者我会在一两周内想出其他的东西。"到了十月末,奥威尔认为作品基本搞定。现在他只需要一个速记员帮忙把这一切理清。

这是一次拼了命的时间竞赛。奥威尔的健康继续恶化,"难以想象糟糕"的手稿需要重打,十二月的期限已经逼近。瓦伯格承诺帮助他,奥威尔的经纪人也这么说。奥威尔确实需要帮助,但他与打字员无法合作,他们一起导致原本糟糕的情况更加糟糕。奥威尔感觉所谓的帮助无补于事,于是遵照自小学时期就一直这么做的办法:一个人走下去。

十一月中旬,奥威尔瘦骨嶙峋,身体虚弱得不能行走,在床上解决那件"致命的工作",一个人用那部"破旧的打字机"逐字敲打,伴随着咖啡、浓茶、没完没了的烟云和石蜡加热器散出的暖气,还有冲击着巴恩希尔的风暴,夜以继日,他坚忍痛楚。1948年11月30日,作品终于完成。

前军人奥威尔对经纪人声称"这一切完全不值得大惊小怪,不过如此,让我站立一刻都感到疲倦,我不能很灵活地打字,也不能一天完成很多页。"再加上,他补充道,那个专业打字员犯下的错误是"惊人的","书中包括很多的新语,也带来了相当多的困难。"

正如之前承诺过的,乔治·奥威尔最新小说的文稿在十二月中抵达伦敦。瓦伯格马上确认了书的质量("我读过的最震撼的书之一"），他的同仁也有相同看法。一份内部备忘录写道："假如卖不出一万五至两万本的话，我们都该给毙了。"奥威尔离开了朱拉岛，住进了位于科茨沃尔德上的肺结核诊疗所。"两个月前就该来报到了，"他告诉阿斯特，"但我总想着要先把书写完。"阿斯特再度贴身监视好朋友的治疗情况，但是，奥威尔的主诊医生私底下对此表示相当悲观。

随着《一九八四》开始发行，阿斯特的新闻本能反应提醒他，应该开始计划一个"观察者素描"，这个主意意义重大，但对奥威尔来说"有些许担忧"。春天到来，他已经"有haemoptyses"（吐血）和"大部分时间感觉苍白"，但还能出席小说的出版仪式，流露出对"相当不错的待遇"的满足感。他对阿斯特开玩笑说"假如你把素描改成讣告"也不会感到意外。

《一九八四》在1949年7月8日出版（比美国延迟了5天），被一致评论为大师之作。即使丘吉尔，也迫不及待地对他的医生说已经读过两遍了。奥威尔的健康日渐衰败。1949年10月，在大学学院医院的病房中，他和索尼娅·布朗内尔结婚，挚友阿斯特作为伴郎。这只是短暂的快乐时光，奥威尔步履艰难地走进了1950年。1月21日的凌晨时分，他在医院出现大出血，在没有人陪伴的情况下走了。

次日清晨，BBC播出了奥威尔逝世的消息，艾薇儿和侄子理查德还在朱拉岛。通过收音机听到消息，理查德现在已想不起那天到底是晴朗还是阴冷，只记得听到新闻后满面惊愕：他的父亲过世了，46岁。

在牛津萨顿康特奈墓地上,阿斯特筹办了奥威尔的葬礼。在前首相阿斯奎斯和当地一个吉卜赛家庭成员之间,他安眠着,以埃里克·布莱尔之名。

《一九八四》书名之谜

最初奥威尔将小说命名为《最后一个欧洲人》(The Last Man in Europe),但是他的出版商,弗里德里克·沃伯格(Frederic Warburg)出于营销需求建议他换一个书名。奥威尔没有反对这个建议,但他选择1984这个特别的年份的原因并不为人所知。也许他将他写作这本书的那一年(1948年)的后两位数颠倒过来,成为可以预见的未来的1984年。他也可能借此暗指费边社(一个社会党组织,创立于1884年)成立一百周年。此外,他亦可能暗指杰克·伦敦的小说《铁蹄》(其中一个政治势力于1984年登上权力舞台)、彻斯特顿(G.K.Chesterton)的《诺丁山的拿破仑》(The Napoleon of NottingHill,亦设定在1984年)或者他的妻子奥莎丝尼诗(Eileen O'Shaughnessy)的一首诗,诗名为"本世纪的终点,1984"。关于书名的最后一个猜测是奥威尔原本准备的书是1980,但是由于疾病,小说的完成变得遥遥无期,因此他感到有必要将故事推入更远的未来。